G. von Marees

Militärische Klassiker des In- und Auslandes

Fünftes Heft

G. von Marees

Militärische Klassiker des In- und Auslandes
Fünftes Heft

ISBN/EAN: 9783743369740

Hergestellt in Europa, USA, Kanada, Australien, Japan

Cover: Foto ©Andreas Hilbeck / pixelio.de

Manufactured and distributed by brebook publishing software (www.brebook.com)

G. von Marees

Militärische Klassiker des In- und Auslandes

Militärische Klassiker
des In- und Auslandes.

Mit Einleitungen und Erläuterungen

von

W. v. Scherff,
Oberst und Kommandeur 3. Rheinischen Infanterie-
Regiments Nr. 29,

v. Boguslawski,
Oberstlieutenant und Bataillons-Kommandeur im
1. Westpreuss. Grenadier-Regiment Nr. 6,

v. Taysen,
Major im Grofsen Generalstabe,

Frh. v. d. Goltz,
Major im Grofsen Generalstabe,

und Anderen,

herausgegeben

von

G. v. Marées,
Major im Neben-Etat des Grofsen Generalstabes.

Fünftes Heft:

Carl von Clausewitz:
„Vom Kriege" IV.
(Schluss).

erläutert und mit Anmerkungen versehen

durch

W. v. Scherff,
Oberst und Regiments-Kommandeur.

Berlin 1880.
F. Schneider & Co.
(Goldschmidt & Wilhelmi)
Königliche Hofbuchhandlung.

} Eine Mittheilung über Einbanddecken zu den abgeschlossenen Bänden der Militärischen Klassiker befindet sich auf der zweiten und dritten Seite des Umschlags

---

Notiz für den Buchbinder.
☞ Titel und Inhaltsverzeichniss zu dem Werke: „**Vom Kriege**" befinden sich am Schlusse dieses Heftes. ☜

P. P.

Das vorliegende **5. Heft** der „**Militärischen Klassiker des In- und Auslandes**" enthält den Schluſs des Werkes „**Vom Kriege**" von General v. Clausewitz.

Die unterzeichnete Verlagshandlung stellt den geehrten Herren Abonnenten zu diesem Werke

eine geschmackvolle, elegante

Einbanddecke

in ganz Leinen

nach Muster des vorgedruckten Holzschnitts zur Verfügung, welche **zum Preise von 80 Pf.** durch alle Buchhandlungen, sowie die unterzeichnete Verlagshandlung bezogen werden kann.

Zu den übrigen Werken (Friedr. d. Groſse, Scharnhorst, Jomini, Napoléon etc.) werden s. Z. ebenfalls Einbanddecken, welche mit

SKIZZEN ZUM SIEBENTEN BUCH.
Der Angriff.

Vorbemerkungen zum siebenten Buche.

Dem an Seitenzahl weitaus stärksten Buche von der „Vertheidigung" steht das Buch vom „Angriff" mit dem weitaus geringsten Umfange gegenüber!

Zum Theil läfst sich die Erklärung für diesen auffallenden Umstand wohl darin finden, dafs das Buch vom Angriff gleichzeitig das am „skizzenhafteste" Gebliebene des ganzen Werkes ist, und in seiner vorliegenden Gestalt wohl füglich nur den Titel „Einiges über den Angriff" hätte führen dürfen!

Immerhin mag auch Anderes mitgewirkt, grade dahin mitgewirkt haben, dafs Clausewitz diese Seite der Sache so „aphoristisch" behandelt hat.

Sein in erster Linie philosophisch und politisch angelegter Kopf hat wohl stets dazu neigen müssen, den Krieg als „Werkzeug der Politik" in letzter Instanz mehr als ein „Mittel zur Erhaltung staatlicher Unabhängigkeit und Selbstbestimmung" anzusehn, als in ihm an vorderster Stelle den „Akt der Gewalt" hervorzuheben.

Das soll nicht heifsen, dafs Clausewitz irgendwo und wann die Bedeutung dieser Gewaltsamkeit verkannt hätte — im Gegentheil, wir haben wiederholt darauf hingewiesen, dafs er vielleicht als der Erste unter den neueren Kriegsautoren diese innerste Natur des Krieges klar und bestimmt erfafst und dargestellt hat.

Bereits im zweiten Absatze des ersten Kapitels ersten Buches (s. S. 1) aber sagt er, dafs im Kriege „die Gewalt — das Mittel", jedoch die Absicht „dem Feinde unseren Willen aufzuzwingen — der Zweck" sei. Dieser Zweck, der dem Autor logischer Weise höher stehen mufs, als das Mittel, gestaltet sich ihm aber vom philosophisch-politischen Standpunkte aus, mehr und mehr zu dem „negativen" der Vertreibung von Gewalt durch Gewalt, als dem moralisch eigentlich allein berechtigten; und so wird ihm — man möchte fast sagen unwillkürlich — der Begriff „Krieg" mehr und mehr identisch mit dem Begriff „Vertheidigung". Man wird diesen Prozefs noch erklärlicher finden, wenn man bedenkt, dafs des Generals ganze aktive Kriegslaufbahn dem Kampfe gegen Napoleonische Vergewaltigung gegolten hatte.

Für diese unsere — vielleicht willkürlich individuelle — Auffassung des Clausewitz'schen Gedankenganges, in welcher wir die sonst schwer begreifliche Erklärung für die Bevorzugung seiner Untersuchungen über die Vertheidigung vor denen über den Angriff glauben finden zu sollen, dürfte auch der Eingang des siebenten Kapitels des sechsten Buches sprechen, wo der Autor den Nachweis unternimmt, dafs es der Vertheidiger ist, der die ersten Gesetze für den Krieg aufzustellen habe!

Clausewitz steht damit ebenso einzig da, wie mit seiner politischen Behandlung des Krieges überhaupt. Hat man sich aber erst einmal ganz und voll auf seinen Standpunkt versetzt, so wird man es nur natürlich finden, dafs ihm der Angriff lediglich das Correlat der Vertheidigung werden und defshalb seinen suchenden Geist nur in zweiter Linie beschäftigen mufste, — beschäftigt hat!

So kommt denn im Buche vom Angriff das „eigene Lebensprinzip" dieser Form nur sehr unvollkommen zum Ausdruck. Der Verfasser selbst betrachtet eigentlich den Angriff, als schon mit der Vertheidigung abgethan; nur einige „Ergänzungen" (s. erstes Kapitel des siebenten Buches) will er hinzufügen und mit Vorliebe verharrt er bei dem „Kulminationspunkte des Sieges" — wo der Angriff wieder in die Vertheidigung hinüberschlagen mufs!

Nur an einer Stelle (s. funfzehntes Kapitel) tritt auch bei ihm die wahre Bedeutung des Angriffs im vollsten Lichte hervor, leider um nur allzuschnell wieder hinter den mehr oder weniger „politischen" Wolken zu verschwinden. Der kurze Glanz beweist mindestens, dafs das Clausewitz-Auge ihn wohl ertragen hätte!

Dieser Sachlage gegenüber wird denn auch der Commentator im Wesentlichen sich darauf beschränken können, in Bezug auf das siebente Buch sich auf die Bemerkungen zum sechsten zurückzubeziehen. (Besonders gilt dies den nur skizzirten Kapiteln 6—14 gegenüber.)

Die Geschichte hat unsere heutige Zeit wieder zu — wir möchten sagen — gerechteren Anschauungen über den Angriff und seine „kriegerische" (s. zur Einführung) Bedeutung geführt. Wer heutzutage den Krieg wissenschaftlich zu behandeln unternimmt, der kann nicht umhin, der Offensive ein eigenartiges Lebensprinzip zugestehen zu müssen — ja, das Wort erscheint nicht zu gewagt: in ihr und nur in ihr das einzige Siegesprinzip zu erkennen!

Ein Clausewitz war berechtigt, andere Wege zu gehen; die Art, wie er sie gegangen, läfst aber auf Schritt und Tritt erkennen, dafs seinem lichten Geiste diese Bedeutung des Angriffes doch nicht verschlossen geblieben sein kann. Ueberall blitzt der Geist der Offensive hindurch durch seine Abhandlungen über die Vertheidigung, deren Begriff ihm ja erst durch die positive Reaktion des Nachstofses perfekt wird!

Trotzdem wird man es nur lebhaft bedauern müssen, dafs Clausewitz dem „Angriff als solchem" nur so wenig Zeilen gewidmet hat. Andere Zeiten, andere Erlebnisse würden unter der Hand dieses Meisters aus dem siebenten Buche eine unschätzbare Fundgrube der Wahrheit gemacht, ihm selbst voraussichtlich die Auffindung jenes „anderen Ausweges" wesentlich erleichtert haben, den er für das sechste Buch suchen wollte!

Bei alle dem bleibt es ein merkwürdiges und hocherfreuliches Zeichen für die **eingeborene Kraft** unseres vaterländischen **Heeres**, daſs die Heroen **unserer Tage** — die Clausewitz-Schüler von einst — ihren Lehrmeister so **offensiv** verstanden und damit uns — den Clausewitz-Schülern einer neuen Generation — den richtigen Weg zum Studium seiner Werke gewiesen haben!

Erstes Kapitel.
Der Angriff in Beziehung auf die Vertheidigung.

Wenn zwei Begriffe wahre logische Gegensätze bilden, der eine also das Complement des andern wird, so geht im Grunde aus dem einen schon der andere hervor; wo aber auch die Beschränktheit unseres Geistes nicht gestattet, beide mit einem Blicke zu übersehen und in der Totalität des einen durch den bloſsen Gegensatz die Totalität des andern wiederzufinden, da wird doch in jedem Fall von dem einen immer ein bedeutendes und für viele Theile genügendes Licht auf den andern fallen. So glauben wir, daſs die ersten Kapitel der Vertheidigung ein hinreichendes Licht auf den Angriff werfen in allen Punkten, welche sie berühren. Aber so wird es nicht durchgehends bei allen Gegenständen sein; das Gedankensystem konnte niemals ganz erschöpft werden, es ist also natürlich, daſs da, wo der Gegensatz nicht so unmittelbar in der Wurzel des Begriffs liegt, wie bei den ersten Kapiteln, aus dem, was über die Vertheidigung gesagt ist, nicht unmittelbar dasjenige folgt, was vom Angriff gesagt werden kann. Eine Veränderung des Standpunktes bringt uns dem Gegenstande näher, und es ist also natürlich, dasjenige, was man aus dem entfernten Standpunkte überblickt hat, aus diesem näheren zu betrachten. Es wird also eine Ergänzung des Gedankensystems sein, wobei nicht selten das, was vom Angriff gesagt wird, noch ein neues Licht auf die Vertheidigung wirft. So werden wir in dem Angriff meistens dieselben Gegenstände vor uns haben, die in der Vertheidigung behandelt wurden. Aber es liegt nicht in unserer Ansicht und nicht in der Natur der Sache, nach Art der meisten Ingenieur-Lehrbücher beim Angriff alle positiven Werthe, welche wir in der Vertheidigung gefunden haben, zu umgehen oder zu vernichten, und zu beweisen, daſs es gegen jedes Mittel der Vertheidigung irgend ein unfehlbares Mittel des Angriffs gebe. Die Vertheidigung hat ihre Stärken und Schwächen; sind die erstern auch nicht unüberwindlich, so kosten sie doch einen unverhältniſsmäſsigen Preis[1]), und das muſs von jedem Standpunkte aus wahr bleiben, oder man widerspricht sich. Ferner ist es nicht unsere Absicht, das Widerspiel der Mittel erschöpfend durchzugehen;

---

[1]) Wenn das wörtlich zu nehmen wäre, würde es niemals einen Angriff geben dürfen, dessen Einsatz zur Ueberwindung der Stärke der Vertheidigung doch stets „im Verhältniſs" zum Zweck (des Sieges) stehen muſs; das Wort bedeutet hier wohl nur: „sehr hohen Preis".

jedes Mittel der Vertheidigung führt zu einem Mittel des Angriffs, aber oft liegt dieses so nahe, daſs man nicht erst nöthig hat, von dem Standpunkte der Vertheidigung zu dem des Angriffs überzugehen, um es gewahr zu werden; das eine ergiebt sich aus dem andern von selbst. Unsere Absicht ist, bei einem jeden Gegenstande die eigenthümlichen Verhältnisse des Angriffs, insoweit sie nicht unmittelbar aus der Vertheidigung hervorgehen, anzugeben, und diese Art der Behandlung muſs uns dann nothwendig auch zu manchen Kapiteln führen, die in der Vertheidigung keine korrespondirenden haben.

Zweites Kapitel.
Natur des strategischen Angriffs.

Wir haben gesehen, daſs die Vertheidigung im Kriege überhaupt, also auch die strategische, kein absolutes Abwarten und Abwehren, also kein vollkommenes Leiden ist, sondern ein relatives, folglich von mehr oder weniger offensiven Prinzipien durchdrungen. Eben so ist der Angriff kein homogenes Ganze, sondern mit der Vertheidigung unaufhörlich vermischt. Zwischen beiden findet aber der Unterschied statt, daſs die Vertheidigung ohne offensiven Rückstoſs gar nicht gedacht werden kann, daſs dieser ein nothwendiger Bestandtheil derselben ist, während beim Angriff der Stoſs oder Akt an sich ein vollständiger Begriff ist. Die Vertheidigung ist ihm an sich nicht nöthig, aber Zeit und Raum, an welche er gebunden ist, führen ihm die Vertheidigung als ein nothwendiges Uebel zu. Denn erstens kann er nicht in einer stetigen Folge bis zur Vollendung fortgeführt werden, sondern erfordert Ruhepunkte, und in dieser Zeit der Ruhe, wo er selbst neutralisirt ist, tritt der Zustand der Vertheidigung von selbst ein; zweitens ist der Raum, welchen die vorschreitende Streitkraft hinter sich läſst und den sie zu ihrem Bestehen nothwendig braucht, nicht immer durch den Angriff an sich gedeckt, sondern muſs besonders geschützt werden.

Es ist also der Akt des Angriffs im Kriege, vorzugsweise aber in der Strategie, ein beständiges Wechseln und Verbinden von Angriff und Vertheidigung, wobei aber letztere nicht als eine wirksame Vorbereitung zum Angriff, als eine Steigerung desselben, anzusehen ist, also nicht als ein thätiges Prinzip, sondern als ein bloſses nothwendiges Uebel, als das retardirende Gewicht, welches die bloſse Schwere der Masse hervorbringt; sie ist seine Erbsünde, sein Todesprinzip[1]. Wir sagen: ein retardirendes Gewicht,

---

[1] Philosophisch gedacht — ja! praktisch — nein!
Angriff ist Bewegung, Bewegung verzehrt Kraft; also muſs allerdings, abstrakt genommen, der Angriff allendlich an sich selbst zu Grunde gehen.
Die Erfahrung der lebendigen Erscheinungen aber lehrt, daſs die Widerstandskraft der Vertheidigung in der Praxis nur sehr selten „eine so lange Zeit" vorhält, daſs der Angriff im konkreten Falle an dieser Dauer sich verbluten müſste.

weil, wenn die Vertheidigung nichts zur Verstärkung des Angriffs beiträgt, sie schon durch den blofsen Zeitverlust, den sie repräsentirt, seine Wirkung vermindern mufs. Kann nun aber dieser Bestandtheil von Vertheidigung, der in jedem Angriff enthalten ist, nicht auch **positiv nachtheilig** auf diesen einwirken? Wenn man sich sagt, dafs der **Angriff die schwächere, die Vertheidigung die stärkere Form** des Krieges ist, so scheint daraus zu folgen, dafs diese nicht positiv nachtheilig auf jene einwirken könne; denn so lange man für die **schwächere** Form noch Kräfte genug hat, müfsen diese um so mehr für die **stärkere** ausreichen. Im Allgemeinen, d. h. in der Hauptsache, ist dies wahr; wie es sich noch näher bestimmt, werden wir in dem Kapitel von dem **Kulminationspunkt des Sieges** auseinandersetzen; aber wir dürfen nicht vergessen, dafs jene Ueberlegenheit der **strategischen Vertheidigung** zum Theil eben darin ihren Grund hat, dafs der Angriff selbst nicht ohne Beimischung von Vertheidigung sein kann, und zwar von einer Vertheidigung viel schwächerer Art; was er von dieser mit sich herumschleppen mufs, sind die schlimmsten Elemente derselben; von diesen kann nicht mehr behauptet werden, was vom Ganzen gilt, und so begreift sich, wie diese Elemente der Vertheidigung auch positiv ein schwächendes Prinzip für den Angriff werden können. Eben diese Augenblicke einer schwachen Vertheidigung im Angriff sind es ja, in welche die positive Thätigkeit des offensiven Prinzips in der Vertheidigung eingreifen soll. In welcher verschiedenen Lage befinden sich während der zwölf Stunden Rast, die einem Tagewerk zu folgen pflegen, der Vertheidiger in seiner ausgesuchten, ihm wohlbekannten, vorbereiteten Stellung, und der Angreifende in seinem Marschlager, in welches er — wie ein Blinder — hineingetappt ist, oder während der längern Rast, die eine neue Einrichtung der Verpflegung, das Abwarten von Verstärkungen u. s. w. erfordern kann, wo der Vertheidiger sich in der Nähe seiner Festungen und Vorräthe befindet, der Angreifende hingegen wie der Vogel auf dem Aste. Jeder Angriff mufs mit einem Vertheidigen endigen[2]); wie dies beschaffen sein wird, hängt von Umständen ab; diese können sehr günstig sein, wenn die feindlichen Streitkräfte zerstört sind, aber auch sehr schwierig, wenn dies nicht der Fall ist. Obgleich diese Vertheidigung nicht mehr zum Angriff selbst gehört, so mufs doch ihre Beschaffenheit auf ihn zurückwirken und seinen Werth mitbestimmen helfen.

Das Resultat dieser Betrachtung ist, dafs bei jedem Angriff auf die demselben nothwendig beiwohnende Vertheidigung Rücksicht genommen werden mufs, um die Nachtheile, welchen er unterworfen ist, klar einzusehen und sich darauf gefafst machen zu können[3]).

In einer andern Beziehung dagegen ist der Angriff in sich immer einundderselbe. Die Vertheidigung aber hat ihre Stufen, nämlich je mehr das

---

[2]) Abermals theoretisch — ja! praktisch aber endet der Angriff weit häufiger — mit dem Siege! weil erfahrungsmäfsig das „Eingreifen der positiven Thätigkeit der Vertheidigung" (s. Text oben) so häufig unterbleibt!

[3]) Vgl. unsere Anm. 6 zum 3. Kapitel des 6. Buches.

Prinzip des Abwartens erschöpft werden soll. Dies giebt Formen, die sich wesentlich von einander unterscheiden, wie wir in dem Kapitel von den Widerstandsarten entwickelt haben.

Da der Angriff nur ein thätiges Prinzip hat, und die Vertheidigung in ihm nur ein todtes Gewicht ist, das sich an ihn hängt, so ist eine solche Verschiedenheit in ihm nicht vorhanden. Freilich kann in der Energie des Angriffs, in der Schnelligkeit und Kraft des Stofses ein grofser Unterschied stattfinden, aber nur ein Unterschied in den Graden, nicht in der Art[1]). — Man könnte sich wohl denken, dafs auch der Angreifende einmal die vertheidigende Form wählte, um besser zum Ziele zu kommen, dafs er sich z. B. in einer guten Stellung aufstellte, um sich darin angreifen zu lassen; aber diese Fälle sind so selten, dafs wir in unserer Gruppirung der Begriffe und der Sachen, bei der wir immer von dem Praktischen ausgehen, darauf nicht Rücksicht zu nehmen brauchen. Es findet also beim Angriff keine solche Steigerung statt, wie sie die Widerstandsarten darbieten.

Endlich besteht der Umfang der Angriffsmittel in der Regel nur aus der Streitkraft; zu dieser mufs man dann freilich auch die Festungen rechnen, die, wenn in der Nähe des feindlichen Kriegstheaters gelegen, auf den Angriff einen merklichen Einflufs haben. Aber dieser Einflufs wird mit dem Vorschreiten immer schwächer, und es ist begreiflich, dafs beim Angriffe die eigenen Festungen niemals eine so wesentliche Rolle spielen können, wie bei der Vertheidigung, bei der sie oft eine Hauptsache werden. Der Beistand des Volkes läfst sich mit dem Angriff in solchen Fällen verbunden denken, in denen die Einwohner dem Angreifenden mehr zugethan sind, als ihrem eigenen Heere; endlich kann der Angreifende auch Bundesgenossen haben, aber sie sind dann blofs das Ergebnifs besonderer oder zufälliger Verhältnisse, nicht eine aus der Natur des Angriffs hervorgehende Hülfe. Wenn wir also in der Vertheidigung Festungen, Volksanfstand und Bundesgenossen in den Umfang der Widerstandsmittel aufgenommen haben, so können wir nicht Gleiches beim Angriff thun; dort gehören sie zur Natur der Sache, hier finden sie sich selten und meist zufällig[5]).

Drittes Kapitel.
Vom Gegenstande des strategischen Angriffs.

Das Niederwerfen des Feindes ist das Ziel des Krieges, Vernichtung der feindlichen Streitkräfte das Mittel, beim Angriff wie bei der Vertheidigung. Diese führt durch die Vernichtung der feindlichen Streitkräfte zum Angriff,

---

[1]) In dieser Einheitlichkeit gegenüber der Doppelnatur der Vertheidigung (vergl. die Schlufsbemerkungen zum ersten bis neunten Kapitel des sechsten Buches) liegt aber für den Angriff ein Stärkeprinzip, dessen unendlich hohe Bedeutung nicht unterschätzt werden darf.

[5]) Die moralischen Kraftsteigerungsmittel des Angriffs — werden hier übergangen!! (vergl. die Anm. 8 zum 3. Kapitel des 6. Buches.)

dieser zur Eroberung des Landes. Das Land ist also sein Gegenstand; es braucht aber nicht das ganze Land zu sein, sondern kann sich auf einen Theil, eine Provinz, einen Landstrich, eine Festung u. s. w. beschränken. Alle diese Dinge können einen genügenden Werth haben als politische Gewichte beim Frieden, entweder zum Behalten oder zum Austausch.

Der Gegenstand des strategischen Angriffs kann also von der Eroberung des ganzen Landes in zahllosen Abstufungen herab gedacht werden bis zum unbedeutendsten Platz. Sobald dieser Gegenstand erreicht ist und der Angriff aufhört, tritt die Vertheidigung ein. Man könnte sich daher einen strategischen Angriff als eine bestimmt begrenzte Einheit denken. So ist es aber nicht, wenn wir die Sache praktisch nehmen, d. h. nach den wirklichen Erscheinungen. Hier laufen die Angriffsmomente, d. h. die Absichten und Maßregeln, oft ebenso unbestimmt in die Vertheidigung aus, wie die Pläne der Vertheidigung in den Angriff. Selten, oder wenigstens nicht immer, schreibt sich der Feldherr genau vor, was er erobern will, sondern er läßt es von den Ereignissen abhängen. Sein Angriff führt ihn oft weiter, als er gedacht hat, er bekömmt oft nach mehr oder weniger kurzer Rast neue Gewalt, ohne dafs man veranlafst wäre, zwei ganz verschiedene Akte daraus zu machen; ein andermal kommt er früher zum Stehen, als er gedacht, ohne jedoch seinen Plan aufzugeben und in eine wahre Vertheidigung überzugehen. Man sieht also, dafs, wenn die erfolgreiche Vertheidigung unmerklich in den Angriff übergehen kann, dies umgekehrt auch bei dem Angriff der Fall ist. Diese Abstufungen mufs man im Auge haben, wenn man von dem, was wir von dem Angriff im Allgemeinen sagen, nicht eine falsche Anwendung machen will[1]).

Viertes Kapitel.
Abnehmende Kraft des Angriffs.

Dies ist ein Hauptgegenstand der Strategie; von seiner richtigen Würdigung im einzelnen Fall hängt das richtige Urtheil über das ab, was man thun kann.

Die Schwächung der absoluten Macht entsteht:
1. durch den Zweck des Angriffs, das feindliche Land selbst zu besetzen; dies tritt meistens erst nach der ersten Entscheidung ein, aber mit der ersten Entscheidung hört der Angriff nicht auf;
2. durch das Bedürfnifs der angreifenden Armeen, das Land hinter sich zu besetzen, um sich die Verbindungslinien zu sichern und leben zu können;

---

[1]) Diese thatsächlich möglichen Abstufungen des Angriffes bilden aber nicht sein innerstes Lebensprinzip; auch die Vertheidigung leidet an solchen „menschlichen Schwächen"; und wieder ist die Erfahrung da, um uns zu lehren, dafs dergleichen Krankheitserscheinungen bei ihr weit häufiger sich einstellen, als beim Angriff!

3. durch Verluste in Gefechten und durch Krankheiten;
4. Entfernung von den Ergänzungsquellen;
5. Belagerungen, Einschliefsungen von Festungen;
6. Nachlassen in den Anstrengungen;
7. Abtreten von Verbündeten.

Aber diesen Ursachen der Schwächung gegenüber kann auch Manches dazu beitragen, den Angriff zu verstärken. Es ist jedoch klar, dafs erst die Ausgleichung dieser verschiedenen Gröfsen das allgemeine Resultat bestimmt; so kann z. B. die Schwächung des Angriffs durch die Schwächung der Vertheidigung zum Theil oder ganz aufgewogen oder überwogen werden. Dies Letztere ist selten der Fall[1]); man mufs nur nicht immer alle im Felde stehenden Streitkräfte mit einander vergleichen, sondern die an der Spitze oder die auf den entscheidenden Punkten sich gegenüberstehenden. — Beispiele verschiedener Art: die Franzosen in Oesterreich und Preufsen, in Rufsland; die Verbündeten in Frankreich, die Franzosen in Spanien.

Fünftes Kapitel.
Kulminationspunkt des Angriffs.

Der Erfolg im Angriff ist das Resultat einer vorhandenen Ueberlegenheit, wohlverstanden: physische und moralische Kräfte zusammengenommen. Wir haben im vorigen Kapitel gezeigt, dafs sich die Kraft des Angriffs nach und nach erschöpft; möglicher Weise kann die Ueberlegenheit dabei wachsen, aber in der grofsen Mehrheit der Fälle wird sie abnehmen. Der Angreifende kauft Friedens-Vortheile ein, die ihm bei den Unterhandlungen etwas gelten sollen, die er aber auf der Stelle baar mit seinen Streitkräften bezahlen mufs[1]). Erhält sich das im Vortheil des Angriffs sich täglich vermindernde Uebergewicht bis zum Frieden, so ist der Zweck erreicht. — Es giebt strategische Angriffe, die unmittelbar zum Frieden geführt haben, — aber die wenigsten sind von der Art; die meisten hingegen führen nur bis zu einem Punkt, wo die Kräfte noch eben hinreichen, sich in der Vertheidigung zu halten und den Frieden abzuwarten[2]). — Jenseits dieses Punktes liegt der Umschwung, der Rückschlag; die Gewalt eines solchen Rückschlages ist gewöhnlich viel gröfser, als die Kraft des Stofses war. Dieses nennen wir den Kulminationspunkt des Angriffs. — Da der Zweck des Angriffs der Besitz des feindlichen Landes ist, so folgt, dafs das Vorschreiten so lange dauern mufs, bis die

---

[1]) Uns will das Gegentheil bedünken! Den Schwächungsursachen des Angriffes stehen mindestens gleich wirksame Schwächungsursachen der Vertheidigung gegenüber! Beide Formen an sich stehen letztinstanzlich doch immer in einem „schwebenden Gleichgewicht!"

[1]) Wir sehen eben darin mit einen Vortheil des Angriffs (vergl. unsere Schlufsbem. zum 1. bis 9. Kapitel des 6. Buches).

[2]) Der Autor hat 1870—71 nicht erlebt! Aber auch recht viele Napoleonische Feldzüge widerstreben seiner Behauptung.

Ueberlegenheit erschöpft ist; dies treibt also an das Ziel und kann auch leicht darüber hinausführen. — Bedenkt man, aus wie viel Elementen die Gleichung der wirkenden Kräfte zusammengesetzt ist, so begreift man, wie schwer es in manchen Fällen ist, zu bestimmen, wer von beiden Gegnern die Ueberlegenheit auf seiner Seite hat. Oft hängt Alles an dem seidenen Faden der Einbildung.

Es kommt also Alles darauf an, den Kulminationspunkt mit einem feinen Takt des Urtheils herauszufühlen. Hier stofsen wir auf einen scheinbaren Widerspruch. Die Vertheidigung ist stärker, als der Angriff; man sollte also glauben, dafs dieser nie zu weit führen könne, denn so lange die schwächere Form stark genug bleibt, ist man es ja für die stärkere um so mehr*).

Sechstes Kapitel.
Vernichtung der feindlichen Streitkräfte[1]).

Vernichtung der feindlichen Streitkräfte ist das Mittel zum Ziel. — Was darunter verstanden wird. — Preis, den es kostet. — Verschiedene Gesichtspunkte, welche dabei möglich sind:
1. nur so viel zu vernichten, als der Gegenstand des Angriffs erfordert;
2. oder so viel, als überhaupt möglich ist;
3. die Schonung der eigenen Streitkräfte als Hauptgesichtspunkt;
4. dies kann wieder so weit gehen, dafs der Angreifende nur bei günstiger Gelegenheit etwas zur Vernichtung der feindlichen Streitkräfte unternimmt, wie dies bei dem Gegenstand des Angriffs auch der Fall sein kann und im dritten Kapitel schon vorgekommen ist.

Das einzige Mittel zur Zerstörung der feindlichen Streitkräfte ist das Gefecht, aber freilich auf doppelte Art: 1. unmittelbar; 2. mittelbar, durch Kombination von Gefechten. — Wenn also die Schlacht das Haupt-Mittel ist, so ist sie doch nicht das einzige. Die Einnahme einer Festung oder eines Stück Landes ist an sich schon eine Zerstörung der feindlichen Streitkräfte, sie kann aber auch zu einer noch gröfseren führen, es also auch mittelbar werden.

Die Besetzung eines unvertheidigten Landstrichs kann also aufser dem

---

*) Hier folgt in dem Manuskripte die Stelle:
„Entwickelung dieses Gegenstandes nach B. III., in dem Aufsatz über den Kulminationspunkt des Sieges."
Unter diesem Titel findet sich nun in einem Umschlage mit der Aufschrift: „Einzelne Abhandlungen als Materialien", ein Aufsatz, welcher eine Bearbeitung des hier nur skizzirten Kapitels zu sein scheint und am Ende des siebenten Buches abgedruckt ist.
Anmerk. der Herausgeberin.

[1]) Wir verweisen für die nachfolgenden Kapitel 6—14 auf unsere Anmerkungen zu den correspondirenden Kapiteln des Buches von der Vertheidigung.

Werth, welchen sie als eine unmittelbare Erfüllung des Zweckes hat, auch noch als Zerstörung der feindlichen Streitkräfte gelten. Das Herausmanövriren des Feindes aus einer von ihm besetzten Gegend ist etwas Aehnliches und kann also nur unter demselben Gesichtspunkte und nicht wie ein eigentlicher Waffenerfolg angesehen werden. — Diese Mittel werden meistens überschätzt, — selten haben sie den Werth einer Schlacht; und dabei ist immer noch zu fürchten, daſs man die nachtheilige Lage übersieht, in welche sie führen; wegen des geringen Preises, den sie kosten, sind sie verführerisch.

Ueberall müssen sie als geringere Einsätze angesehen werden, die auch nur zu geringen Gewinnen führen und für beschränktere Verhältnisse und schwächere Motive passen. Dann sind sie offenbar besser als zwecklose Schlachten. — Siege, deren Erfolge sich nicht erschöpfen lassen.

Siebentes Kapitel.
Die Offensivschlacht.

Was wir von der Defensivschlacht gesagt haben, wirft schon ein groſses Licht auf die Offensivschlacht.

Wir haben dort diejenige Schlacht im Auge gehabt, in der die Vertheidigung am stärksten ausgesprochen ist, um das Wesen derselben fühlbar zu machen, — die wenigsten Schlachten sind aber von dieser Art, die meisten sind halbe rencontres, in denen der Defensivcharakter sehr verloren geht. Anders verhält es sich mit der Offensivschlacht; sie behält ihren Charakter unter allen Umständen und darf ihn um so dreister behaupten, als der Vertheidiger sich nicht in seinem eigentlichen esse befindet. Darum bleibt auch bei der nicht recht ausgesprochenen Defensivschlacht und bei den wahren rencontres immer etwas von dem Unterschiede in dem Charakter der Schlacht auf Seiten des Einen und des Andern. Die Haupteigenthümlichkeit der Offensivschlacht ist das Umfassen oder Umgehen, also zugleich die Lieferung der Schlacht.

Das Gefecht mit umfassenden Linien gewährt an sich ganz offenbar groſse Vortheile; es ist indeſs ein Gegenstand der Taktik. Diese Vortheile kann der Angriff nicht aufgeben, weil die Vertheidigung ein Mittel dagegen hat; denn dieses Mittel kann er selbst nicht anwenden, insofern es mit den übrigen Verhältnissen der Vertheidigung zu eng zusammenhängt. Um den umfassenden Feind mit Erfolg wieder umfassen zu können, muſs man sich in einer ausgesuchten und wohl eingerichteten Stellung befinden. Aber was viel wichtiger ist, nicht alle Vortheile, welche die Vertheidigung darbietet, kommen wirklich zur Anwendung; die meisten Vertheidigungen sind dürftige Nothbehelfe, die Mehrzahl der Vertheidiger befindet sich in einer sehr bedrängten und bedrohten Lage, in der sie, das Schlimmste erwartend, dem Angriff auf halbem Wege entgegenkommen. Die Folge davon ist, daſs

Schlachten mit umfassenden Linien oder gar mit verwandter Fronte, welche eigentlich die Folge eines vortheilhaften Verhältnisses der Verbindungslinien sein sollten, gewöhnlich die Folge der moralischen und physischen Ueberlegenheit sind (Marengo, Austerlitz, Jena). Bei der ersten Schlacht ist übrigens die Basis des Angreifenden, wenn auch nicht der der Vertheidigung überlegen, doch wegen der nahen Grenze meistens sehr grofs, also kann er schon etwas wagen. — Der Seitenanfall, d. h. die Schlacht mit verwandter Fronte, ist übrigens wirksamer, als die umfassende. — Falsche Vorstellung, dafs ein umfassendes strategisches Vorrücken von Hause aus damit verbunden sein müsse, wie bei Prag. (Dies hat selten etwas damit gemein und ist sehr mifslich; worüber in dem Angriff eines Kriegstheaters das Nähere.) — So wie in der Vertheidigungsschlacht der Feldherr das Bedürfnifs hat, die Entscheidung möglichst lange hinzuhalten und Zeit zu gewinnen, weil eine unentschiedene Vertheidigungsschlacht mit Sonnenuntergang gewöhnlich eine gewonnene ist, so hat der Feldherr in der Angriffsschlacht das Bedürfnifs, die Entscheidung zu beschleunigen; aber andrerseits ist mit der Uebereilung grofse Gefahr verbunden, weil sie zur Verschwendung der Kräfte führt. Eine Eigenthümlichkeit der Angriffsschlacht ist in den meisten Fällen die Ungewifsheit über die Lage des Gegners; sie ist ein wirkliches Hineintappen in unbekannte Verhältnisse (Austerlitz, Wagram, Hohenlinden, Jena, Katzbach). Je mehr sie das ist, um so mehr ist Vereinigung der Kräfte geboten, um so mehr Umgehen dem Umfassen vorzuziehen. Dafs die Hauptfrüchte des Sieges erst im Verfolgen errungen werden, lehrt schon das zwölfte Kapitel des vierten Buchs. Der Natur der Sache nach ist bei der Offensivschlacht das Verfolgen mehr ein integrirender Theil der ganzen Handlung als in der Vertheidigungsschlacht.

Achtes Kapitel.
Flussübergänge.

1. Ein beträchtlicher Flufs, welcher die Richtungslinie des Angriffs durchschneidet, ist immer sehr unbequem für den Angreifenden; denn er ist, wenn er ihn überschritten hat, meistens auf einen Uebergangspunkt eingeschränkt, wird also, wenn er nicht dicht am Flufs stehen bleiben will, in seinem Handeln sehr beengt sein. Denkt er gar darauf, dem Feinde jenseits ein entscheidendes Gefecht zu liefern, oder darf er erwarten, dafs dieser ihm dazu entgegenkommen wird, so begiebt er sich in grofse Gefahren; ohne bedeutende moralische und physische Ueberlegenheit wird sich also ein Feldherr nicht in diese Lage begeben.

2. Aus dieser Schwierigkeit des blofsen Hintersichnehmens des Flusses entsteht auch viel öfter die Möglichkeit, ihn wirklich zu vertheidigen, als es sonst der Fall sein würde. Setzt man voraus, dafs diese Vertheidigung nicht als das einzige Heil betrachtet, sondern so eingerichtet wird, dafs, selbst

wenn sie mifslungen ist, doch noch ein Widerstand in der Nähe des Flusses möglich bleibt, so treten zu dem Widerstand, welchen der Angreifende durch die Vertheidigung des Flusses erfahren kann, in seinem Kalkül auch noch alle Vortheile, von denen unter Nr. 1. gesprochen ist, und Beides zusammen bewirkt, dafs die Feldherren beim Angriff vor einem vertheidigten Flufs so viel Respekt zu haben pflegen.

3. Wir haben aber im vorigen Buch gesehen, dafs unter gewissen Bedingungen die eigentliche Vertheidigung des Flusses recht gute Erfolge verspricht, und wenn wir auf die Erfahrung sehen, so müssen wir gestehen, dafs diese Erfolge eigentlich noch viel häufiger eintreten, als die Theorie sich verspricht, weil man in dieser doch nur mit den wirklichen Verhältnissen rechnet, wie sie sich finden, während in der Ausführung dem Angreifenden gewöhnlich alle Verhältnisse schwieriger erscheinen, als sie wirklich sind, und daher ein starker Hemmschuh seines Handelns werden.

Ist nun gar von einem Angriff die Rede, der nicht auf eine grofse Entscheidung ausgeht und nicht mit durchgreifender Energie geführt wird, so kann man sagen, dafs sich in der Ausführung eine Menge von kleinen, in der Theorie gar nicht zu berechnenden Hindernissen und Zufällen zum Nachtheil des Angreifenden zeigen werden, weil er der Handelnde ist, also mit ihnen zuerst in Konflikt kommt. Man bedenke nur, wie oft die an sich unbedeutenden lombardischen Flüsse mit Erfolg vertheidigt worden sind! — Wenn dagegen in der Kriegsgeschichte auch Flufsvertheidigungen vorkommen, die nicht das von ihnen Erwartete geleistet haben, so liegt es darin, dafs man zuweilen von diesem Mittel ganz übertriebene Wirkung verlangt hat, die sich ganz und gar nicht auf seine taktische Natur gründete, sondern blofs auf seine aus der Erfahrung bekannte Wirksamkeit, die man dann noch über alle Gebühr ausdehnen wollte.

4. Nur dann, wenn der Vertheidiger den Fehler begeht, auf die Vertheidigung des Flusses sein ganzes Heil zu bauen, und sich in den Fall setzt, durch ihre Sprengung in grofse Verlegenheiten und eine Art von Katastrophe zu gerathen, nur dann kann die Flufsvertheidigung als eine dem Angriff günstige Form des Widerstandes angesehen werden, denn es ist allerdings leichter, eine Flufsvertheidigung zu sprengen, als eine gewöhnliche Schlacht zu gewinnen.

5. Es folgt aus dem bisher Gesagten von selbst, dafs Flufsvertheidigungen von grofsem Werthe werden, wenn keine grofse Entscheidung gesucht wird, dafs aber da, wo diese von der Uebermacht oder Energie des Gegners zu erwarten ist, dies Mittel, wenn es falsch angewendet wird, von positivem Werth für den Angreifenden sein kann.

6. Die wenigsten Flufsvertheidigungen sind von der Art, dafs sie nicht umgangen werden könnten, sei es in Bezug auf die ganze Vertheidigungslinie oder auf einen einzelnen Punkt. Es bleibt also dem überlegenen, auf grofse Schläge ausgehenden Angreifenden immer das Mittel, auf einem Punkt zu demonstriren und auf einem andern überzugehen und dann die ersten nachtheiligen Verhältnisse im Gefecht, welche ihn treffen können, durch die Ueberzahl und ein rücksichtsloses Vordringen gut zu machen; denn auch

dies Letztere wird durch Ueberlegenheit möglich. Ein eigentliches taktisches Forciren eines vertheidigten Flusses, indem man einen feindlichen Hauptposten durch überlegenes Feuer und überlegene Tapferkeit vertreibt, kommt daher selten oder nie vor, und der Ausdruck: gewaltsamer Uebergang ist immer nur strategisch zu nehmen, insofern der Angreifende durch seinen Uebergang an einer gar nicht oder wenig vertheidigten Stelle innerhalb der angeordneten Linie alle Nachtheile, die ihm nach der Absicht des Vertheidigers aus seinem Uebergang erwachsen sollen, bravirt. — Das Schlechteste aber, was der Angreifende thun kann, ist ein wirklicher Uebergang auf mehreren Punkten, wenn sie nicht ganz nahe bei einander liegen und ein gemeinschaftliches Schlagen gestatten; denn da der Vertheidiger nothwendig getheilt sein muſs, so begiebt der Angreifende sich durch ein Theilen seiner Kräfte seines natürlichen Vortheils. Dadurch verlor Bellegarde 1814 die Schlacht am Mincio, wo zufällig beide Armeen zugleich an verschiedenen Punkten übergingen, und die Oesterreicher mehr getheilt waren, als die Franzosen.

7. Bleibt der Vertheidiger diesseits des Flusses, so versteht es sich von selbst, daſs es zwei Wege giebt, ihn strategisch zu besiegen: entweder indem man dessen ungeachtet auf irgend einem Punkte übergeht und also den Vertheidiger in demselben Mittel überbietet, oder durch eine Schlacht. Bei dem ersten sollen eigentlich vorzüglich die Verhältnisse der Basis und Verbindungslinien entscheiden, aber freilich sieht man oft die speziellen Anstalten mehr entscheiden, als die allgemeinen Verhältnisse: wer bessere Posten zu wählen, besser sich einzurichten weiſs, wem besser gehorcht wird, wer schneller marschirt u. s. w., kann mit Vortheil gegen die allgemeinen Umstände ankämpfen. Was das zweite Mittel betrifft, so setzt es bei dem Angreifenden die Mittel, die Verhältnisse und den Entschluſs zu einer Schlacht voraus; wo aber diese vorauszusetzen sind, da wird der Vertheidiger nicht leicht diese Art von Fluſsvertheidigung wagen.

8. Als Endresultat müssen wir also aussprechen, daſs, wenn auch der Uebergang über einen Fluſs an und für sich in den wenigsten Fällen groſse Schwierigkeiten hat, sich doch in allen Fällen, die keine groſse Entscheidung mit sich führen, so viel Bedenken für die Folgen und die entfernteren Verhältnisse daran anknüpfen, daſs allerdings der Angreifende dadurch leicht zum Stehen gebracht werden kann, so daſs er entweder den Vertheidiger diesseits des Flusses läſst, oder allenfalls übergeht, aber dann dicht am Fluſs stehen bleibt. Denn daſs beide Theile lange auf verschiedenen Seiten des Flusses einander gegenüber bleiben, kommt nur in wenigen Fällen vor.

Aber auch in Fällen groſser Entscheidung ist ein Fluſs ein wichtiges Objekt; er schwächt und stört immer die Offensive, und das Günstigste ist in diesem Fall, wenn der Vertheidiger dadurch verleitet wird, ihn als eine taktische Barrière zu betrachten und aus seiner eigentlichen Vertheidigung den Hauptakt seines Widerstandes zu machen, so daſs der Angreifende den Vortheil in die Hände bekommt, den entscheidenden Schlag auf eine leichte Art zu führen. — Freilich wird dieser Schlag im ersten Augenblick niemals eine vollständige Niederlage des Gegners sein, aber er wird aus einzelnen vortheilhaften Gefechten bestehen und diese dann beim Gegner sehr schlechte allgemeine Verhältnisse herbeiführen, wie 1797 bei den Oesterreichern am Niederrhein.

Neuntes Kapitel.
Angriff von Defensivstellungen.

Im Buche von der Vertheidigung ist hinreichend auseinandergesetzt, inwiefern Defensivstellungen den Angreifenden zwingen werden, sie entweder anzugreifen oder sein Vorschreiten aufzugeben. Nur solche, die das bewirken, sind zweckmässig und geeignet, die Angriffskraft ganz oder zum Theil zu verzehren oder zu neutralisiren, und in so weit vermag der Angriff nichts dagegen, d. h. es giebt in seinem Bereich kein Mittel, diesen Vortheil aufzuwiegen. Aber nicht alle Defensivstellungen sind wirklich von dieser Art. Sieht der Angreifende, dafs er sein Ziel verfolgen kann, ohne sie anzugreifen, so wäre der Angriff ein Fehler; kann er sein Ziel nicht verfolgen, so frägt es sich, ob er den Gegner durch Flankenbedrohung herausmanövriren kann. Nur wenn diese Mittel unwirksam sind, entschliesst man sich zum Angriff auf eine gute Stellung, und dann pflegt der Angriff von der Seite her immer etwas weniger Schwierigkeit darzubieten; aber über die Wahl zwischen beiden Seiten entscheidet die Lage und Richtung der gegenseitigen Rückzugslinien, also die Bedrohung des feindlichen Rückzugs und die Sicherung des eigenen. Zwischen beiden Rücksichten kann Konkurrenz entstehen, und da gebührt der ersten Rücksicht ein natürlicher Vorzug, denn sie ist selbst offensiver Natur, also mit dem Angriff homogen, während die andere defensiver Natur ist. Aber gewifs ist und mufs als eine Hauptwahrheit betrachtet werden, dafs **einen tüchtigen Gegner in einer guten Stellung anzugreifen ein mifsliches Ding ist.** Es fehlt freilich nicht an Beispielen solcher Schlachten, und zwar glücklicher, wie Torgau, Wagram (Dresden nennen wir nicht, weil wir den Gegner in derselben nicht tüchtig nennen mögen); aber im Ganzen ist die Gefahr sehr gering und verschwindet gegen die Unzahl von Fällen, wo wir die entschlossensten Feldherren vor solchen Stellungen salutiren sehen (Torres-Vedras).

Aber man mufs mit dem Gegenstande, den wir hier im Auge haben, nicht die gewöhnlichen Schlachten verwechseln. Die meisten Schlachten sind wahre rencontres, in denen zwar der eine Theil steht, aber in einer unzubereiteten Stellung.

Zehntes Kapitel.
Angriff verschanzter Lager.

Es war eine Zeit lang Mode, sehr geringschätzend von Schanzen und ihren Wirkungen zu sprechen. Die cordonartigen Linien der französischen Grenzen, welche oft gesprengt worden waren, das verschanzte Lager von Breslau, in dem der Herzog von Bevern die Schlacht verlor, die Schlacht bei Torgau und mehrere andere Fälle hatten dies Urtheil herbeigeführt, und die durch Bewegung und Offensivmittel errungenen Siege Friedrichs des Grofsen hatten auf alle Vertheidigung, alles stehende Gefecht und namentlich alle Schanzen einen Reflex geworfen, der diese Geringschätzung noch vermehrte. Freilich wenn einige Tausend Mann mehrere Meilen Land vertheidigen sollen, oder wenn Schanzen nichts Anderes sind, als umgekehrte Laufgräben, so sind sie für nichts zu rechnen und es entsteht also durch das Vertrauen, welches man auf sie setzt, eine gefährliche Lücke. Ist es aber denn nicht Widerspruch oder vielmehr Unsinn, wenn man diese Verachtung im Geist eines gemeinen Schwadroneurs (wie Tempelhoff es thut) auf den Begriff der Verschanzung selbst ausdehnt? Wozu wären dann überhaupt Schanzen, wenn sie nicht geeignet wären, die Vertheidigung zu verstärken? Nein, nicht nur die Vernunft, sondern auch hundert und tausend Erfahrungen zeigen, dafs eine gut eingerichtete, gut besetzte, gut vertheidigte Schanze als ein in der Regel unnehmbarer Punkt zu betrachten ist und auch so von den Angreifenden betrachtet wird. Von diesem Element der Wirksamkeit einer einzelnen Schanze ausgegangen, ist es wohl nicht zu bezweifeln, dafs der Angriff eines verschanzten Lagers eine sehr schwierige, ja, meistens eine unmögliche Aufgabe für den Angreifenden ist.

Es liegt in der Natur der verschanzten Lager, dafs sie schwach besetzt sind; aber mit guten Terrainhindernissen und tüchtigen Schanzen kann man sich auch gegen eine grofse Ueberzahl wehren. Friedrich der Grofse hielt den Angriff des Lagers von Pirna für unthunlich, obgleich er das Doppelte der Besatzung dagegen anwenden konnte, und wenn später hin und wieder behauptet worden ist, dafs es wohl hätte genommen werden können, so gründet sich der einzige Beweis dieser Behauptung auf den sehr schlechten Zustand der sächsischen Truppen, was denn freilich nichts gegen die Wirksamkeit der Schanzen beweist. Es ist aber die Frage, ob Diejenigen, welche hinterher den Angriff nicht allein für möglich, sondern sogar für leicht gehalten haben, sich in dem Augenblick der Ausführung dazu entschlossen hätten.

Wir glauben also, dafs der Angriff eines verschanzten Lagers zu den ganz ungewöhnlichen Mitteln der Offensive gehört. Nur wenn die Schanzen in der Eile aufgeworfen, nicht vollendet, noch weniger mit Zugangshindernissen verstärkt sind, oder wenn überhaupt, wie das oft der Fall ist, das ganze Lager nur ein Schema von dem ist, was es sein sollte, eine halbfertige Ruine, dann kann ein Angriff darauf rathsam sein, und sogar ein Weg werden, den Gegner mit Leichtigkeit zu besiegen.

Elftes Kapitel.
Angriff eines Gebirges.

Was ein Gebirge in den allgemeinen strategischen Beziehungen ist, sowohl bei der Vertheidigung, als selbst beim Angriff, geht hinreichend aus dem fünften und den folgenden Kapiteln des sechsten Buches hervor. Auch die Rolle, welche ein Gebirge als eigentliche Vertheidigungslinie spielt, haben wir dort zu entwickeln gesucht, und daraus geht schon hervor, wie dasselbe in dieser Bedeutung von Seiten des Angriffs zu betrachten ist. Es bleibt uns daher über diesen wichtigen Gegenstand hier wenig zu sagen übrig. Unser Hauptresultat war dort, dafs die Vertheidigung den ganz verschiedenen Gesichtspunkt eines untergeordneten Gefechts oder einer Hauptschlacht annehmen mufs, dafs im ersten Fall der Angriff eines Gebirges nur als ein nothwendiges Uebel betrachtet werden kann, weil er alle Verhältnisse gegen sich hat, dafs aber im zweiten Fall sich die Vortheile auf Seiten des Angriffs befinden.

Ein Angriff also, der mit den Kräften und dem Entschlufs zu einer Schlacht ausgerüstet ist, wird seinem Gegner im Gebirge begegnen und gewifs seine Rechnung dabei finden.

Wir müssen aber auch hier noch einmal darauf zurückkommen, dafs es schwer sein wird, diesem Resultat Gehör zu verschaffen, weil es gegen den Augenschein und auf den ersten Blick auch gegen alle Kriegserfahrung läuft. In den meisten Fällen hat man nämlich bisher gesehen, dafs eine zum Angriff vordringende Armee (sie mag nun eine Hauptschlacht suchen oder nicht) es für ein unerhörtes Glück gehalten hat, wenn der Feind das Zwischengebirge nicht besetzt hatte, und dafs sie sich dann beeilte, ihm zuvorzukommen. Niemand wird in diesem Zuvorkommen einen Widerspruch mit dem Interesse des Angreifenden finden; auch nach unsrer Ansicht ist dies sehr zulässig, nur mufs man hier die Umstände genauer unterscheiden.

Eine Armee, die dem Feinde entgegengeht, um ihm eine Hauptschlacht zu liefern, wird, wenn sie ein unbesetztes Gebirge zu überschreiten hat, die natürliche Besorgnifs haben, dafs der Feind eben diejenigen Pässe, welcher sie sich dazu bedienen will, im letzten Augenblick verrennt; in diesem Fall würden für den Angreifenden nicht mehr dieselben Vortheile vorhanden sein, die ihm eine gewöhnliche Gebirgsstellung des Feindes dargeboten hatte. Dieser ist nämlich dann nicht mehr übermäfsig ausgedehnt, ist nicht mehr ungewifs über den Weg, welchen der Angreifende einschlägt; der Angreifende hat die Wahl seiner Strafsen nicht mit Rücksicht auf die feindliche Aufstellung wählen können, und es ist also diese Schlacht im Gebirge nicht mehr mit allen den Vortheilen für ihn verbunden, von denen wir im sechsten Buche gesprochen haben; unter solchen Umständen könnte der Vertheidiger in einer unangreifbaren Stellung gefunden werden. — Sonach würde ja dem Vertheidiger auf diese Weise doch das Mittel zu Gebote stehen, einen vortheilhaften Gebrauch für seine Hauptschlacht aus dem Gebirge zu ziehen. — Möglich wäre dies allerdings; aber wenn man die Schwierigkeiten bedenkt, die es für den Vertheidiger haben würde, sich im letzten Augenblick in einer guten Stellung im Gebirge festzusetzen, zumal wenn er es vorher ganz unbesetzt gelassen hätte, so wird man wohl dieses Vertheidigungsmittel für ein ganz unzuverlässiges, und also auch den Fall, welchen der Angreifende zu fürchten hat, für einen sehr unwahrscheinlichen halten. Aber ist auch dieser Fall sehr unwahrscheinlich, so bleibt es darum doch natürlich, ihn zu fürchten, denn im Kriege ist es oft der Fall, dafs eine Besorgnifs sehr natürlich und doch ziemlich überflüssig ist.

Aber ein anderer Gegenstand, welchen der Angreifende hier zu fürchten hat, ist die vorläufige Gebirgsvertheidigung durch eine Avantgarde oder Vorpostenkette. Auch dieses Mittel wird nur selten dem Interesse des Vertheidigers zusagen, der Angreifende ist aber nicht wohl im Stande, zu unterscheiden, inwiefern dies der Fall sein wird oder nicht, und so fürchtet er das Schlimmste.

Ferner schliefst unsere Ansicht keineswegs die Möglichkeit aus, dafs eine Stellung durch den Gebirgscharakter des Terrains ganz unangreifbar werde; es giebt dergleichen Stellungen, die darum noch nicht im Gebirge liegen (Pirna, Schmotseifen, Meifsen, Feldkirch), und gerade weil sie nicht im Gebirge liegen, sind sie um so geeigneter. Aber man kann sich auch sehr wohl denken, dafs solche Stellungen im Gebirge selbst gefunden werden können, wo die Vertheidiger die gewöhnlichen Nachtheile der Gebirgsstellungen vermeiden können, z. B. auf hohen Plateaus, doch sind sie äufserst selten, und wir konnten hier nur die Mehrzahl im Auge haben.

Wie wenig sich Gebirge zu entscheidenden Vertheidigungsschlachten eignen, sehen wir gerade aus der Kriegsgeschichte; denn die grofsen Feldherren haben sich, wenn sie es auf eine solche Schlacht ankommen lassen wollten, lieber in der Ebene aufgestellt, und es finden sich in der ganzen Kriegsgeschichte keine anderen Beispiele entscheidender Gefechte im Gebirge, als die im Revolutionskriege, in welchen offenbar eine falsche Anwendung und Analogie den Gebrauch der Gebirgsstellungen auch da herbeigeführt hat, wo man auf entscheidende Schläge rechnen mufste (1793 und 1794 in den Vogesen und 1795, 96 und 97 in Italien). Jedermann hat Melas angeklagt, dafs er 1800 die Alpendurchgänge nicht besetzt hatte; aber das sind Kritiken des ersten Einfalls, des blofsen — man möchte sagen — kindischen Urtheils nach dem Augenschein. Bonaparte an Melas Stelle hätte sie eben so wenig besetzt.

Die Anordnung eines Gebirgsangriffs ist gröfstentheils taktischer Natur, nur glauben wir hier für die ersten Umrisse, also für diejenigen Theile, welche der Strategie zunächst liegen und mit ihr zusammenfallen, Folgendes angeben zu müssen:

1. Da man im Gebirge nicht wie in anderen Gegenden von der Strafse ausweichen und aus einer Kolonne zwei oder drei bilden kann, wenn das Bedürfnifs des Augenblicks es erfordert, die Masse der Truppen zu theilen, sondern meistens in langen Defiléen stockt, so mufs das Vorgehen überhaupt auf mehreren Strafsen oder vielmehr in einer etwas breiteren Fronte geschehen.

2. Gegen eine weit ausgedehnte Gebirgsvertheidigung wird natürlich der Angriff mit gesammelten Kräften geschehen; an ein Umfassen des Ganzen ist da nicht zu denken, und wenn ein bedeutender Siegeserfolg erlangt werden soll, so mufs er mehr durch das Sprengen der feindlichen Linie und das Abdrängen der Flügel erreicht werden, als durch umfassendes Abschneiden. Schnelles, unaufhaltsames Vordringen auf der Hauptrückzugsstrafse des Feindes ist da das natürliche Bestreben des Angreifenden.

3. Ist aber der Feind in einer weniger gesammelten Aufstellung im Gebirge anzugreifen, so sind die Umgehungen ein sehr wesentlicher Theil des Angriffs, denn die Stöfse auf die Fronte werden auf die gröfste Stärke des Vertheidigers treffen; die Umgehungen aber müssen wieder mehr auf ein wahres Abschneiden, als auf einen taktischen Seiten- oder Rückenanfall abzielen, denn selbst im Rücken sind Gebirgsstellungen, wenn es nicht an Kräften fehlt, noch eines grofsen Widerstandes fähig; und es ist der schnellste Erfolg immer nur von der Besorgnifs zu erwarten, in die man den Feind versetzt, dafs er seinen Rückzug verliere; diese Besorgnifs entsteht im Gebirge früher und wirkt stärker, weil man sich im schlimmsten Fall nicht so leicht mit dem Degen in der Faust Platz machen kann. Eine blofse Demonstration ist hier nicht das genügende Mittel; sie würde den Feind allenfalls aus seiner Stellung herausmanövriren, aber keinen sonderlichen Erfolg gewähren; es mufs also auf ein wirkliches Abschneiden abgesehn sein.

Zwölftes Kapitel.
Angriff auf Liniencordons.

Wenn in ihrer Vertheidigung und in ihrem Angriff eine Hauptentscheidung liegen soll, so gereichen sie dem Angreifenden zu einem wahren Vortheil, denn ihre allzu grofse Ausdehnung widerspricht noch mehr als die unmittelbare Flufs- oder Gebirgsvertheidigung allen Erfordernissen einer entscheidenden Schlacht. Eugens Linien von Denain 1712 sind wohl hierher zu zählen, denn ihr Verlust glich einer verlorenen Schlacht vollkommen, schwerlich aber hätte Villars in einer konzentrirten Stellung gegen Eugen diesen Sieg erfochten. Wo im Angriff die Mittel zu einer entscheidenden Schlacht nicht liegen, da sind selbst Linien respektirt, wenn sie nämlich von der feindlichen Hauptarmee besetzt sind, wie die von Stollhofen unter Ludwig von Baden im Jahre 1703 selbst von Villars respektirt wurden. Sind sie aber nur von einer untergeordneten Streitkraft besetzt, so kommt freilich Alles auf die Stärke des Korps an, welches man zu ihrem Angriff verwenden kann. Der Widerstand ist dann meistens nicht grofs, aber freilich das Resultat des Sieges auch selten viel werth.

Die Circumvallationslinien der Belagerer haben einen eigenen Charakter, von dem in dem Kapitel vom Angriff eines Kriegstheaters gesprochen werden soll.

Alle cordonartigen Aufstellungen, z. B. verstärkte Vorpostenlinien u. s. w., haben immer das Eigenthümliche, dafs sie leicht zu sprengen sind; aber wenn es nicht geschieht, um weiter vorzudringen und dadurch eine Entscheidung zu erhalten, so geben sie meistens einen nur schwachen Erfolg, der nicht die Mühe werth ist, die man darauf verwendet hat.

Dreizehntes Kapitel.
Manövriren.

1. Schon im dreifsigsten Kapitel des sechsten Buches ist dasselbe berührt. Es ist aber allerdings, obgleich dem Vertheidiger und Angreifenden gemeinschaftlich, doch immer etwas mehr von der Natur des Angriffs als der Vertheidigung, daher wir es hier näher charakterisiren wollen.

2. Das Manövriren steht nicht der gewaltsamen Ausführung des Angriffs durch grofse Gefechte, sondern jeder solchen Ausführung des Angriffs gegenüber, die unmittelbar aus den Mitteln desselben hervorgeht, wäre es auch eine Wirkung auf die feindlichen Verbindungslinien, auf den Rückzug, eine Diversion u. s. w.

3. Halten wir uns an den Sprachgebrauch, so liegt in dem Begriff des Manövrirens eine Wirksamkeit, welche gewissermafsen aus nichts, d. h. aus dem **Gleichgewicht**, erst durch die Fehler, welche man dem Feinde ablockt, **hervorgerufen** wird. Es sind die ersten Züge im Schachspiel. Es ist also ein Spiel gleichgewichtiger Kräfte, um eine glückliche Gelegenheit zu Erfolgen herbeizuführen und diese dann als eine Ueberlegenheit über den Gegner zu benutzen.

4. Diejenigen Interessen aber, welche theils als das Ziel, theils als die Stützpunkte des Handelns hierbei betrachtet werden müssen, sind hauptsächlich:

a) die Verpflegung, welche man dem Gegner abzuschneiden oder zu beschränken sucht;

b) die Vereinigung mit anderen Korps;

c) die Bedrohung anderer Verbindungen mit dem Innern des Landes oder mit andern Armeen und Korps;

d) die Bedrohung des Rückzuges;

e) der Angriff einzelner Punkte mit überlegenen Kräften.

Diese fünf Interessen können sich in den allerkleinsten Einzelheiten der individuellen Lage festsetzen, und diese dadurch zu dem Gegenstand werden, um den sich eine Zeitlang Alles dreht. Eine Brücke, eine Strafse, eine

Schanze spielen dann oft die Hauptrolle. Es ist leicht in jedem Falle darzuthun, dafs nur die Beziehung, die sie zu einem der eben genannten Gegenstände haben, ihnen die Wichtigkeit giebt.

f) Das Resultat eines glücklichen Manövers ist dann für den Angreifenden oder vielmehr für den aktiven Theil (der allerdings auch der Vertheidigende sein kann) ein Stückchen Land, ein Magazin u. s. w.

g) Bei dem strategischen Manöver kommen zwei Gegensätze vor, die das Ansehn verschiedener Manöver haben und auch wohl zu Ableitung falscher Maximen und Regeln gebraucht worden sind und vier Glieder haben, die aber im Grunde alle nothwendige Bestandtheile der Sache sind und als solche betrachtet werden müssen. Der erste Gegensatz ist das Umfassen und das Wirken auf inneren Linien, der zweite das Zusammenhalten der Kräfte und das Ausdehnen in vielen Posten.

h) Was den ersten Gegensatz betrifft, so kann man durchaus nicht sagen, dafs eines der beiden Glieder vor dem andern einen allgemeinen Vorzug verdiene; denn theils ist es natürlich, dafs das Bestreben der einen Art die andere als sein natürliches Gegengewicht, als seine wahre Arzenei hervorruft; theils ist das Umfassen dem Angriff, das Bleiben auf den inneren Linien aber der Vertheidigung homogen, und es wird also meistens jenes dem Angreifenden, dieses dem Vertheidiger mehr zusagen. Diejenige Form wird die Oberhand behalten, die am besten gehandhabt wird.

i) Die Glieder des andern Gegensatzes lassen sich eben so wenig eines dem andern unterordnen. Dem Stärkeren ist es verstattet sich in mehreren Posten auszudehnen; dadurch wird er sich in vielen Rücksichten ein bequemes strategisches Dasein und Handeln verschaffen und die Kräfte seiner Truppen schonen. Der Schwächere mufs sich mehr zusammenhalten und durch Bewegung den Schaden zu verhindern suchen, der ihm sonst daraus erwachsen würde. Diese gröfsere Beweglichkeit setzt einen höheren Grad von Fertigkeit in den Märschen voraus. Der Schwächere mufs also seine physischen und moralischen Kräfte mehr anstrengen, — ein letztes Resultat, das uns natürlich überall entgegentreten mufs, wenn wir immer konsequent geblieben sind, und welches man daher gewissermafsen als die logische Probe auf das Raisonnement betrachten kann. Friedrichs des Grofsen Feldzüge gegen Daun in den Jahren 1759 und 1760, und gegen Laudon 1761, und Montecuculi's gegen Turenne 1673 und 1675 haben immer für die kunstvollsten Bewegungen dieser Art gegolten, und aus ihnen haben wir hauptsächlich unsere Ansichten entnommen.

k) So wie die vier Glieder der gedachten beiden Gegensätze nicht zu falschen Maximen und Regeln gemifsbraucht werden dürfen, so müssen wir auch warnen, anderen allgemeinen Verhältnissen, z. B. der Basis, dem Terrain u. s. w. eine Wichtigkeit und einen durchgreifenden Einflufs beizulegen, die sie in der Wirklichkeit nicht besitzen. Je kleiner die Interessen sind, um die es sich handelt, um so wichtiger werden die Einzelheiten des Orts und des Augenblicks, um so mehr tritt das Allgemeine und Grofse zurück, dafs in dem kleinen Kalkül gewissermafsen nicht Platz hat. Giebt es, allgemein betrachtet, wohl eine widersinnigere Lage, als die Turenne's im Jahre 1675, als er mit dem Rücken dicht am Rhein in einer Ausdehnung von drei Meilen stand und seine Rückzugsbrücke auf seinem äufsersten rechten Flügel hatte? Gleichwohl erfüllten seine Mafsregeln ihren Zweck, und nicht mit Unrecht wird ihnen ein hoher Grad von Kunst und Verständigkeit zugeschrieben. Man begreift aber diesen Erfolg und diese Kunst erst, wenn man mehr auf das Einzelne achtet und es nach dem Werth würdigt, den es in dem individuellen Fall haben mufste.

Wir sind überzeugt, dafs es für das Manövriren keine Art von Regeln giebt, dafs keine Manier, kein allgemeiner Grundsatz die Art des Handelns bestimmen kann, sondern dafs überlegene Thätigkeit, Präcision, Ordnung, Gehorsam, Unerschrockenheit in den individuellsten und kleinsten Umständen die Mittel finden können, sich merkliche Vortheile zu verschaffen, und dafs also hauptsächlich von jenen Eigenschaften der Sieg in diesem Wettkampf abhängen wird.

Vierzehntes Kapitel.
Angriff von Morästen, Ueberschwemmungen, Wäldern.

Moräste, d. h. ungangbare Wiesen, die nur von wenigen Dämmen durchschnitten sind, bieten dem taktischen Angriff besondere Schwierigkeiten dar, wie wir das schon bei der Vertheidigung gesagt haben. Ihre Breite erlaubt fast nie, den Feind durch Geschütz vom jenseitigen Ufer zu vertreiben und Uebergangsmittel zu konstruiren. Die strategische Folge ist, dafs man den Angriff zu vermeiden und sie zu umgehen sucht. Wo die Kultur so grofs ist, wie in manchen Niederungsstrichen, dafs die Durchgänge zahllos werden, da ist der Widerstand des Vertheidigers zwar relativ noch immer stark genug, aber auch für eine absolute Entscheidung um so schwächer und also ganz ungeeignet. — Dagegen wird, wenn die Niederung (wie in Holland) durch eine Ueberschwemmung gesteigert ist, der Widerstand bis zum absoluten wachsen können und dann jeder Angriff daran zu Schanden werden. Holland hat dies im Jahre 1672 gezeigt, wo nach Eroberung und Besetzung aller aufserhalb der Ueberschwemmungslinie liegenden Festungen doch noch 50,000 Mann französischer Truppen übrig blieben, die — erst unter Condé und dann unter Luxemburg — nicht im Stande waren, die Ueberschwemmungslinie zu überwältigen, obgleich vielleicht nur 20,000 Mann sie vertheidigten. Wenn der Feldzug der Preufsen von 1787 unter dem Herzog von Braunschweig gegen die Holländer das ganz entgegengesetzte Resultat zeigt, dafs mit fast gar keiner Uebermacht und sehr unbedeutendem Verlust diese Linien überwältigt wurden, so mufs man die Ursache in dem durch politische Meinungen gespaltenen Zustande der Vertheidiger und der fehlenden Einheit im Befehl suchen, und doch ist nichts gewisser, als dafs das Gelingen des Feldzuges, d. h. das Vordringen durch die letzte Ueberschwemmungslinie bis vor die Mauern vor Amsterdam, auf einer so feinen Spitze ruhte, dafs man unmöglich daraus eine Folgerung ziehen kann. Diese Spitze war das unbewachte Harlemer Meer. Vermittelst dieses umging der Herzog die Vertheidigungslinie und kam dem Posten von Amselvoen in den Rücken. Hätten die Holländer auf diesem Meer ein Paar Schiffe gehabt, so wäre der Herzog niemals bis vor Amsterdam gekommen, denn er war au bout de son latin. Welchen Einfluſs dies auf den Friedensschluſs gehabt hätte, geht uns hier nichts an, aber gewiſs ist, daſs von einem Ueberwältigen der letzten Ueberschwemmungslinie nicht weiter die Rede sein konnte.

Der Winter ist freilich der natürliche Feind dieses Vertheidigungsmittels, wie die Franzosen 1794 und 1795 gezeigt haben, aber es gehört ein **strenger** Winter dazu.

Wälder von geringer Zugänglichkeit haben wir gleichfalls zu den Mitteln gezählt, welche der Vertheidigung einen kräftigen Beistand darbieten. Sind sie von geringer Tiefe, so kann der Angreifende auf mehreren nahe bei einander liegenden Wegen durchdringen und die bessere Gegend erreichen, denn die taktische Stärke der einzelnen Punkte wird nicht groſs sein, weil ein Wald niemals so absolut undurchdringlich gedacht werden kann, wie ein Fluſs oder Morast. — Aber wenn, wie in Ruſsland und Polen, ein bedeutender Landstrich fast überall mit Wald bedeckt ist, und die Kraft des Angreifenden ihn nicht darüber hinaus führen kann, so wird allerdings seine Lage eine sehr beschwerliche sein. Man bedenke nur, mit wie vielen Schwierigkeiten der Verpflegung er zu kämpfen hat und wie wenig er im Stande ist, im Dunkel der Wälder den überall gegenwärtigen Gegner seine Ueberlegenheit an Zahl fühlen zu lassen. Gewiſs gehört dies zu den schlimmsten Lagen, in die sich der Angriff begeben kann.

Funfzehntes Kapitel.
Angriff eines Kriegstheaters mit Entscheidung [1]).

Die meisten Gegenstände sind schon im sechsten Buch berührt worden und werfen auf den Angriff durch den bloſsen Reflex das hinreichende Licht.

---

[1]) Obgleich auch das nachfolgende Kapitel nur eine Skizze bietet, stellt es sich doch als der Kernpunkt des Buches vom Angriff dar.

Seine klaren und schönen Deduktionen lassen uns den Angriff plötzlich in einem ganz anderen Lichte erscheinen, als wir denselben seither beim Autor zu sehen gewohnt waren. Die für den strategischen Angriff maſsgebenden Gesichtspunkte sind in knappester Kürze, aber mit voller Bestimmtheit hingestellt; die „Betrachtung" streift hier vielleicht am nächsten an die — „Lehre"; positive Rathschläge und Warnungen werden ertheilt, wie sie das Werk vom Kriege kaum sonst an anderer Stelle enthält; gesunde Wahrheit wird gepredigt und ihre prägnanten Sentenzen liefern den besten Beweis, daſs Clausewitz den innersten Werth des Angriffes wohl verstanden hat.

Doppelt steigert sich nach dem Studium dieses Kapitels das Bedauern, daſs es im kurzen Buche vom Angriffe ein so kurzes geblieben!

Der Begriff eines geschlossenen Kriegstheaters hat ohnehin eine nähere Beziehung zur Vertheidigung als zum Angriff. Manche Hauptpunkte: **Gegenstand des Angriffs, Wirkungssphäre des Sieges** u. s. w., sind in diesem Buche schon abgehandelt, und das Durchgreifendste und Wesentlichste über die Natur des Angriffs wird sich erst beim Kriegsplan darstellen lassen; doch bleibt uns hier noch Manches zu sagen, und wir wollen wieder mit dem Feldzug beginnen, **in welchem die Absicht einer grofsen Entscheidung vorhanden ist**.

1. Das nächste Ziel des Angriffs ist ein Sieg. Alle Vortheile, welche der Vertheidiger in der Natur seiner Lage findet, kann der Angreifende nur durch Ueberlegenheit ersetzen, und allenfalls noch durch den mäfsigen Vorzug, den das Gefühl, der Angreifende und Vorschreitende zu sein, dem Heere giebt. Meistens wird jedoch der Einflufs dieses Gefühls sehr überschätzt²); denn es dauert nicht lange und hält, ernsteren Schwierigkeiten gegenüber, nicht Stich. Es versteht sich, dafs wir hierbei voraussetzen, dafs der Vertheidiger eben so fehlerfrei und angemessen verfahre, wie der Angreifende. Wir wollen mit dieser Bemerkung die dunklen Ideen von Ueberfall und Ueberraschung entfernen, welche man sich beim Angriff gewöhnlich als reichliche Siegesquellen denkt, und die doch ohne besondere Umstände nicht eintreten. Wie es mit dem eigentlichen strategischen Ueberfall steht, haben wir schon an einem andern Ort gesagt. — Fehlt also dem Angriff die physische Ueberlegenheit, so mufs eine moralische da sein, um die Nachtheile der Form aufzuwiegen; wo auch diese fehlt, ist der Angriff nicht motivirt und wird nicht glücklich sein³).

2. So wie Vorsicht der eigentliche Genius des Vertheidigers sein soll, so sollen Kühnheit und Zuversicht den Angreifenden beseelen, nicht dafs die entgegengesetzten Eigenschaften Beiden fehlen dürfen, sondern es stehen die genannten in einer gröfseren Affinität mit ihren Aufgaben. Diese Eigenschaften sind ja überhaupt nur nöthig, weil das Handeln kein mathematisches Konstruiren ist, sondern eine Thätigkeit in dunklen oder höchstens dämmernden Regionen, in denen man sich demjenigen Führer anvertrauen mufs, der sich am meisten für unser Ziel eignet. — Je moralisch schwächer sich der Vertheidiger zeigt, um so dreister mufs der Angreifende werden.

3. Zum Sieg gehört das Treffen der feindlichen Hauptmacht mit der eigenen. Dies ist beim Angriff weniger zweifelhaft, als bei der Vertheidigung, denn der Angreifende sucht den Vertheidiger in seiner Stellung auf. Allein wir haben behauptet (bei der Vertheidigung), er solle ihn, wenn der Vertheidiger sich **falsch** gestellt hat, nicht aufsuchen, weil er sicher sein könne, dafs dieser **ihn** aufsuchen werde, und er dann den Vortheil habe, ihn unvor-

---

²) Uns will bedünken, dafs Clausewitz dieses Gefühl ebenso sehr unter-, wie er die **Leichtigkeit** überschätzt, „dafs der Vertheidiger ebenso fehlerfrei und angemessen verfahre, wie der Angreifende" (vergl. frühere Bemerkungen).

³) Physische und moralische Ueberlegenheit **entstehen** meist erst im Laufe der Handlung! Das **sicherste** Mittel sie zu gewinnen, ist — **an ihren Besitz zu glauben**!

bereitet zu treffen. Es kommt hierbei Alles auf die wichtigste Strafse und Richtung an, und diesen Punkt haben wir bei der Vertheidigung unerörtert gelassen und auf dieses Kapitel verwiesen. Wir wollen also hier das Nöthige darüber sagen.

4. Welches die näheren Gegenstände des Angriffs und also die Zwecke des Sieges sein können, haben wir schon früher gesagt; liegen nun diese innerhalb des Kriegstheaters, welches angegriffen wird, und innerhalb der wahrscheinlichen Siegessphäre, so sind die Wege dahin die natürlichen Richtungen des Stofses. Aber wir müssen nicht vergessen, dafs der Gegenstand des Angriffs gewöhnlich erst seine Bedeutung mit dem Siege erhält, dafs der Sieg also immer in Verbindung damit gedacht werden mufs; es kommt daher dem Angreifenden nicht so sehr darauf an, den Gegenstand blofs zu erreichen, sondern vielmehr ihn als Sieger zu gewinnen, und so wird denn die Richtung seines Stofses nicht sowohl auf den Gegenstand selbst, als auf den Weg treffen müssen, den das feindliche Heer dahin zu nehmen hat. Dieser Weg ist das nächste Objekt des Angriffs. Die feindliche Armee zu treffen, ehe sie jenen Gegenstand erreicht, sie davon abzuschneiden und in dieser Lage zu schlagen, giebt den potenzirten Sieg. — Wäre z. B. die feindliche Hauptstadt das Hauptobjekt des Angriffs, und der Vertheidiger hätte sich nicht zwischen ihr und dem Angreifenden aufgestellt, so hätte dieser Unrecht, gerade auf die Hauptstadt loszugehen, er thut vielmehr besser, auf die Verbindung zwischen der feindlichen Armee und der Hauptstadt seine Richtung zu nehmen und dort den Sieg zu suchen, der ihm dieselbe bringen soll.

Liegt in der Siegessphäre des Angriffs kein grofses Objekt, so ist die Verbindung der feindlichen Armee mit dem nächsten grofsen Objekt der Punkt, welcher die vorherrschende Wichtigkeit hat. Es wird sich also jeder Angreifende fragen: wenn ich in der Schlacht glücklich bin, was fange ich mit dem Siege an? Das Eroberungsobjekt, worauf ihn dieses führt, ist dann die natürliche Richtung des Stofses. Hat der Vertheidiger sich in dieser Richtung aufgestellt, so ist er im Recht, und es bleibt nichts übrig, als ihn da aufzusuchen. Wäre seine Stellung zu stark, so müfste der Angreifende das Vorbeigehn versuchen, d. h. aus der Noth eine Tugend machen. Ist der Vertheidiger aber nicht auf der rechten Stelle, so wählt der Angreifende diese Richtung und wendet sich, sobald er in die Höhe des Vertheidigers kommt, wenn dieser sich nicht unterdefs seitwärts vorgeschoben hat, in die Richtung seiner Verbindungslinie mit dem Gegenstand, um die feindliche Armee dort aufzusuchen; wäre sie ganz stehen geblieben, so würde der Angreifende gegen dieselbe umkehren müssen, um sie von hinten anzugreifen.

Von allen Wegen, unter denen der Angreifende die Wahl hat, sind die grofsen Handelsstrafsen immer die besten und natürlichsten. Wo sie eine zu starke Biegung machen, mufs man freilich für diese Stellen die geraderen, wenn auch kleineren, Wege wählen, denn eine von der geraden Linie stark abweichende Rückzugsstrafse hat immer grofse Bedenklichkeiten.

5. Zu einer Theilung der Macht hat der Angreifende, der auf eine grofse Entscheidung ausgeht, selten Veranlassung, und es ist meistens, wenn

es dennoch geschieht, als ein Fehler der Unklarheit zu betrachten[1]). Er soll also mit seinen Kolonnen nur in solcher Breite vorrücken, dafs alle zugleich schlagen können. Hat der Feind selbst seine Macht getheilt, so wird das dem Angreifenden um so mehr zum Vortheil gereichen, nur können dabei freilich kleine Demonstrationen vorkommen, die gewissermafsen die strategischen fausses attaques sind und die Bestimmung haben, jene Vortheile festzuhalten; die hierdurch veranlafste Theilung der Macht wäre dann gerechtfertigt.

Die ohnehin nothwendige Theilung in mehrere Kolonnen mufs zur Anordnung des taktischen Angriffs in der umfassenden Form benutzt werden, denn diese Form ist dem Angriff natürlich und darf nicht ohne Noth versäumt werden. Aber sie mufs taktischer Natur bleiben, denn ein strategisches Umfassen, während ein grofser Schlag geschieht, ist vollkommene Kraftverschwendung. Es wäre also nur zu entschuldigen, wenn der Angreifende so stark wäre, dafs der Erfolg gar nicht als zweifelhaft betrachtet werden könnte.

6. Aber auch der Angriff hat Vorsicht nöthig, denn der Angreifende hat auch einen Rücken, hat Verbindungen, die gesichert werden müssen. Diese Sicherung mufs aber wo möglich durch die Art geschehen, wie er sich vorbewegt, d. h. also eo ipso durch die Armee selbst. Wenn dazu besondere Kräfte bestimmt werden müssen, also eine Theilung der Kräfte hervorgerufen wird, so kann dies natürlich der Kraft des Stofses selbst nur schaden. — Da eine beträchtliche Armee immer in der Breite von wenigstens einem Marsch vorzurücken pflegt, so wird, wenn die Rückzugs-Verbindungslinien nicht zu sehr von der Senkrechten abweichen, die Deckung derselben meistens schon durch die Fronte der Armee erreicht.

Die Gefahren dieser Art, welchen der Angreifende ausgesetzt ist, müssen hauptsächlich nach der Lage und dem Charakter des Gegners abgemessen werden. Wo Alles unter dem Druck einer grofsen Entscheidung steht, bleibt dem Vertheidiger für Unternehmungen dieser Art wenig Spielraum; der Angreifende wird also in den gewöhnlichen Fällen nicht viel zu fürchten haben. Aber wenn das Vorschreiten vorüber ist, der Angreifende nach und nach selbst in den Zustand der Vertheidigung übergeht, dann wird die Deckung des Rückens immer nothwendiger, immer mehr eine Hauptsache. Denn da der Rücken eines Angreifenden der Natur der Sache schwächer ist als der des Vertheidigers, so kann dieser schon lange vorher, ehe er zum wirklichen Angriff übergeht, und sogar, indem er selbst noch immer Land einräumt, angefangen haben, auf die Verbindungslinien des Angreifenden zu wirken.

---

[1]) „oder als die Folge einer Zwangslage".

Sechszehntes Kapitel.
Angriff eines Kriegstheaters ohne Entscheidung.

1. Wenn auch der Wille und die Kraft nicht zu einer grofsen Entscheidung hinreichen, so kann doch noch die bestimmte Absicht eines strategischen Angriffs vorhanden sein, aber auf irgend ein geringes Objekt gerichtet. Gelingt der Angriff, so kommt mit der Erreichung dieses Objekts das Ganze in Ruhe und Gleichgewicht. Finden sich einigermafsen Schwierigkeiten, so tritt der Stillstand in dem allgemeinen Fortschreiten schon vorher ein. Nun tritt eine blofse Gelegenheitsoffensive oder auch ein strategisches Manövriren an die Stelle. Dies ist der Charakter der meisten Feldzüge[1]).

2. Die Gegenstände, welche das Ziel einer sochen Offensive ausmachen, sind:

a) **Ein Landstrich.** Vortheile der Verpflegung, allenfalls auch Kontributionen, Schonung des eigenen Landes, Aequivalent beim Frieden, sind die Vortheile, welche daraus fliefsen. Zuweilen knüpft sich auch der Begriff der Waffenehre daran, wie dies in den Feldzügen der französischen Feldherren unter Ludwig XIV. unaufhörlich vorkommt. Einen sehr wesentlichen Unterschied macht es, ob der Landstrich behauptet werden kann oder nicht. Das Erstere ist gewöhnlich nur der Fall, wenn er sich an das eigene Kriegstheater anschliefst und ein natürliches Complement desselben bildet. Nur solche können beim Frieden als Aequivalent in Betracht kommen, die andern sind gewöhnlich nur für die Dauer eines Feldzugs eingenommen und sollen im Winter verlassen werden.

b) **Ein bedeutendes feindliches Magazin.** Wenn es nicht bedeutend ist, so kann es auch nicht wohl als der Gegenstand einer den ganzen Feldzug bestimmenden Offensive angesehen werden. Es bringt zwar an und für sich dem Vertheidiger Verlust und dem Angreifenden Gewinn, indessen ist dabei doch der Hauptvortheil des Letzteren, dafs der Vertheidiger dadurch genöthigt wird, ein Stück zurückzugehen und einen Landstrich aufzugeben, den er sonst gehalten hätte. Die Eroberung des Magazins ist also eigentlich mehr das Mittel und wird hier nur als Zweck angeführt, weil sie das nächste bestimmte Ziel des Handelns wird.

c) **Die Eroberung einer Festung.** Wir haben von der Eroberung der Festungen in einem besondern Kapitel gehandelt und verweisen darauf. Aus den dort entwickelten Gründen ist es begreiflich, wie die Festungen immer den vorzüglichsten und erwünschtesten Gegenstand derjenigen Angriffskriege und Feldzüge ausmachen, die auf ein völliges Niederwerfen des Gegners oder auf die Eroberung eines bedeutenden Theils seines Landes ihre Absicht nicht richten können; und so ist es denn leicht erklärlich, wie in den an Festungen reichen Niederlanden sich immer Alles um die Besetzung der einen oder der anderen Festung drehte, und zwar so, dafs dabei meistens die

---

[1]) „früherer Zeiten" möchten wir hinzufügen.

Successiveroberung der ganzen Provinz nicht einmal als Hauptlineament durchschien, sondern dafs jede Festung wie eine diskrete Gröfse betrachtet wurde, die an sich etwas werth sei, und bei der wohl mehr auf die Bequemlichkeit und Leichtigkeit des Unternehmens als auf den Werth des Platzes gesehen wurde.

Indessen ist eine Belagerung eines nicht ganz unbedeutenden Platzes immer ein bedeutendes Unternehmen, weil es grofse Geldausgaben verursacht und bei Kriegen, in welchen es sich nicht immer um das Ganze handelt, diese sehr berücksichtigt werden müssen. Daher gehört eine solche Belagerung hier schon zu den bedeutenden Gegenständen eines strategischen Angriffs. Je unbedeutender der Platz ist oder je weniger es mit der Belagerung Ernst ist, je weniger Vorbereitungen dazu getroffen sind, je mehr Alles en passant gemacht werden soll, um so kleiner wird dies strategische Ziel, um so angemessener ganz schwachen Kräften und Absichten, und oft sinkt dann das Ganze zu einer blofsen Spiegelfechterei herab, um den Feldzug mit Ehren hinzubringen, weil man als Angreifender doch irgend etwas thun will.

d) Ein vortheilhaftes Gefecht, Treffen oder gar eine Schlacht um der Trophäen oder endlich um der blofsen Waffenehre willen, und zuweilen auch aus blofsem Ehrgeiz des Feldherrn. Dafs dies vorkommt, könnte nur Der bezweifeln, der gar nichts von Kriegsgeschichte wüfste. In den Feldzügen der Franzosen zur Zeit Ludwig XIV. waren die meisten Offensivschlachten von dieser Art. Aber nothwendiger ist es, zu bemerken, dafs diese Dinge nicht ohne objektives Gewicht, nicht blofses Spiel der Eitelkeit sind; sie sind von einem sehr bestimmten Einflufs auf den Frieden, führen also ziemlich direkt ans Ziel. Die Waffenehre, das moralische Uebergewicht des Heeres und des Feldherrn sind Dinge, die unsichtbar wirken, aber den ganzen kriegerischen Akt unaufhörlich durchdringen.

Das Ziel eines solchen Gefechts setzt freilich voraus: α) dafs man eine ziemliche Aussicht habe, zu siegen, β) dafs man bei dem Verlust des Gefechts nicht zu viel auf das Spiel setze. — Mit einer solchen Schlacht, die man in beengten Verhältnissen und mit beschränktem Ziel liefert, mufs man natürlich nicht Siege verwechseln, die blofs aus moralischer Schwäche unbenutzt geblieben sind.

3) Mit Ausnahme des letzten dieser Gegenstände (d) lassen sich alle ohne bedeutende Gefechte erlangen und gewöhnlich werden sie vom Angreifenden ohne solches erstrebt. Die Mittel nun, welche ohne ein entscheidendes Gefecht dem Angreifenden zu Gebote stehen, ergeben sich aus den Interessen, welche der Vertheidiger in seinem Kriegstheater zu beschützen hat; sie werden daher im Bedrohen seiner Verbindungslinien, sei es mit Gegenständen des Unterhalts, wie Magazinen, fruchtbaren Provinzen, Wasserstrassen u. s. w., oder wichtigen Punkten (wie Brücken, Pässen u. dergl.), oder auch mit andern Korps, in der Einnahme starker Stellungen bestehen, die dem Gegner besonders unbequem liegen und aus denen er uns nicht wieder vertreiben kann, der Einnahme bedeutender Städte, fruchtbarer Landstriche, unruhiger Gegenden, die zur Rebellion verführt werden könnten, dem Bedrohen

schwacher Verbündeten u. s. w. Indem der Angriff jene Verbindungen wirklich unterbricht, und zwar auf eine solche Weise, daſs der Vertheidiger sie sich nicht ohne bedeutende Opfer wieder öffnen kann, nöthigt er den Vertheidiger, eine andere Stellung mehr rückwärts oder seitwärts zu nehmen, um jene Objekte zu decken und lieber geringere aufzugeben. So wird denn ein Landstrich frei, ein Magazin, eine Festung entblöſst, jenes der Eroberung, diese der Belagerung preisgegeben. Dabei können kleinere und gröſsere Gefechte vorkommen, aber sie werden dann nicht gesucht und als Zweck behandelt, sondern als ein nothwendiges Uebel, und können einen gewissen Grad der Gröſse und Wichtigkeit nicht überschreiten.

4. Die Einwirkung des Vertheidigers auf die Verbindungslinien des Angreifenden ist eine Reaktionsart, die in den Kriegen mit groſser Entscheidung nur dann vorkommen kann, wenn die Operationslinien sehr groſs werden, dagegen liegt diese Reaktionsart bei Kriegen ohne groſse Entscheidung mehr in der Natur der Sache. Die Verbindungslinien des Gegners werden hier zwar selten sehr lang sein, eber es kommt hier auch nicht so darauf an, dem Gegner groſse Verluste dieser Art beizubringen; eine bloſse Belästigung und Verkürzung seines Unterhaltes thut oft schon Wirkung, und was den Linien an Länge fehlt, ersetzt einigermaſsen die Länge der Zeit, welche man auf diese Bekämpfung des Gegners verwenden kann; darum wird die Deckung seiner strategischen Flanken ein wichtiger Gegenstand für den Angreifenden. Wenn also zwischen dem Angreifenden und dem Vertheidiger ein Kampf der Art entsteht (ein Ueberbieten), so muſs der Angreifende seine natürlichen Nachtheile durch seine Ueberlegenheit zu ersetzen trachten. Bleibt dem Ersteren noch so viel Kraft und Entschluſs, einmal einen bedeutenden Streich gegen ein feindliches Korps oder die feindliche Hauptarmee selbst zu wagen, so wird er sich durch die Gefahr, die er hierdurch über seinem Gegner schweben läſst, noch am besten decken können.

5. Schlieſslich müssen wir noch eines bedeutenden Vortheils gedenken, den allerdings in Kriegen dieser Art der Angreifende über seinen Gegner hat, nämlich ihn seiner Absicht und seiner Kraft nach besser beurtheilen zu können, als dies umgekehrt der Fall ist. In welchem Grade ein Angreifender unternehmend und dreist sein wird, ist viel schwerer vorherzusehen, als ob der Vertheidiger etwas Groſses im Sinne führt. Gewöhnlich liegt, praktisch genommen, schon in der Wahl dieser Kriegsform eine Garantie, daſs man nichts Positives wolle; auſserdem sind die Anstalten zu einer groſsen Reaktion von den gewöhnlichen Vertheidigungsanstalten viel mehr verschieden, als die Anstalten des Angriffs bei gröſseren oder geringeren Absichten; endlich ist der Vertheidiger genöthigt, seine Maſsregeln früher zu nehmen, und der Angreifende dadurch in dem Vortheil der Hinterhand [2].

---

[2] Wie schon wiederholt hervorgehoben, ist unserer Zeit selbst das Verständniſs für derartige Feldzüge — glücklicherweise — fast ganz abhanden gekommen!

Siebzehntes Kapitel.
Angriff von Festungen[1]).

Der Angriff von Festungen kann uns natürlich hier nicht von der Seite der fortifikatorischen Arbeiten beschäftigen, sondern nur in Beziehung erstens auf den damit verbundenen strategischen Zweck, zweitens auf die Wahl unter mehreren Festungen, drittens auf die Art, die Belagerung zu decken.

Dafs der Verlust einer Festung die feindliche Vertheidigung schwächt, besonders dann, wenn sie ein wesentliches Stück derselben ausgemacht hat; dafs dem Angreifenden aus ihrem Besitz grofse Bequemlichkeiten entspringen, indem er sie zu Magazinen und Depots gebrauchen, Landstriche und Quartiere durch dieselbe decken kann u. s. w.; dafs sie, wenn sein Angriff zuletzt in die Vertheidigung übergehen sollte, die stärkste Stütze dieser Vertheidigung werden kann, — alle diese Beziehungen, welche die Festungen zu den Kriegstheatern in dem Fortgang des Krieges haben, lassen sich hinreichend aus dem erkennen, was wir im Buch von der Vertheidigung über die Festungen gesagt haben, der Reflex davon wird das nöthige Licht über den Angriff verbreiten.

Auch in Beziehung auf die Eroberung fester Plätze findet ein grofser Unterschied zwischen den Feldzügen mit einer grofsen Entscheidung und den andern statt. Dort ist diese Eroberung immer als ein nothwendiges Uebel anzusehen. Man belagert nur, was man schlechterdings nicht unbelagert lassen kann, so lange man nämlich noch etwas zu entscheiden hat. Nur wenn die Entscheidung bereits gegeben, die Krise, die Spannung der Kräfte auf geraume Zeit vorüber, und also ein Zustand der Ruhe eingetreten ist, dann dient die Einnahme der festen Plätze als eine Konsolidirung der gemachten Eroberung und dann kann sie meistens, zwar nicht ohne Anstrengung und Kraftaufwand, aber doch ohne Gefahr ausgeführt werden. In der Krise selbst ist die Belagerung einer Festung eine hohe Steigerung derselben zum Nachtheil des Angreifenden; es ist augenscheinlich, dafs nichts so sehr seine Kräfte schwächt und also nichts so geeignet ist, ihm auf eine Zeitlang sein Uebergewicht zu rauben. Aber es giebt Fälle, in denen die Eroberung einer oder der andern Festung ganz unerläfslich ist, wenn der Angriff überhaupt fortschreiten soll, und in diesen ist das Belagern als ein intensives Fortschreiten des Angriffs zu betrachten; die Krise wird dann um so gröfser, je weniger vorher schon entschieden ist. Was über diesen Gegenstand noch in Betracht zu ziehen ist, gehört in das Buch vom Kriegsplan.

In den Feldzügen mit einem beschränkten Ziel ist die Festung gewöhnlich nicht das Mittel, sondern der Zweck selbst; sie wird als eine selbständige kleine Eroberung angesehen, und als solche hat sie folgende Vorzüge vor jeder andern:

---

[1]) Auch von diesem wie von den dann folgenden Kapiteln bis einschliefslich dem 19. kann die Schlufsanmerkung zum sechzehnten Kapitel gelten.

1. dafs die Festung eine kleine, sehr bestimmt begrenzte Eroberung ist, die nicht zu einer gröfseren Kraftanstrengung nöthigt und also auch keinen Rückschlag befürchten läfst;
2. dafs sie beim Frieden als Aequivalent geltend zu machen ist;
3. dafs die Belagerung ein intensives Fortschreiten des Angriffs ist, oder wenigstens so aussieht, ohne dafs die Schwächung der Kräfte dabei immer zunehme, wie das jedes andere Vorschreiten im Angriff mit sich bringt;
4. dafs die Belagerung ein Unternehmen ohne Katastrophe ist.

Diese Dinge alle machen, dafs die Eroberung eines oder mehrerer feindlichen Plätze sehr gewöhnlich ein Gegenstand derjenigen strategischen Angriffe ist, die sich kein gröfseres Ziel vorsetzen können.

Die Gründe, die die Wahl der Festung, welche belagert werden soll, bestimmen, im Fall diese überhaupt zweifelhaft sein kann, sind:

a) dafs sie bequem zu behalten sei, also als Aequivalent beim Frieden recht hoch im Werth stehe;

b) die Mittel zu ihrer Eroberung vorhanden sind. Geringe Mittel gestatten nur kleine Festungen zu nehmen, aber es ist besser, dafs man eine kleine einnimmt, als vor einer grofsen scheitert.

c) Ihre fortifikatorische Stärke, die offenbar nicht immer mit der Wichtigkeit in Verhältnifs steht. Nichts wäre thörichter, als vor einem sehr festen Platz von geringer Wichtigkeit seine Kräfte zu verschwenden, wenn man einen weniger starken zum Gegenstand seines Angriffs machen kann.

d) Die Stärke der Ausrüstung, also auch der Besatzung. Ist die Festung schwach besetzt und ausgerüstet, so ist ihre Eroberung natürlich leichter; aber es ist hierbei zu bemerken, dafs die Stärke der Besatzung und Ausrüstung zugleich zu denjenigen Dingen gezählt werden mufs, die die Wichtigkeit des Platzes mit bestimmen, weil Besatzung und Ausrüstung unmittelbar zu den Streitkräften des Feindes gehören, was nicht in demselben Mafse von den Fortifikationswerken gilt. Die Eroberung einer Festung mit starker Besatzung kann also die Opfer, welche sie kostet, viel eher lohnen, als die einer mit besonders starken Werken.

e) Die Leichtigkeit der Belagerungstransporte. Die meisten Belagerungen scheitern aus Mangel an Mitteln, und diese fehlen meistens wegen der Schwierigkeit des Transports. Eugen's Belagerung von Landreci 1712 und Friedrichs des Grofsen Belagerung von Olmütz 1758 sind davon die hervorstechendsten Beispiele.

f) Endlich ist noch die Leichtigkeit der Deckung als ein hierher gehöriger Punkt zu betrachten.

Es giebt zwei wesentlich verschiedene Arten, die Belagerung zu decken durch Verschanzungen der Belagerungsarmee, also durch eine Circumvallationslinie und durch eine sogenannte Observationslinie. Die ersteren sind ganz aus der Mode gekommen, obgleich offenbar eine Hauptsache für sie spricht, dafs nämlich auf diese Art die Macht des Angreifenden diejenige Schwächung durch Theilung eigentlich gar nicht erfährt, die ein grofser Nachtheil des Belagerers überhaupt ist. Aber freilich findet die

Schwächung auf eine andere Weise doch in einem sehr merklichen Grade statt, indem

1. die Stellung um die Festung herum in der Regel eine zu grofse Ausdehnung für die Stärke des Heeres erfordert;

2. die Besatzung, welche, ihre Stärke zur feindlichen Entsatzarmee hinzugefügt, nur die ursprünglich uns entgegenstehende Macht geben würde, unter diesen Umständen als ein feindliches Korps mitten in unserm Lager zu betrachten ist, welches aber, durch seine Wälle geschützt, unverwundbar oder wenigstens nicht zu überwältigen ist, wodurch seine Wirksamkeit sehr erhöht wird;

3. die Vertheidigung einer Circumvallationslinie nichts als die absoluteste Defension zuläfst, weil die ungünstigste und schwächste aller möglichen Aufstellungsformen, in einem Kreise mit der Fronte nach aufsen, günstigen Ausfällen auf das Aeufserste widerstrebt. Es bleibt also nichts übrig, als sich in seinen Verschanzungen aufs Aeufserste zu wehren. Dafs diese Umstände eine viel gröfsere Schwächung der Vertheidigung herbeiführen können, als die Verminderung des Heeres um ein Drittel seiner Streiter, welche vielleicht bei einer Observationsarmee stattfinden würde, ist leicht begreiflich. Bedenkt man nun noch die allgemeine Vorliebe, die man seit Friedrich dem Grofsen für die sogenannte Offensive (die eigentlich nicht immer eine solche ist), für Bewegungen und Manövriren hat, und den Widerwillen gegen Schanzen, so wird man sich nicht wundern, wenn die Circumvallationslinien ganz aufser Mode gekommen sind. Aber jene Schwächung des taktischen Widerstandes ist keineswegs der einzige Nachtheil derselben, und wir haben nur deshalb die Vorurtheile, die sich in das Urtheil über die Circumvallationslinien hineindrängen, gleich neben jenem Nachtheil aufgezählt, weil sie ihm zunächst verwandt sind. Eine Circumvallationslinie deckt vom ganzen Kriegstheater im Grunde nur den Raum, den sie einschliefst, alles Uebrige ist dem Feinde mehr oder weniger preisgegeben, wenn nicht besondere Detachements zur Deckung bestimmt werden, woraus aber eine Theilung der Kräfte entstehen würde, die man doch vermeiden will. Also wird der Belagernde schon wegen der zur Belagerung nöthigen Zufuhren immer in Besorgnifs und Verlegenheit sein, und es ist überhaupt eine Deckung derselben durch Circumvallationslinien, wenn die Armee und die Belagerungsbedürfnisse einigermafsen beträchtlich sind, und wenn der Feind mit einer namhaften Macht im Felde ist, nicht anders denkbar, als unter Verhältnissen, wie die in den Niederlanden, wo ein ganzes System nahe bei einander liegender Festungen und dazwischen angelegter Linien die übrigen Theile des Kriegstheaters deckt und die Zufuhrlinien erheblich abkürzt. In der Zeit vor Ludwig XIV. war mit der Aufstellung einer Streitkraft noch nicht der Begriff eines Kriegstheaters verbunden. Namentlich zogen die Armeen im dreifsigjährigen Kriege sporadisch hin und her, vor diese oder jene Festung, in deren Nähe sich nicht gerade ein feindliches Korps befand, und belagerten so lange, als die mitgebrachten Belagerungsmittel zureichten, und bis eine feindliche Armee sich zum Entsatz näherte. Da waren die Circumvallationslinien in der Natur der Sache begründet.

In der Folge werden sie wohl nur in wenigen Fällen wieder gebraucht werden können: nämlich, wenn der Feind im Felde ganz schwach ist, wenn der Begriff des Kriegstheaters gegen den der Belagerung selbst gewissermaſsen verschwindet. Nur dann wird es natürlich sein, seine Kräfte bei der Belagerung selbst vereinigt zu behalten, weil diese dadurch unstreitig in einem hohen Grade an Energie gewinnt.

Die Circumvallationslinien unter Ludwig XIV. bei Cambrai und Valenciennes haben wenig geleistet, als jene von Turenne gegen Condé, und diese von Condé gegen Turenne gestürmt wurden; aber man darf auch nicht übersehen, in wie unendlich vielen andern Fällen sie respektirt worden sind, selbst dann, wenn die dringendste Aufforderung zum Entsatz vorhanden und der Feldherr des Vertheidigers ein sehr unternehmender Mann war, wie 1708, als Villars es nicht wagte, die Verbündeten in ihren Linien vor Lille anzugreifen. Auch Friedrich der Groſse bei Olmütz 1758 und bei Dresden 1760 hatte, obgleich keine eigentliche Circumvallationslinie, doch ein System, das im Wesentlichen damit zusammenfiel; er belagerte und deckte mit derselben Armee. Die Entfernung der österreichischen Armee bei Olmütz verleitete ihn dazu, aber die Verluste seiner Transporte bei Domstädtel lieſsen es ihn bereuen; 1760 bei Dresden wurde dies Verfahren durch die Geringschätzung, welche er gegen die Reichsarmee hatte, und durch die Eile, mit welcher er Dresden einnehmen wollte, motivirt.

Endlich ist es ein Nachtheil der Circumvallationslinien, daſs das Belagerungsgeschütz im unglücklichen Fall schwerer zu retten ist. Wird die Entscheidung einen oder mehrere Tagemärsche von dem belagerten Orte gegeben, so kann die Aufhebung der Belagerung erfolgen, ehe der Feind ankommt, und man gewinnt mit dem groſsen Transport auch wohl einen Vorsprung von einem Marsch.

Bei Aufstellung der Observationsarmee kommt vorzüglich die Frage in Betracht, in welcher Entfernung von der belagerten Festung sie stattfinden soll. Diese Frage wird in den meisten Fällen durch das Terrain entschieden oder durch die Stellung anderer Armeen und Korps, mit welchen die Belagerungsarmee in Verbindung bleiben will. Sonst ist leicht einzusehen, daſs bei gröſserer Entfernung die Belagerung besser gedeckt, aber bei kleinerer, die nicht über einige Meilen beträgt, eine gegenseitige Unterstützung beider Armeen erleichtert wird.

Achtzehntes Kapitel.
Angriff von Transporten.

Der Angriff und die Vertheidigung eines Transports sind ein Gegenstand der Taktik; wir würden also hier gar nichts darüber zu sagen haben, wenn nicht der Gegenstand überhaupt gewissermaſsen erst als möglich nachgewiesen werden müſste, was nur aus strategischen Gründen und Verhältnissen geschehen kann. Schon bei der Vertheidigung hätten wir in dieser Beziehung davon zu reden gehabt, wenn nicht das Wenige, was darüber zu sagen ist, sich füglich für Angriff und Vertheidigung zusammenfassen liefse, und der erstere dabei die Hauptrolle spielte.

Ein mäfsiger Transport von dreihundert bis vierhundert Wagen, womit sie auch beladen seien, nimmt eine halbe Meile ein, ein bedeutender mehrere Meilen. Wie ist nun daran zu denken, eine solche Entfernung mit so wenig Truppen zu decken, als gewöhnlich zur Begleitung bestimmt sind? Nimmt man zu dieser Schwierigkeit die Unbeweglichkeit dieser Masse, die nur im langsamsten Schritt fortrückt, und wobei doch immer die Gefahr der Verwirrung droht, endlich, dafs es dabei auf die Deckung eines jeden Theils ankommt, weil sogleich Alles stockt und in Verwirrung geräth, sobald ein Theil vom Feinde erreicht wird, so kann man sich mit Recht fragen: wie ist die Deckung und Vertheidigung eines solchen Zuges überhaupt möglich? — oder mit andern Worten: warum werden nicht alle Transportzüge genommen, die angegriffen werden, und warum werden nicht alle angegriffen, die überhaupt gedeckt werden müssen, d. i. die dem Feinde zugänglich sind? Es ist offenbar, dafs alle taktischen Auskunftsmittel, wie die höchst unpraktische Verkürzung durch beständiges Auf- und Abmarschieren, die Tempelhoff vorschlägt, oder wie die viel bessere durch Theilung in mehrere Kolonnen, zu der Scharnhorst räth, nur schwache Hülfe gegen das Grundübel gewähren.

Der Aufschlufs liegt darin, dafs bei weitem die meisten Transporte schon durch die strategischen Verhältnisse im Allgemeinen eine Sicherung geniefsen, die sie vor jedem andern, dem feindlichen Angriff blofsgestellten Theile voraus haben, und die ihren geringen Vertheidigungsmitteln eine viel gröfsere Wirksamkeit giebt. Sie finden nämlich immer mehr oder weniger im Rücken des eigenen Heeres oder wenigstens in grofser Entfernung vom feindlichen statt. Die Folge davon ist, dafs nur schwache Haufen zu ihrem Angriff abgesendet werden können, und dafs diese genöthigt sind, sich durch starke Reserven zu decken. Nimmt man hierzu, dafs eben die Unbehülflichkeit solcher Fuhrwerke es sehr schwer macht, sie fortzuschaffen, dafs der Angreifende sich meistens begnügen mufs, die Stränge abzuhauen, die Pferde wegzuführen, Pulverkarren in die Luft zu sprengen u. s. w., wodurch das Ganze zwar aufgehalten und desorganisirt wird, aber doch nicht wirklich verloren geht, so sieht man noch mehr ein, wie die Sicherheit eines solchen Transports mehr in diesen allgemeinen Verhältnissen, als in dem Widerstand seiner Bedeckung liegt. Kommt nun dieser Widerstand der Bedeckung hinzu, welcher durch entschlossenes Draufgehn zwar nicht seinen Transport unmittelbar schützen, aber das System des feindlichen Angriffs stören kann, so erscheint zuletzt der Angriff der Transporte, anstatt leicht und unfehlbar zu sein, als ziemlich schwierig und in seinen Folgen ungewifs.

Aber ein Hauptpunkt bleibt noch übrig: es ist die Gefahr, dafs die feindliche Armee oder ein Korps derselben an dem Angreifenden Rache nimmt und ihn durch eine Niederlage für das Unternehmen hinterher bestraft. Diese Besorgnifs hält eine Menge von Unternehmungen zurück, ohne dafs die Ursache ans Licht tritt, so dafs man die Sicherheit in der Bedeckung sucht und sich nicht genug wundern kann, wie eine so bemitleidenswerthe Verfassung, wie die einer solchen Bedeckung ist, solchen Respekt einflöfsen kann. Um die Wahrheit dieser Bemerkung zu fühlen, denke man an den berühmten Rückzug, welchen Friedrich der Grofse 1758 nach der Belagerung von Olmütz durch Böhmen machte, wo die Hälfte seiner Armee in Pelotons aufgelöst war, um einen aus 4000 Fuhrwerken bestehenden Train zu decken. Was hinderte Daun, dieses Unding anzufallen? die Furcht, dafs ihm Friedrich der Grofse mit der andern Hälfte auf den Leib rücken und ihn in eine Schlacht verwickeln würde, die Daun nicht suchte; was hinderte Laudon in Zischbowitz den Transport, dem er immer zur Seite war, früher und dreister anzufallen, als er that? Die Furcht, etwas auf die Finger zu bekommen. Zehn Meilen von seiner Hauptarmee entfernt und durch die preufsische Armee ganz von ihr getrennt, glaubte er sich in der Gefahr einer tüchtigen Niederlage, wenn der durch Daun auf keine Weise beschäftigte König den gröfseren Theil seiner Kräfte gegen ihn richtete.

Nur wenn die strategische Lage eines Heeres dasselbe in die widernatürliche Nothwendigkeit verwickelt, seine Transporte ganz seitwärts oder gar von vornher zu beziehen, dann werden diese Transporte wirklich in grofser Gefahr sein und folglich ein vortheilhaftes Objekt des Angriffs für den Gegner werden, wenn ihm seine Lage erlaubt Kräfte dazu abzusenden. Derselbe Feldzug von 1758 zeigt in dem aufgehobenen Transport von Domstädtel den vollkommensten Erfolg eines solchen Unternehmens. Die Strafse nach Neifse lag in der linken Seite der preufsischen Aufstellung, und des Königs Kräfte waren durch die Belagerung und das gegen Daun aufgestellte Korps so neutralisirt, dafs die Parteigänger für sich selbst gar nichts zu besorgen hatten und mit vollkommener Mufse an ihren Angriff gehen konnten.

Eugen zog 1712, als es Landreci belagerte, seine Belagerungsbedürfnisse von Bouchain über Denain heran, also eigentlich vor der Fronte der strategischen Aufstellung. Welche Mittel er anwendete, um die unter diesen Umständen so schwierige Deckung zu bewirken, und in welche Schwierigkeiten er sich verwickelte, die mit einem förmlichen Umschwung der Angelegenheiten endigten, ist bekannt.

Wir ziehen also das Resultat, dafs der Angriff von Transporten, wie leicht er auch, taktisch betrachtet, sich ausnehmen möge, doch aus strategischen Gründen nicht so viel für sich hat, sondern nur in den ungewöhnlichen Fällen sehr preisgegebener Verbindungslinien bedeutende Erfolge verspricht.

Neunzehntes Kapitel.
Angriff einer feindlichen Armee in Quartieren.

Wir haben in der Vertheidigung diesen Gegenstand nicht behandelt, weil eine Quartierlinie nicht als ein Vertheidigungsmittel betrachtet werden kann, sondern als ein blofser Zustand des Heeres, und zwar als einer, der eine sehr geringe Schlagfertigkeit bedingt. Wir haben uns also in Bezug auf diese Schlagfertigkeit mit dem begnügt, was wir im dreizehnten Kapitel des fünften Buches über diesen Zustand eines Heeres zu sagen hatten.

Hier beim Angriff aber haben wir eines feindlichen Heeres in Quartieren allerdings als eines besonderen Gegenstandes zu gedenken; denn theils ist ein solcher Angriff sehr eigenthümlicher Art, theils kann er als ein strategisches Mittel von besonderer Wirksamkeit betrachtet werden. Es ist also hier nicht die Rede von dem Anfall eines einzelnen feindlichen Quartiers oder eines kleinen, in wenige Dörfer vertheilten Korps, denn die Anordnungen dazu sind ganz taktischer Natur, sondern von dem Angriff einer bedeutenden, in mehr oder weniger ausgedehnte Quartiere vertheilten Streitkraft, so dafs nicht mehr der Ueberfall des einzelnen Quartiers selbst, sondern das Verhindern der Versammlung das Ziel ist.

Der Angriff einer feindlichen Armee in Quartieren ist also der Ueberfall einer nicht versammelten Armee. Soll der Ueberfall als gelungen betrachtet werden, so mufs die feindliche Armee den vorher bestimmten Versammlungspunkt nicht mehr erreichen können, also genöthigt sein, einen andern, weiter rückwärts gelegenen, zu wählen; da dies Zurückverlegen im Augenblick der Noth selten unter einem Tagemarsch, gewöhnlich aber mehrere betragen wird, so ist der Terrainverlust, welcher dadurch entsteht, nicht unbedeutend; und dies ist der erste Vortheil, welcher dem Angreifenden zu Theil wird.

Nun kann aber dieser auf die allgemeinen Verhältnisse sich beziehende Ueberfall allerdings im Anfang zugleich ein Ueberfall einiger einzelnen Quartiere sein, nur freilich nicht aller und nicht sehr vieler, weil schon das Letztere ein solches Ausbreiten und Zerstreuen der Angriffsarmee voraussetzen würde, wie es in keinem Fall rathsam wäre. Es können also nur die vordersten feindlichen Quartiere, welche in der Richtung der vorrückenden Kolonnen liegen, überfallen werden, und auch dies wird wohl selten bei vielen vollkommen gelingen, weil das Annähern einer bedeutenden Macht nicht so unbemerkt geschehen kann. Doch ist dieses Element des Angriffs keineswegs zu übersehen, und wir rechnen die Erfolge, welche daraus hervorgehen, als den zweiten Vortheil eines solchen Ueberfalls.

Ein dritter Vortheil sind die partiellen Gefechte, zu denen der Feind veranlafst wird, und in denen er grofse Verluste erleiden kann. Eine beträchtliche Truppenmasse versammelt sich nämlich nicht in einzelnen Bataillonen auf dem Hauptversammlungspunkt, sondern sie vereinigt sich gewöhnlich erst in Brigaden, Divisionen oder Korps, und diese Massen können dann nicht in eiligster Flucht nach dem Rendezvous eilen, sondern sind genöthigt, wenn eine feindliche Kolonne auf sie stöfst, das Gefecht anzunehmen; nun können sie zwar darin als Sieger gedacht werden, wenn nämlich die angreifende Kolonne nicht stark genug war, aber selbst im Siegen verlieren sie Zeit, und überhaupt kann, wie leicht begreiflich, ein Korps unter solchen Verhältnissen und bei der allgemeinen Tendenz, einen rückwärts gelegenen Punkt zu gewinnen, von seinem Siege keinen sonderlichen Gebrauch machen. Sie können aber auch geschlagen werden, und das ist an sich wahrscheinlicher, weil sie nicht die Zeit haben, sich zu einem guten Widerstand einzurichten. Es läfst sich also wohl denken, dafs bei einem gut angelegten und ausgeführten Ueberfall der Angreifende durch diese partiellen Gefechte bedeutende Trophäen erlangen wird, die dann eine Hauptsache in dem allgemeinen Erfolg sein werden.

Endlich ist der vierte Vortheil und der Schlufsstein des Ganzen eine gewisse momentane Desorganisation des feindlichen Heeres und eine Entmuthigung desselben, die selten erlauben, von den endlich versammelten Kräften Gebrauch zu machen, sondern gewöhnlich den Ueberfallenen nöthigen noch mehr Land zu räumen und überhaupt seine beabsichtigten Operationen zu ändern.

Dies sind die eigenthümlichen Erfolge eines gelungenen Ueberfalls der feindlichen Quartiere, d. h. eines solchen, bei dem der Gegner nicht im Stande gewesen ist, sein Heer ohne Verlust da zu versammeln, wo es in seinem Plane lag. Aber das Gelingen wird der Natur der Sache nach sehr viele Abstufungen haben, und so werden die Erfolge in einem Fall sehr bedeutend, in dem andern kaum nennenswerth sein. Aber selbst da, wo sie bedeutend sind, weil das Unternehmen sehr gut gelungen ist, werden sie doch selten den Erfolg einer gewonnenen Hauptschlacht gewähren, theils weil die Trophäen selten so grofs sein werden, theils weil der moralische Eindruck nicht so hoch angeschlagen werden kann.

Dieses Gesammtresultat mufs man im Auge haben, um sich nicht von einem solchen Unternehmen mehr zu versprechen, als es leisten kann. Manche halten es für das non plus ultra offensiver Wirksamkeit; das ist es aber, wie uns diese nähere Betrachtung und auch die Kriegsgeschichte lehrt, keineswegs.

Einer der glänzendsten Ueberfälle ist der, welchen der Herzog von Lothringen 1643 bei Duttlingen gegen die französischen Quartiere unter dem General Ranzau unternahm. Das Korps war 16,000 Mann stark, verlor den kommandirenden General und 7000 Mann. Es war eine vollkommene Niederlage. Der Mangel an allen Vorposten liefs diesen Erfolg zu.

Der Ueberfall, welchen Turenne im Jahr 1644 bei Mergentheim (Mariendal, wie die Franzosen es nennen) erlitt, war in seinen Wirkungen allerdings gleichfalls einer Niederlage gleich zu achten, denn er verlor von 8000 Mann 3000, was hauptsächlich davon herrührte, dafs er sich verleiten liefs, mit den versammelten Truppen einen unzeitigen Widerstand zu leisten. Auf ähnliche Wirkungen kann man daher nicht oft rechnen; es war mehr der Erfolg eines schlecht überlegten Treffens, als des eigentlichen Ueberfalls, denn Turenne hätte füglich dem Gefecht ausweichen und sich mit seinen in entlegenere Quartiere verlegten Truppen anderswo vereinigen können.

Ein dritter berühmt gewordener Ueberfall ist der, welchen Turenne gegen die unter dem grofsen Kurfürsten, dem kaiserlichen General Bournonville und dem Herzoge von Lothringen im Elsafs stehenden Verbündeten im Jahr 1674 unternahm. Die Trophäen waren sehr gering, der Verlust der Verbündeten nicht über 2000 bis 3000 Mann, was bei einer Macht von 50,000 Mann nicht entscheidend sein konnte; aber sie glaubten doch im Elsafs keinen weiteren Widerstand wagen zu können und zogen sich über den

Rhein zurück. Dieser strategische Erfolg war Alles, was Turenne brauchte, aber man muſs die Ursachen nicht in dem eigentlichen Ueberfall suchen. Turenne überraschte mehr die Pläne des Gegners als die Truppen desselben; die Uneinigkeit der verbündeten Heerführer und der nahe Rhein thaten das Uebrige. Diese Begebenheit verdient überhaupt genauer betrachtet zu werden, weil sie gewöhnlich falsch aufgefaſst wird.

1741 überfällt Neipperg Friedrich den Grofsen in seinen Quartieren; der ganze Erfolg besteht nur darin, daſs der König ihm mit nicht ganz vereinigten Kräften und in verkehrter Fronte die Schlacht von Mollwitz liefern muſs.

1745 überfällt Friedrich der Grofse den Herzog von Lothringen in der Lausitz in seinen Quartieren; der Haupterfolg entsteht durch den wirklichen Ueberfall eines der bedeutendsten Quartiere, nämlich von Hennersdorf, durch welchen die Oesterreicher einen Verlust von 2000 Mann erleiden; der allgemeine Erfolg ist, daſs der Herzog von Lothringen durch die Oberlausitz nach Böhmen zurückgeht, aber freilich nicht verhindert wird, auf dem linken Ufer der Elbe wieder nach Sachsen vorzudringen, so daſs ohne die Schlacht von Kesselsdorf kein bedeutender Erfolg eingetreten wäre.

1758 überfällt der Herzog Ferdinand die französischen Quartiere; der nächste Erfolg ist der Verlust von einigen tausend Mann, und daſs die Franzosen ihre Aufstellung hinter der Aller nehmen müssen. Der moralische Eindruck mag wohl etwas weiter gereicht und auf die spätere Räumung von ganz Westphalen Einfluſs gehabt haben.

Wenn wir aus diesen verschiedenen Beispielen ein Resultat über die Wirksamkeit eines solchen Angriffs ziehen wollen, so sind nur die beiden ersten einer gewonnenen Schlacht gleich zu achten. Hier waren aber die Korps nur klein, und der Mangel an Vorposten in der damaligen Kriegführung ein sehr begünstigender Umstand. Die vier anderen Fälle, obgleich sie zu den vollkommen gelungenen Unternehmungen gezählt werden müssen, sind in ihrem Erfolg einer gewonnenen Schlacht offenbar nicht gleichzustellen. Der allgemeine Erfolg konnte hier nur bei einem Gegner von schwachem Willen und Charakter eintreten, und daher blieb er in dem Fall von 1741 ganz aus.

Im Jahr 1806 hatte die preuſsische Armee den Plan, die Franzosen in Franken auf diese Weise zu überfallen. Der Fall war wohl zu einem genügenden Resultat geeignet. Bonaparte war nicht gegenwärtig, die französischen Korps in sehr ausgedehnten Quartieren; unter diesen Umständen durfte die preuſsische Armee bei groſser Entschlossenheit und Schnelle wohl darauf rechnen, sie mit mehr oder weniger Verlust über den Rhein zu treiben. Dies war aber auch Alles; hätte sie auf mehr gerechnet, z. B. ein Verfolgen ihrer Vortheile über den Rhein, oder ein solches moralisches Uebergewicht, daſs die Franzosen es in demselben Feldzug nicht gewagt hätten, wieder auf dem rechten Rheinufer zu erscheinen, so wäre diese Rechnung ganz ohne genügenden Grund gewesen.

Anfangs August 1812 wollten die Russen von Smolensk her die französischen Quartiere überfallen, als Napoleon seine Armee in der Gegend von

Witebsk einen Halt hatte machen lassen. Es verging ihnen aber bei der Ausführung der Muth dazu, und das war ein Glück für sie, denn da der französische Feldherr mit seinem Centrum dem ihrigen nicht nur um mehr als das Doppelte an Zahl überlegen war, sondern auch der entschlossenste Feldherr, den es je gegeben, da ferner der Verlust von einigen Meilen Raum gar nichts entscheiden konnte, auch gar kein Terrainabschnitt nahe genug war, um ihre Erfolge bis an denselben treiben und dadurch einigermafsen sichern zu können, endlich, da der Krieg des Jahres 1812 auch nicht etwa ein Feldzug war, der sich matt zu seinem Ende hinschleppt, sondern der ernste Plan eines Angreifenden, der seinen Gegner völlig niederwerfen will, — so können die kleinen Vortheile, wie sie ein Ueberfall von Quartieren zu gewähren vermag, nicht anders als im äufsersten Mifsverhältnifs zu der Aufgabe erscheinen, sie konnten unmöglich zu der Hoffnung berechtigen, durch sie die so grofse Ungleichheit der Kräfte und Verhältnisse gut zu machen. Dieser Versuch zeigt aber, wie eine dunkle Vorstellung von der Wirkung dieses Mittels zu einer ganz falschen Anwendung desselben verleiten kann.

Das bisher Gesagte stellt den Gegenstand als **strategisches Mittel** ins Licht. Es liegt aber in der Natur desselben, dafs auch seine Ausführung nicht blofs taktisch ist, sondern zum Theil der Strategie selbst wieder angehört, insofern nämlich ein solcher Angriff gewöhnlich in einer beträchtlichen Breite geschieht, und die Armee, welche ihn ausführt, zum Schlagen kommen kann und meistens kommen wird, ehe sie vereinigt ist, so dafs das Ganze eine Agglomerat einzelner Gefechte wird. Wir müssen also nun auch ein Paar Worte über die natürlichste Einrichtung eines solchen Angriffs sagen.

Die erste Bedingung ist:

1) die feindliche Quartierfronte in einer gewissen Breite anzugreifen, denn nur so wird man mehrere Quartiere wirklich überfallen, andere abschneiden und überhaupt die Desorganisation, die man sich vorgesetzt hat, in das feindliche Heer bringen können. — Die Anzahl und Entfernung der Kolonnen hängt von den Umständen ab.

2) Die Richtung der verschiedenen Kolonnen mufs konzentrisch gegen einen Punkt gehen, auf dem man sich vereinigen will; denn der Gegner endet mehr oder weniger mit einer Vereinigung, und so müssen wir es auch. Dieser Vereinigungspunkt wird wo möglich der feindliche Verbindungspunkt sein oder auf der Rückzugslinie des feindlichen Heeres liegen, natürlich am besten da, wo diese irgend einen Terrainabschnitt durchschneidet.

3) Die einzelnen Kolonnen müssen, wo sie mit feindlichen Kräften zusammentreffen, diese mit grofser Entschlossenheit, mit Wagnifs und Kühnheit anfallen, denn sie haben die allgemeinen Verhältnisse für sich, und da ist das Wagen immer am rechten Ort. Die Folge hiervon ist, dafs die Befehlshaber der einzelnen Kolonnen in dieser Beziehung grofse Freiheit und Vollmacht haben müssen.

4) Die taktischen Angriffspläne gegen die sich zuerst stellenden feindlichen Korps müssen immer auf das Umgehen gerichtet sein, denn vom Trennen und Abschneiden wird ja der Haupterfolg erwartet.

5) Die einzelnen Kolonnen müssen aus allen Waffen bestehen und dürfen

nicht zu schwach an Reiterei sein, es kann sogar unter Umständen gut sein, wenn die ganze Reservekavallerie unter sie vertheilt wird; denn es wäre ein grofser Irrthum, wenn man glaubte, diese könnte als solche bei diesem Unternehmen eine Hauptrolle spielen. Das erste Dorf, die kleinste Brücke, der unbedeutendste Busch hält sie auf.

6) Obgleich es in der Natur eines Ueberfalls liegt, dafs der Angreifende seine Avantgarde nicht weit voraussenden darf, so gilt doch das nur von der Annäherung. Ist das Gefecht in der feindlichen Quartierlinie angefangen, also das was vom eigentlichen Ueberfall zu erwarten war, bereits gewonnen, dann müssen die Kolonnen Avantgarden von allen Waffen so weit als möglich vorschieben, denn diese können durch ihre schnelleren Bewegungen die Verwirrung beim Feinde sehr vermehren. Nur dadurch wird man im Stande sein, hier und da den Trofs von Bagage, Artillerie, Kommandirten und Traineurs wegzunehmen, welcher einem eiligst aufbrechenden Kantonnement nachzuziehen pflegt, und diese Avantgarden müssen das Hauptmittel des Umgehens und Abschneidens werden.

7) Endlich mufs für eintretende Unglücksfälle der Rückzug vorbedacht, und der Versammlungsort des Heeres angegeben werden.

Zwanzigstes Kapitel.
Diversion.

Unter Diversion versteht der Sprachgebrauch einen solchen Anfall des feindlichen Landes, durch welchen Kräfte von dem Hauptpunkt abgezogen werden. Nur dann, wenn dies die Hauptabsicht ist, und nicht die Gewinnung des Gegenstandes, welchen man bei der Gelegenheit angreift, ist es eine Unternehmung eigenthümlicher Art, sonst ist es ein gewöhnlicher Angriff.

Natürlich mufs die Diversion darum doch immer ein Angriffsobjekt haben, denn nur der Werth dieses Objekts kann den Feind veranlassen, Truppen zur Vertheidigung desselben zu entsenden; aufserdem sind diese Objekte, im Fall die Unternehmung als Diversion nicht wirkt, eine Entschädigung für die auf dieselbe verwendeten Kräfte.

Diese Angriffsobjekte können nun Festungen sein, oder bedeutende Magazine, oder reiche und grofse Städte, besonders Hauptstädte, Kontributionen aller Art, endlich Beistand, der unzufriedenen Unterthanen des Feindes geleistet werden soll.

Dafs Diversionen nützlich sein können, ist leicht zu begreifen, aber gewifs sind sie es nicht immer, im Gegentheil oft sogar schädlich. Die Hauptbedingung ist, dafs sie mehr Streitkräfte des Feindes vom Hauptkriegstheater abziehen, als wir auf die Diversion verwenden, denn wenn sie nur eben so viel abziehen, so hört die Wirksamkeit als eigentliche Diversion auf, und das Unternehmen wird ein untergeordneter Angriff. Selbst da, wo man einen Nebenangriff anordnet, weil man der Umstände wegen die Aussicht hat, mit wenig Kräften unverhältnifsmäfsig viel auszurichten, z. B. eine wichtige Festung leicht zu nehmen, mufs man es nicht mehr Diversion nennen. Man pflegt es freilich auch Diversion zu nennen, wenn ein Staat, während er sich gegen einen andern wehrt, durch einen dritten angefallen wird, — aber ein solcher Anfall unterscheidet sich von einem gewöhnlichen Angriff in nichts als in der Richtung, es ist also kein Grund ihm einen besonderen Namen zu geben, denn in der Theorie soll man durch eigene Benennungen auch nur Eigenthümliches bezeichnen.

Wenn aber schwache Kräfte stärkere herbeiziehen sollen, so müssen offenbar besondere Verhältnisse die Veranlassung dazu geben, und es ist also für den Zweck einer Diversion nicht genug, irgend eine Streitkraft auf einen bisher unbetretenen Punkt abzuschicken.

Wenn der Angreifende irgend eine feindliche Provinz, die nicht zum Hauptkriegstheater gehört, durch einen kleinen Haufen von 1000 Mann heimsuchen läfst, um Kontributionen einzutreiben u. s. w., so ist freilich vorherzusehen, dafs der Feind dies nicht durch 1000 Mann verhindern kann, die er dahin absendet, sondern er wird, wenn er die Provinz gegen Streifereien sichern will, allerdings mehr dahin schicken müssen. Aber, mufs man fragen, kann der Vertheidiger anstatt seine Provinz zu sichern, nicht das Gleichgewicht dadurch herstellen, dafs er eine Provinz unseres Landes durch ein eben solches Detachement heimsuchen läfst? Es mufs also, wenn daraus für den Angreifenden ein Vortheil hervorgehen soll, zuvor feststehen, dafs in der Provinz des Vertheidigers mehr zu holen oder zu bedrohen ist als in der unsrigen. Ist dies der Fall, so kann es nicht fehlen, dafs eine ganz schwache Diversion mehr feindliche Streitkräfte beschäftigen wird, als die dazu verwandten betragen. Dagegen geht aus der Natur der Sache hervor, dafs dieser Vortheil schwindet, je mehr die Massen wachsen, denn 50,000 Mann können eine mäfsige Provinz nicht nur gegen 50,000 Mann mit Erfolg vertheidigen, sondern selbst gegen eine etwas gröfsere Zahl. Bei stärkeren Diversionen wird also der Vortheil sehr zweifelhaft, und je gröfser sie werden, um so entschiedener müssen die übrigen Verhältnisse sich schon zum Vortheil der Diversion stellen, wenn bei dieser überhaupt etwas Gutes herauskommen soll.

Diese vortheilhaften Verhältnisse können nun sein:

a) Streitkräfte, welche der Angreifende für die Diversion disponibel machen kann, ohne den Hauptangriff zu schwächen;

b) Punkte des Vertheidigers, die von grofser Wichtigkeit sind und durch die Diversion bedroht werden können;

c) unzufriedene Unterthanen desselben;

d) eine reiche Provinz, welche beträchtliche Kriegsmittel hergeben kann.

Wenn nur diejenige Diversion unternommnn werden soll, die nach diesen verschiedenen Rücksichten geprüft, Erfolge verspricht, so wird man finden, dafs die Gelegenheit dazu sich nicht häufig bietet.

Aber nun kommt noch ein Hauptpunkt. Jede Diversion bringt den Krieg in eine Gegend, wohin er ohne sie nicht gekommen wäre; dadurch wird sie stets mehr oder weniger feindliche Streitkräfte wecken, die sonst geruht hätten, sie wird dies aber auf eine höchst fühlbare Weise thun, wenn der Gegner Milizen und Nationalbewaffnungsmittel bereit hat. Es liegt ganz in der Natur der Sache, und die Erfahrung lehrt es hinlänglich, dafs, wenn eine Gegend plötzlich von einer feindlichen Abtheilung bedroht wird und zu ihrer Vertheidigung nichts vorgekehrt ist, Alles, was sich an tüchtigen Beamten vorfindet alle erdenklichen aufsergewöhnlichen Mittel aufbietet und in Gang setzt, um das Uebel abzuwehren. Es entstehen also hier neue Widerstandskräfte, und zwar solche, die dem Volkskrieg nahe liegen und ihn leicht wecken können.

Dieser Punkt mufs bei jeder Diversion wohl ins Auge gefafst werden, damit man sich nicht seine eigene Grube grabe.

Die Unternehmungen auf Nordholland im Jahre 1799, auf Walcheren 1809 sind, als Diversionen betrachtet, nur insofern zu rechtfertigen, als man die englischen Truppen nicht anders brauchen konnte, aber es ist nicht zweifelhaft, dafs dadurch die Summe der Wiederstandsmittel bei den Franzosen erhöht worden ist, und eben das würde jede Landung in Frankreich selbst thun. Die französische Küste zu bedrohen, bietet allerdings grofse Vortheile, weil dadurch eine bedeutende Truppenzahl, die die Küste bewachen mufs, neutralisirt wird, aber die Landung mit einer bedeutenden Macht wird immer nur dann zu rechtfertigen sein, wenn man auf den Beistand einer Provinz gegen ihre Regierung rechnen kann.

Je weniger eine grofse Entscheidung im Kriege vorliegt, um so eher sind Diversionen zulässig, aber um so kleiner wird freilich auch der Gewinn, welcher aus ihnen zu ziehen ist. Sie sind nur ein Mittel, die stagnirende Masse in Bewegung zu bringen.

Ausführung.

1. Eine Diversion kann einen wirklichen Angriff in sich schliefsen, dann trägt die Ausführung keinen besondern Charakter als den der Kühnheit und Eile.

2. Sie kann auch die Absicht haben, mehr zu scheinen, als sie ist, indem sie zugleich Demonstration ist. Welche besonderen Mittel hier anzuwenden sind, kann nur ein schlauer Verstand angeben, welcher Menschen und Verhältnisse gut kennt. Dafs hierbei immer eine grofse Zersplitterung der Kräfte eintritt, liegt in der Natur der Sache.

3. Sind die Kräfte nicht ganz unbedeutend, und ist der Rückzug auf gewisse Punkte beschränkt, so ist eine Reserve, an die sich Alles anschliefst, eine wesentliche Bedingung.

Einundzwanzigstes Kapitel.
Invasion.

Was wir darüber zu sagen haben, besteht fast nur in der Worterklärung. Wir finden den Ausdruck in den neueren Schriftstellern sehr häufig gebraucht, und sogar mit der Prätension, etwas Eigenthümliches dadurch zu bezeichnen, — guerre d'invasion kommt bei den Franzosen unaufhörlich vor. Sie bezeichnen damit jeden in das feindliche Land weit vorgehenden Angriff und möchten ihn allenfalls als Gegensatz von einem methodischen aufstellen, d. h. einem, der nur an der Grenze nagt. Aber dies ist ein unphilosophischer Sprachwirrwar. Ob ein Angriff an der Grenze bleiben oder tief in das feindliche Land vordringen, ob er sich vor Allem mit der Einnahme der festen Plätze beschäftigen oder den Kern der feindlichen Macht aufsuchen und unablässig verfolgen soll, hängt nicht von einer Manier ab, sondern ist Folge der Umstände. In gewissen Fällen kann das weite Vordringen methodischer und sogar vorsichtiger sein als das Verweilen an der Grenze, in den meisten Fällen ist es nichts Anderes, als eben der glückliche Erfolg eines mit Kraft unternommenen Angriffs und folglich von diesem nicht verschieden.

Ueber den Kulminationspunkt des Sieges*).

Nicht in jedem Kriege ist der Sieger im Stande, den Gegner völlig niederzuwerfen. Es tritt oft, sogar meistens, ein Kulminationspunkt des Sieges ein. Die Erfahrung zeigt dies hinlänglich; da aber der Gegenstand für die Theorie des Krieges besonders wichtig und der Stützpunkt fast aller Feldzugspläne ist, dabei auf seiner Oberfläche wie bei schillernden Farben ein Lichtspiel von scheinbaren Widersprüchen schwebt, so wollen wir ihn schärfer ins Auge fassen und uns mit seinen inneren Gründen beschäftigen.

Der Sieg entspringt in der Regel schon aus einem Uebergewicht der Summe aller physischen und moralischen Kräfte; unstreitig vermehrt er dieses Uebergewicht, denn sonst würde man ihn nicht suchen und theuer erkaufen. Dies thut der Sieg selbst unbedenklich; auch seine Folgen thun es, aber diese nicht bis ans äuſserste Ende, sondern meistens nur bis auf einen gewissen Punkt. Dieser Punkt kann sehr nahe liegen und liegt zuweilen so nahe, daſs die ganzen Folgen der siegreichen Schlacht sich auf die Vermehrung der moralischen Ueberlegenheit beschränken können. Wie das zusammenhängt, haben wir zu untersuchen.

In dem Fortschreiten des kriegerischen Aktes begegnet die Streitkraft unaufhörlich Elementen, die sie vergröſsern, und andern, die sie verringern. Es kommt also auf das Uebergewicht der einen oder der andern an. Da jede

---
*) Vergl. das vierte und fünfte Kapitel.

Verminderung der Kraft als eine Vermehrung der feindlichen anzusehen ist, so folgt hieraus von selbst, dafs dieser doppelte Strom von Zu- und Abflufs beim Vorgehen wie beim Zurückgehen stattfinde.

Es kommt darauf an, die hauptsächlichste Ursache dieser Veränderung in dem einen Fall zu untersuchen, um über den andern mitentschieden zu haben.

Beim Vorgehen sind die hauptsächlichsten Ursachen der Verstärkung des Angreifenden:

1. der Verlust, welchen die feindliche Streitkraft erleidet, weil er gewöhnlich gröfser ist, als der des Angreifenden;
2. der Verlust, welchen der Feind an todten Streitkräften, als Magazinen, Depots, Brücken u. s. w. erleidet, und den der Angreifende gar nicht mit ihm theilt;
3. von dem Augenblick an, wo der Angreifende das feindliche Gebiet betritt, der Verlust von Provinzen, folglich von Quellen neuer Streitkraft;
4. für den Vordringenden der Gewinn eines Theiles dieser Quellen, mit andern Worten: der Vortheil, auf Kosten des Feindes zu leben;
5. der Verlust des innern Zusammenhanges und der regelmäfsigen Bewegung aller Theile beim Feinde;
6. die Verbündeten des Gegners lassen von ihm los, und Andere wenden sich dem Sieger zu;
7. endlich die Muthlosigkeit des Gegners, dem die Waffen zum Theil aus den Händen fallen.

Die Ursachen der Schwächung des Vordringenden sind,

1. dafs er genöthigt ist, feindliche Festungen zu belagern, zu berennen oder zu beobachten; oder dafs der Feind, welcher vor dem Siege dasselbe that, beim Rückzug diese Korps an sich zieht;
2. von dem Augenblick an, wo der Angreifende das feindliche Gebiet betritt, ändert sich die Natur des Kriegstheaters; es wird feindlich; wir müssen dasselbe besetzen, denn es gehört uns nur so weit, wie wir es besetzt haben, und doch bietet es der ganzen Maschine überall Schwierigkeiten dar, die nothwendig zur Schwächung ihrer Wirkungen führen müssen;
3. wir entfernen uns von unsern Quellen, während der Gegner sich den seinigen nähert; dies verursacht Aufenthalt in dem Ersatz der ausgegebenen Kräfte;
4. die Gefahr des bedrohten Staates ruft andere Mächte zu seinem Schutz auf;
5. endlich gröfsere Anstrengung des Gegners wegen der Gröfse der Gefahr, dagegen ein Nachlassen in den Anstrengungen von Seiten des siegenden Staates.

Alle diese Vortheile und Nachtheile können mit einander bestehen, sich gewissermafsen einander begegnen und ihren Weg in entgegengesetzter Richtung fortsetzen. Nur die letzten begegnen sich wie wahre Gegensätze, können nicht an einander vorbei, schliefsen also einander aus. Schon dies allein zeigt, wie unendlich verschieden die Wirkungen des Sieges sein können, je nachdem sie den Gegner betäuben oder zu gröfserer Kraftanstrengung drängen.

Wir wollen jeden der einzelnen Punkte mit ein paar Bemerkungen zu charakterisiren versuchen.

1. Der Verlust der feindlichen Streitkraft nach einer Niederlage kann im ersten Augenblick am stärksten sein und dann täglich geringer werden, bis er auf einen Punkt kommt, wo er mit dem unsrigen ins Gleichgewicht tritt, er kann aber auch mit jedem Tage in steigender Progression wachsen. Die Verschiedenheit der Lagen und Verhältnisse entscheidet. Im Allgemeinen kann man blofs sagen, dafs bei einem guten Heere das Erstere, bei einem schlechten das Andere gewöhnlicher sein wird; nächst dem Geist des Heeres ist der Geist der Regierung das Wichtigste dabei. Es ist im Kriege sehr wichtig, beide Fälle zu unterscheiden, um nicht aufzuhören, wo man erst recht anfangen sollte, und umgekehrt.

2. Ebenso kann der Verlust des Feindes an todten Streitkräften ab- und zunehmen, und dies hängt von der zufälligen Lage und Beschaffenheit der Vorrathsörter ab. Dieser Gegenstand kann sich übrigens hinsichtlich seiner Wichtigkeit gegenwärtig nicht mehr mit den andern messen.

3. Der dritte Vortheil mufs nothwendig mit dem Vorschreiten im Steigen bleiben, ja man kann sagen, dafs er überhaupt erst in Betracht kommt, wenn man schon tief in den feindlichen Staat vorgedrungen ist, d. h. ein Viertel bis ein Drittel seiner Länder hinter sich hat. Uebrigens kommt dabei noch der innere Werth in Betracht, den die Provinzen in Beziehung auf den Krieg haben.

Ebenso mufs der vierte Vortheil mit dem Vorschreiten wachsen.

Von diesen beiden letzten ist aber noch zu bemerken, dafs ihr Einflufs auf die im Kampf begriffenen Streitkräfte selten schnell fühlbar ist, sondern dafs sie erst langsamer auf einem Umwege wirken, und dafs man also um ihretwillen den Bogen nicht zu scharf spannen, d. h. sich in keine zu gefährliche Lage begeben soll.

Der fünfte Vortheil kommt erst wieder in Betracht, wenn man schon bedeutend vorgeschritten ist und die Gestalt des feindlichen Landes Gelegenheit giebt, einige Provinzen von der Hauptmasse zu trennen, die dann wie abgebundene Glieder bald abzusterben pflegen.

Von 6. und 7. ist es wenigstens wahrscheinlich, dafs sie mit dem Vorschreiten wachsen, wir werden übrigens von beiden weiter unten sprechen.

Gehen wir jetzt zu den Schwächungsursachen über.

1. Das Belagern, Berennen und Einschliefsen der Festungen wird in den meisten Fällen mit dem Vorschreiten zunehmen. Diese Schwächung allein wirkt auf den Stand der Streitkräfte so mächtig, dafs sie in dieser Beziehung leicht alle Vortheile aufwiegen kann. Freilich hat man in neueren Zeiten angefangen, Festungen mit sehr wenigen Truppen zu berennen, oder gar mit noch wenigeren zu beobachten; auch mufs der Feind diese Festungen mit Besatzung versehen. Nichts desto weniger bleibt es ein wichtiges Sicherungsprincip. Die Besatzungen bestehen zwar gewöhnlich zur Hälfte aus Leuten, die vorher nicht mitgefochten haben. Vor denjenigen Festungen, welche nahe an der Verbindungsstrafse liegen, mufs man wohl das Doppelte

der Besatzung zurücklassen, und will man nur eine einzige bedeutende förmlich belagern oder aushungern, so ist dazu eine kleine Armee erforderlich.

2. Die zweite Ursache, die Einrichtung eines Kriegstheaters im feindlichen Lande, wächst nothwendig mit dem Vorschreiten und wirkt, wenn auch nicht auf den augenblicklichen Stand der Streitkräfte, doch auf die dauernde Lage derselben noch mehr.

Nur denjenigen Theil des feindlichen Landes können wir als unser Kriegstheater betrachten, den wir besetzt, d. h. wo wir entweder kleine Korps im freien Felde oder hin und wieder Besatzungen in den beträchtlichsten Städten, auf den Etappenörtern u. s. w. gelassen haben; wie klein nun auch die Garnisonen sind, die wir zurücklassen, so schwächen sie doch die Streitkraft beträchtlich. Aber dies ist das Geringste.

Jede Armee hat strategische Flanken, nämlich die Gegend, welche sich auf beiden Seiten ihrer Verbindungslinien hinzieht; weil die feindliche Armee sie aber gleichfalls hat, so ist die Schwäche dieser Theile nicht fühlbar. Dies ist aber nur der Fall im eigenen Lande; so wie man sich im feindlichen befindet, wird die Schwäche dieser Theile sehr fühlbar, weil bei einer langen, wenig oder gar nicht gedeckten Linie die unbedeutendste Unternehmung einigen Erfolg verspricht, und diese überall aus einer feindlichen Gegend hervorgehen kann.

Je weiter man vordringt, um so länger werden diese Flanken und die daraus entstehende Gefahr wächst in steigender Progression; denn nicht bloſs sind sie schwer zu decken, sondern der Unternehmungsgeist des Feindes wird auch hauptsächlich erst durch die langen, ungesicherten Verbindungslinien hervorgerufen, und die Folgen, welche ihr Verlust im Fall eines Rückzugs haben kann, sind höchst bedenklich.

Alles dieses trägt dazu bei, der vorschreitenden Armee mit jedem Schritt, den sie weiter thut, ein neues Gewicht anzuhängen, so daſs, wenn sie nicht mit einer ungewöhnlichen Ueberlegenheit angefangen hat, sie sich nach und nach immer mehr beengt in ihren Plänen, immer mehr geschwächt in ihrer Stoſskraft und zuletzt ungewiſs und besorglich in ihrer Lage fühlt.

3. Die dritte Ursache, die Entfernung von der Quelle, aus welcher die unaufhörlich sich schwächende Streitkraft ebenso unaufhörlich ergänzt werden muſs, nimmt mit dem Vorrücken zu. Eine erobernde Armee gleicht hierin dem Licht einer Lampe; je weiter sich das nährende Oel herunter senkt und vom Focus entfernt, um so kleiner wird dieser, bis er nachher ganz erlischt.

Freilich kann der Reichthum eroberter Provinzen dieses Uebel sehr vermindern, jedoch niemals ganz aufheben, weil es immer eine Menge von Gegenständen giebt, die man aus dem eigenen Lande kommen lassen muſs, namentlich Menschen; weil die Leistungen des feindlichen Landes gemeiniglich weder so schnell noch so sicher sind als im eigenen Lande; weil für ein unerwartet entstehendes Bedürfniſs nicht so schnell Hülfe geschafft werden kann; weil Miſsverständnisse und Fehler aller Art nicht so früh entdeckt und verbessert werden.

Führt der Fürst sein Heer nicht selbst an, wie das in den letzten Kriegen Sitte geworden, ist er demselben nicht mehr nahe, so entsteht noch ein neuer, sehr grofser Nachtheil aus dem Zeitverlust, den das Hin- und Herfragen mit sich bringt, denn die gröfste Vollmacht eines Heerführers kann den weiten Raum seiner Wirksamkeit nicht ausfüllen.

4. Die Veränderung der politischen Verbindungen. Sind diese Veränderungen, welche der Sieg hervorruft, von der Art, dafs sie dem Sieger nachtheilig sein werden, so werden sie wahrscheinlich mit seinen Fortschritten im geraden Verhältnifs stehen, eben so wie das der Fall ist, wenn sie ihm günstig sind. Hier kommt Alles auf die bestehenden politischen Verbindungen, Interessen, Gewohnheiten, Richtungen, auf Fürsten, Minister u. s. w. an. Im Allgemeinen kann man nur sagen, dafs, wenn ein grofser Staat besiegt wird, welcher kleinere Bundesgenossen hat, diese bald abzufallen pflegen, so dafs dann der Sieger in dieser Beziehung mit jedem Schlage stärker wird; ist aber der besiegte Staat klein, so werden sich viel eher Beschützer aufwerfen, wenn er in seinem Dasein bedroht wird, und Andere, die geholfen haben, ihn zu erschüttern, werden umkehren, um seinen Untergang zu verhindern,

5. Der gröfsere Widerstand, welcher beim Feinde hervorgerufen wird. Einmal fallen dem Feinde die Waffen aus den Händen vor Schreck und Betäubung, ein andermal ergreift ihn ein enthusiastischer Paroxismus, Alles eilt zu den Waffen, und der Widerstand ist nach der ersten Niederlage viel gröfser als vor derselben. Der Charakter des Volkes und der Regierung, die Natur des Landes, die politischen Verbindungen desselben sind die Data, aus denen das Wahrscheinliche errathen werden mufs.

Wie unendlich verschieden machen diese beiden letzten Punkte allein die Pläne, welche man im Kriege in dem einen und dem andern Fall machen darf und soll. Während der Eine durch Aengstlichkeit und sogenanntes methodisches Verfahren sein bestes Glück verscherzt, stürzt sich der Andere durch Unüberlegtheit ins Verderben.

Noch müssen wir hier der Erschlaffung gedenken, welche bei dem Sieger nicht selten dann eintritt, wenn die Gefahr entfernt ist, während doch umgekehrt neue Anstrengungen nöthig wären, um den Sieg zu verfolgen. Wirft man einen allgemeinen Blick auf diese verschiedenen, einander entgegengesetzten Prinzipien, so ergiebt sich ohne Zweifel, dafs die Benutzung des Sieges, das Vorschreiten in dem Angriffskriege in der Allgemeinheit der Fälle die Ueberlegenheit verkleinert, mit welcher man angefangen, oder die man durch den Sieg erworben hat.

Hier mufs uns nothwendig die Frage einfallen: Wenn dem so ist, was treibt nun den Sieger zum Verfolgen seiner Siegesbahn, zum Vorschreiten in der Offensive? Und kann dies wirklich noch eine Benutzung des Sieges genannt werden? Wäre es nicht besser, da inne zu halten, wo noch gar keine Verringerung des erhaltenen Uebergewichts stattgefunden hat?

Hierauf mufs man natürlich antworten: das Uebergewicht der Streitkräfte ist nicht der Zweck, sondern das Mittel. Der Zweck ist entweder, den Feind niederzuwerfen oder ihm doch wenigstens einen Theil seiner Länder zu nehmen, um sich dadurch in den Stand zu setzen, die erlangten Vortheile beim Friedensschlufs geltend zu machen. Selbst wenn wir den Gegner ganz niederwerfen wollen, müssen wir uns gefallen lassen, dafs vielleicht jeder Schritt vorwärts unsere Ueberlegenheit schwächt, woraus aber nicht nothwendig folgt, dafs sie vor dem Fall des Gegners Null werden müsse; der Fall des Gegners kann vorher eintreten, und liefse sich dieser mit dem letzten Minimum des Uebergewichts erreichen, so wäre es ein Fehler, dieses nicht daran zu wenden.

Das Uebergewicht also, welches man im Kriege hat oder erwirbt, ist nur das Mittel, nicht der Zweck, und mufs für diesen daran gesetzt werden. Aber man mufs den Punkt kennen, bis zu welchem es reicht, um nicht über diesen hinauszugehen und anstatt neuer Vortheile Schande zu ernten.

Dafs es sich mit dem Erschöpfen des strategischen Uebergewichts in dem strategischen Angriff also verhält, dafür brauchen wir nicht besondere Fälle aus der Erfahrung anzuführen; die Masse der Erscheinungen hat uns vielmehr gedrängt, die inneren Gründe dafür aufzusuchen. Nur seit Bonaparte's Erscheinen kennen wir Feldzüge unter gebildeten Völkern, in denen das Uebergewicht ununterbrochen bis zum Fall des Gegners führte; vor ihm endigte jeder Feldzug damit, dafs die siegende Armee einen Punkt zu gewinnen suchte, wo sie sich im blofsen Gleichgewicht erhalten konnte. Auf diesem Punkte hörte die Bewegung des Sieges auf, wenn nicht etwa gar ein Rückzug nöthig wurde. Dieser Kulminationspunkt des Sieges wird nun auch in der Folge in allen Kriegen vorkommen, in denen das Niederwerfen des Gegners nicht das kriegerische Ziel sein kann, und von dieser Art werden doch immer die meisten Kriege sein. Das natürliche Ziel aller einzelnen Feldzugspläne ist der Wendepunkt des Angriffs zur Vertheidigung.

Nun ist aber das Ueberschreiten dieses Zieles nicht etwa blofs eine unnütze Kraftanstrengung, welche keinen Erfolg weiter giebt, sondern eine verderbliche, welche Rückschläge verursacht, und diese Rückschläge sind nach einer ganz allgemeinen Erfahrung immer von unverhältnifsmäfsiger Wirkung. Diese letztere Erscheinung ist so allgemein, scheint so naturgemäfs und verständlich, dafs wir uns überheben können, die Ursachen derselben umständlich anzugeben. Mangel an Einrichtung in dem eroberten Lande und der starke Gegensatz, welchen ein bedeutender Verlust gegen den erwarteten neuen Erfolg in den Gemüthern bildet, sind in jedem Fall die hauptsächlichsten. Die moralischen Kräfte, Ermuthigung auf der einen Seite, die oft bis zum Uebermuth steigt, Niedergeschlagenheit auf der andern, beginnen hier gewöhnlich ihr sehr lebhaftes Spiel. Die Verluste beim Rückzuge werden dadurch gröfser, und der bisher siegreich Gewesene dankt in der Regel dem Himmel, wenn er mit der blofsen Rückgabe des Eroberten davonkommt, ohne Einbufse an eigenem Lande zu erleiden.

Hier müssen wir einen anscheinenden Widerspruch beseitigen.

Man sollte nämlich glauben, dafs, so lange das Vorschreiten im Angriff seinen Fortgang hat, auch noch Ueberlegenheit vorhanden sei, und da die Vertheidigung, welche am Ende der Siegeslaufbahn eintritt, eine stärkere Form des Krieges ist, als der Angriff, so sei um so weniger Gefahr, dafs man unversehns der Schwächere werde. Und doch ist dem also, und wir müssen gestehen, dafs, wenn wir die Geschichte im Auge haben, oft die gröfste Gefahr des Umschwungs erst in dem Augenblick eintritt, wenn der Angriff nachläfst und in Vertheidigung übergeht. Wir wollen uns nach dem Grunde umsehen.

Die Ueberlegenheit, welche wir der vertheidigenden Kriegsform zugeschrieben haben, liegt:
1. in der Benutzung der Gegend;
2. in dem Besitz eines eingerichteten Kriegstheaters;
3. in dem Beistand des Volkes;
4. in dem Vortheil des Abwartens.

Es ist klar, dafs diese Prinzipe nicht immer in gleichem Mafse vorhanden und wirksam sein werden, dafs folglich eine Vertheidigung nicht immer gleich der anderen ist, und dafs mithin auch die Vertheidigung nicht immer dieselbe Ueberlegenheit über den Angriff haben wird. Namentlich mufs dies bei einer Vertheidigung der Fall sein, die nach einem erschöpften Angriff eintritt, und deren Kriegstheater gewöhnlich an der Spitze eines weit vorgeschobenen Offensivdreiecks zu liegen kommt. Diese behält von den genannten vier Prinzipien nur das erste, die Benutzung der Gegend unvermindert, das zweite fällt meistens ganz weg, das dritte wird negativ und das vierte wird sehr geschwächt. Nur über das letzte hier noch ein paar Worte zur Erläuterung.

Wenn nämlich das eingebildete Gleichgewicht, in welchem oft ganze Feldzüge erfolglos verstreichen, weil Der, an welchem das Handeln ist, nicht die nothwendige Entschlossenheit besitzt — und darin finden wir eben den Vortheil des Abwartens — wenn dieses Gleichgewicht durch einen Offensivakt gestört, das feindliche Interesse verletzt, sein Wille zum Handeln hingedrängt wird, so ist die Wahrscheinlichkeit, dafs er in müfsiger Unentschlossenheit bleiben werde, sehr verringert. Eine Vertheidigung, die man auf erobertem Boden einrichtet, hat einen viel mehr herausfordernden Charakter als eine im eigenen Lande; es wird ihr gewissermafsen das offensive Prinzip eingeimpft und ihre Natur dadurch geschwächt. Die Ruhe, welche Daun Friedrich II. in Schlesien und Sachsen gönnte, würde er ihm in Böhmen nicht gestattet haben.

Es ist also klar, dafs die Vertheidigung, welche in eine Offensivunternehmung verflochten ist, in allen ihren Hauptprinzipien geschwächt sein und also nicht mehr die Ueberlegenheit haben wird, welche ihr ursprünglich zukommt.

Wie kein Vertheidigungsfeldzug aus blofsen Vertheidigungselementen zusammengesetzt ist, so besteht auch kein Angriffsfeldzug aus lauter Angriffselementen, weil aufser den kurzen Zwischenperioden eines jeden Feldzugs, in welchen beide Heere sich in der Vertheidigung befinden, jeder Angriff, der nicht bis zum Frieden reicht, nothwendig mit einer Vertheidigung endigen mufs.

Auf diese Weise ist es die Vertheidigung selbst, welche zur Schwächung des Angriffs beiträgt. Dies ist so wenig eine müfsige Spitzfindigkeit, dafs wir es vielmehr als den hauptsächlichsten Nachtheil des Angriffs betrachten, dadurch später in eine ganz unvortheilhafte Vertheidigung versetzt zu werden.

Und hiermit ist denn erklärt, wie der Unterschied, welcher in der Stärke der offensiven und defensiven Kriegsform ursprünglich besteht, nach und nach geringer wird. Wir wollen nun noch zeigen, wie er ganz verschwinden, und die eine auf kurze Zeit in die entgegengesetzte Gröfse übergehen kann. Will man uns erlauben, einen Begriff aus der Natur zur Erklärung anzuwenden, so werden wir uns kürzer fassen können. Es ist die Zeit, welche in der Körperwelt jede Kraft braucht, um sich wirksam zu zeigen. Eine Kraft, die hinreichend wäre, einen bewegten Körper aufzuhalten, wenn sie langsam und nach und nach angewendet wird, wird von ihm überwältigt werden, wenn es an Zeit fehlt. Dieses Gesetz der Körperwelt ist ein treffendes Bild für manche Erscheinung unseres inneren Lebens. Sind wir einmal zu einer gewissen Richtung der Gedanken angeregt worden, so ist nicht jeder an sich hinreichende Grund im Stande, eine Veränderung oder ein Innehalten hervorzubringen. Es ist Zeit, Ruhe, nachhaltiger Eindruck im Bewufstsein erforderlich. So ist es auch im Kriege. Hat die Seele einmal eine bestimmte Richtung zum Ziele genommen oder sich nach einem Rettungshafen zurückgewendet, so geschieht es leicht, dafs die Gründe, welche den Einen zum Innehalten nöthigen, den Andern zum Unternehmen auffordern, nicht sogleich in ihrer ganzen Stärke gefühlt werden, und da die Handlung indefs fortschreitet, so kommt man im Strom der Bewegung über die Grenze des Gleichgewichts, über den Kulminationspunkt hinaus, ohne es gewahr zu werden; ja, es kann geschehen, dafs dem Angreifenden, unterstützt von den moralischen Kräften, die vorzugsweise im Angriff liegen, das Weiterschreiten trotz der erschöpften Kraft weniger beschwerlich wird als das Innehalten, so wie Pferden, welche eine Last den Berg hinauf ziehen. Hiermit glauben wir nun ohne inneren Widerspruch gezeigt zu haben, wie der Angreifende über denjenigen Punkt hinaus kommen kann, der ihm im Augenblick des Innehaltens und der Vertheidigung noch Erfolge, d. h. Gleichgewicht verspricht. Es ist also beim Entwurf des Feldzugs wichtig, diesen Punkt richtig festzuhalten, sowohl für den Angreifenden, damit er nicht über sein Vermögen unternehme (gewissermafsen Schulden mache), als für den Vertheidiger, damit er diesen Nachtheil, in welchen sich der Angreifende begeben hat, erkenne und benütze.

Werfen wir nun einen Blick auf alle die Gegenstände zurück, welche der Feldherr bei dieser Fesstellung im Auge haben soll, und erinnern wir uns, dafs er von den wichtigsten ihre Richtung und ihren Werth erst durch den Ueberblick vieler andern, nahen und entfernten Verhältnisse schätzen, gewissermafsen errathen mufs, — errathen, ob das feindliche Heer nach dem ersten Stofs einen festeren Kern, eine immer zunehmende Dichtigkeit zeigen, oder ob es, wie die Bologneser Flaschen, in Staub zerfallen wird, sobald man seine Oberfläche verletzt; — errathen, wie grofs die Schwächung und Lähmung sein werde, die das Versiegen einzelner Quellen, das Unterbrechen einzelner Verbindungen im feindlichen Kriegsstaate hervorbringt; — errathen, ob der Gegner von dem brennenden Schmerz der Wunde, die ihm geschlagen, ohnmächtig zusammensinken, oder wie ein verwundeter Stier zur Wuth werde gesteigert werden; — errathen endlich, ob die andern Mächte erschreckt oder entrüstet sein, ob und welche politische Verbindungen sich lösen oder bilden werden, — sagen wir uns, dafs er dies Alles und vieles Andere mit dem Takt seines Urtheils treffen soll, wie der Schütze sein Ziel, so müssen wir eingestehen, daſs ein solcher Akt des menschlichen Geistes nichts Geringes sei. Tausend Abwege zeigen sich dem Urtheil, die sich hier- und dorthin verlaufen; und was die Menge, die Verwicklung und die Vielseitigkeit der Gegenstände nicht thut, das thun die Gefahr und die Verantwortlichkeit.

So geschieht es denn, daſs die groſse Mehrheit der Feldherren lieber weit hinter dem Ziele zurückbleibt, als sich ihm zu sehr nähert, und daſs ein schöner Muth und hoher Unternehmungsgeist oft darüber hinaus gerathen und also ihren Zweck verfehlen. Nur wer mit geringen Mitteln Groſses thut, hat das Ziel glücklich getroffen[1]).

---

[1]) Sicherlich sind diese Clausewitz-Betrachtungen über den Kulminationspunkt des Siegs voll tiefster Lebenswahrheit, in ihrer bündigen Klarheit eines jener „abgerundeten" Werk- und Meisterstücke des berühmten „Kriegsphilosophen", welcher den Krieg — als „fortgesetzte Politik" behandelt! Auf den „kriegerischen Krieg" aber — können und dürfen sie keine Anwendung finden!

Noch einmal muſs grade hier auf den wesentlichen Unterschied der Stoffbehandlung aufmerksam gemacht werden, welcher Clausewitz von allen anderen Kriegslehrern unterscheidet (s. zur Einführung). Seine Aussprüche grade hier wenden sich an den „Feldherrn-Diplomaten", der den Krieg zu handhaben hat, als — Mittel zum politischen Zweck, nicht an den „Feldherrn-Soldaten", der den Krieg betreibt — als Selbstzweck!

Viel Unheil droht, wenn man, was für den Einen gesagt, auf den Anderen beziehen wollte und müſste!

Wie die reine Philosophie unsere Anschauungen klären und dadurch indirekt unser Handeln beeinflussen soll und kann, so vermag auch in kriegerischen Dingen die Clausewitz-Philosophie uns ein klareres Verständniſs für den Kern der Dinge zu erschlieſsen — je tiefer aber die Einzelfrage in die Praxis des handelnden Lebens hineingreift, desto mehr verliert sich die ideale Richtung; desto nothwendiger wird es, durch die „muthige That" den Knoten des „verwickelten Gedankenganges" zu durchhauen!

SKIZZEN ZUM ACHTEN BUCHE.
Kriegsplan.

Erstes Kapitel.
Einleitung.

In dem Kapitel vom Wesen und Zweck des Krieges haben wir seinen Gesammtbegriff gewissermafsen skizzirt und seine Verhältnisse zu den ihn umgebenden Dingen angedeutet, um mit einer richtigen Grundvorstellung anzufangen. Wir haben die mannichfaltigen Schwierigkeiten, auf welche der Verstand dabei stöfst, durchblicken lassen, indem wir uns eine genauere Betrachtung derselben vorbehielten, und sind bei dem Resultat stehen geblieben dafs das Niederwerfen des Feindes, folglich die Vernichtung seiner Streitkräfte das Hauptziel des ganzen kriegerischen Aktes sei. Dies hat uns in den Stand gesetzt, im folgenden Kapitel zu zeigen, dafs das Mittel, dessen sich der kriegerische Akt bedient, allein das Gefecht sei. Auf diese Weise glauben wir vorläufig einen richtigen Standpunkt gewonnen zu haben.

Nachdem wir nun die beachtenswerthesten Verhältnisse und Formen, welche in dem kriegerischen Handeln außerhalb des Gefechts vorkommen, einzeln durchgegangen sind, um ihren Werth theils nach der Natur der Sache, theils nach der Erfahrung, welche die Kriegsgeschichte darbietet, bestimmter anzugeben, sie von unbestimmten, zweideutigen Vorstellungen, die damit verbunden zu sein pflegen, zu reinigen und auch bei ihnen das eigentliche Ziel des kriegerischen Aktes, die Vernichtung des Feindes, überall gehörig als die Hauptsache hervortreten zu lassen, kehren wir nun zu dem Ganzen des Krieges zurück, indem wir uns vorsetzen, von dem Kriegs- und Feldzugsplan zu reden, und sind daher genöthigt, an die Vorstellungen in unserem ersten Buche wieder anzuknüpfen.

In diesen Kapiteln, welche die Gesammtfrage abhandeln sollen, ist die eigentliche Strategie, das Umfassendste und Wichtigste derselben, enthalten. Wir betreten dieses Innerste ihres Gebietes, in welchem alle übrigen Fäden zusammenlaufen, nicht ohne Scheu, die in der That hinreichend gerechtfertigt ist.

Wenn man auf der einen Seite sieht, wie das kriegerische Handeln so höchst einfach erscheint; wenn man hört und liest, wie die gröfsten Feldherren grade am einfachsten und schlichtesten sich darüber ausdrücken, wie das Regieren und Bewegen der aus hunderttausend Gliedern zusammengesetzten, schwerfälligen Maschine in ihrem Munde sich nicht anders ausnimmt, als ob von ihrer Person allein die Rede sei, so dafs der ganze ungeheure Akt des Krieges zu einer Art von Zweikampf individualisirt wird; wenn man dabei die Motive ihres Handelns bald mit ein paar einfachen Vorstellungen, bald mit irgend einer Regung des Gemüthes in Verbindung gebracht findet; wenn man diese leichte, sichere, man möchte sagen, leichtfertige Weise sieht, wie sie den Gegenstand auffassen, — und nun von der andern Seite die grofse Anzahl von Verhältnissen, die für den untersuchenden Verstand in Anregung kommen; die grofsen, oft unbestimmten Entfernungen, in welche die einzelnen Fäden auslaufen, und die Menge von Kombinationen, die vor uns liegen; wenn man dabei an die Verpflichtung denkt, welche die Theorie hat, dies Alles systematisch, d. h. mit Klarheit und Vollständigkeit aufzufassen und das Handeln immer auf die Nothwendigkeit des zureichenden Grundes zurückzuführen, so überfällt uns die Besorgnifs mit unwiderstehlicher Gewalt, zu einem pedantischen Schulmeisterthum hinabgerissen zu werden', in den untern Räumen schwerfälliger Begriffe herumzukriechen und dem grofsen Feldherrn in seinem leichten Ueberblick also niemals zu begegnen. Wenn das Resultat theoretischer Bemühungen von dieser Art sein sollte, so wäre es eben so gut, oder vielmehr besser, sie gar nicht angestellt zu haben; sie ziehen der Theorie die Geringschätzung des Talentes zu und fallen bald in Vergessenheit. Und von der andern Seite ist dieser leichte Ueberblick des Feldherrn, diese einfache Vorstellungsart, diese Personifizirung des ganzen kriegerischen Handelns so ganz und gar der Kern jeder guten Kriegführung, dafs nur bei dieser grofsartigen Weise sich die Freiheit der Seele denken läfst, die nöthig ist, wenn sie über die Ereignisse herrschen und nicht von ihnen überwältigt werden soll.

Mit einiger Scheu setzen wir unsern Schritt fort; wir können es nur, wenn wir den Weg verfolgen, welchen wir uns gleich Anfangs vorgezeichnet haben. Die Theorie soll mit einem klaren Blick die Masse der Gegenstände beleuchten, damit der Verstand sich leichter in ihnen zurechtfinde; sie soll das Unkraut ausreifsen, welches der Irrthum überall hat hervorschiefsen lassen, sie soll die Verhältnisse der Dinge unter einander zeigen, das Wichtige von dem Unwichtigen sondern. Wo sich die Vorstellungen von selbst zu einem solchen Kern der Wahrheit zusammenfinden, den wir Grundsatz nennen, wo sie von selbst eine solche Linie halten, die eine Regel bildet, da soll die Theorie es angeben.

Was nun der Geist von dieser Wanderung zwischen den Fundamental-Vorstellungen der Sache mit sich nimmt, die Lichtstrahlen, welche in ihm geweckt werden, das ist der Nutzen, welchen ihm die Theorie gewährt. Sie kann ihm keine Formeln zur Auflösung der Aufgaben mitgeben, sie kann seinen Weg nicht auf eine schmale Linie der Nothwendigkeit einschränken durch Grundsätze, die sie zu beiden Seiten aufstellt. Sie läfst ihn einen Blick in die Masse der Gegenstände und ihre Verhältnisse thun und entläfst ihn dann wieder in die höheren Regionen des Handelns, um nach dem Mafs der ihm gewordenen natürlichen Kräfte mit der vereinten Thätigkeit Aller zu handeln und sich des Wahren und Rechten, wie eines einzelnen klaren Gedankens, bewufst zu werden, der, durch den Gesammtdruck aller jener Kräfte hervorgetrieben, mehr ein Produkt des Gefühls als des Denkens zu sein scheint[1])

Zweites Kapitel.
Absoluter und wirklicher Krieg.

Der Kriegsplan fafst den ganzen kriegerischen Akt zusammen, durch ihn wird er zur einzelnen Handlung, die einen letzten endlichen Zweck haben mufs, in welchem sich alle besonderen Zwecke ausgeglichen haben. Man fängt keinen Krieg an, oder man sollte vernünftigerweise keinen anfangen, ohne sich zu sagen, was man mit, und was man in demselben erreichen will; das Erstere ist der Zweck, das Andere das Ziel. Durch diesen Hauptgedanken werden alle Richtungen gegeben, der Umfang der Mittel, das Mafs der Energie bestimmt; er äufsert seinen Einflufs bis in die kleinsten Glieder der Handlung hinab.

Wir haben im ersten Kapitel gesagt, dafs das Niederwerfen des Gegners das natürliche Ziel des kriegerischen Aktes sei und dafs, wenn man bei der philosophischen Strenge des Begriffs stehen bleiben will, es im Grunde ein anderes nicht geben könne.

Da diese Vorstellung von beiden kriegführenden Theilen gelten mufs, so würde daraus folgen, dafs es im kriegerischen Akt keinen Stillstand geben und nicht eher Ruhe eintreten könne, bis einer der beiden Theile wirklich niedergeworfen sei.

In dem Kapitel von dem Stillstand im kriegerischen Akt haben wir gezeigt, wie das blofse Prinzip der Feindschaft, auf den Träger desselben, den Menschen, und alle Umstände angewendet, aus denen es den Krieg zusammensetzt, aus inneren Gründen der Maschine einen Aufenthalt und eine Ermäfsigung erleidet.

Aber diese Modifikation ist bei weitem nicht hinreichend, um uns von dem ursprünglichen Begriff des Krieges zu der konkreten Gestalt desselben, wie wir sie fast überall finden, hinüberzuführen. Die meisten Kriege erscheinen nur wie eine gegenseitige Entrüstung, wobei Jeder zu den Waffen greift,

---

[1]) Diese beherzigenswerthen Worte der „Einleitung" könnten das typische Vorwort jeder Lehre vom Kriege sein! Sie lassen sich in den beiden Sätzen zusammenfassen: dafs auch im Kriege ohne Wissen kein Können denkbar ist, dafs aber nur dasjenige Wissen zum Handeln nütze ist, welches ein selbsterworbenes geistiges Eigenthum des zur That Berufenen geworden war.

um sich selbst zu schützen und dem Andern Furcht einzuflöfsen, und — gelegentlich einen Streich beizubringen. Es sind also nicht zwei sich einander zerstörende Elemente, die zusammengebracht sind, sondern es sind Spannungen noch getrennter Elemente, die sich in einzelnen kleinen Schlägen entladen.

Welches ist nun aber die nicht leitende Scheidewand, die das totale Entladen verhindert? Warum geschieht der philosophischen Vorstellungsweise nicht Genüge? Jene Scheidewand liegt in der grofsen Zahl von Dingen, Kräften, Verhältnissen, die der Krieg im Staatsleben berührt, und durch deren unzählbare Windungen sich die logische Konsequenz nicht wie an dem einfachen Faden von ein Paar Schlüssen fortführen läfst; in diesen Windungen bleibt sie stecken, und der Mensch, der gewohnt ist, im Grofsen und Kleinen mehr nach einzelnen vorherrschenden Vorstellungen und Gefühlen als nach strenger logischer Folge zu handeln, wird sich hier seiner Unklarheit, Halbheit und Inkonsequenz kaum bewufst.

Hätte aber auch die Intelligenz, von welcher der Krieg ausgeht, wirklich alle diese Verhältnisse durchlaufen können, ohne ihr Ziel einen Augenblick zu verlieren, so würden alle übrigen Intelligenzen im Staate, welche dabei in Betracht kommen, nicht eben dasselbe können; es wird also ein Widerstreben entstehen und mithin eine Kraft nöthig sein, die Inertie der ganzen Masse zu überwinden, eine Kraft, die meistens unzureichend sein wird.

Diese Inkonsequenz findet bei dem einen der beiden Theile statt, oder bei dem andern, oder bei beiden, und wird so die Ursache, dafs der Krieg zu etwas ganz Anderem wird als er dem Begriff nach sein sollte, zu einem Halbdinge, zu einem Wesen ohne inneren Zusammenhang.

So finden wir ihn fast überall, und man könnte zweifeln, dafs unsere Vorstellung von dem ihm absolut zukommenden Wesen einige Realität hat, wenn wir nicht grade in unseren Tagen den wirklichen Krieg in dieser absoluten Vollkommenheit hätten auftreten sehen. Nach einer kurzen Einleitung, die die französische Revolution gemacht hat, hat ihn der rücksichtslose Bonaparte schnell auf diesen Punkt gebracht. Unter ihm ist er rastlos vorgeschritten, bis der Gegner daniederlag; und fast eben so rastlos sind die Rückschläge erfolgt. Ist es nicht natürlich und nothwendig, dafs uns diese Erscheinung auf den ursprünglichen Begriff des Krieges mit allen strengen Folgerungen zurückführt?

Sollen wir nun dabei stehen bleiben und alle Kriege, wie sehr sie sich auch davon entfernen, danach beurtheilen, alle Forderungen der Theorie daraus ableiten?

Wir müssen uns jetzt darüber entscheiden, denn wir können nichts Stichhaltiges über den Kriegsplan sagen, ohne mit uns selbst darüber einig geworden zu sein, ob der Krieg nur so sein soll oder noch anders sein kann.

Wenn wir uns zu dem Ersteren entschliefsen, wird unsere Theorie sich überall dem Nothwendigen mehr nähern, mehr eine klare, abgemachte Sache sein. Aber was sollen wir dann zu allen Kriegen sagen, welche seit Alexander und einigen Feldzügen der Römer bis auf Bonaparte geführt worden sind? Wir müfsten sie in Bausch und Bogen verwerfen und könnten es doch vielleicht nicht, ohne uns unserer Anmafsung zu schämen. Was aber schlimm ist, wir müfsten uns sagen, dafs im nächsten Jahrzehent vielleicht wieder ein Krieg der Art da sein wird, unserer Theorie zum Trotz, und dafs diese Theorie mit einer starken Logik doch sehr ohnmächtig bleibt gegen die Gewalt der Umstände. Wir werden uns also dazu verstehen müssen, den Krieg, wie er sein soll, nicht aus seinem blofsen Begriff zu konstruiren, sondern allem Fremdartigen, was sich darin einmischt und daran ansetzt, seinen Platz zu lassen, aller natürlichen Schwere und Reibung der Theile, der ganzen Inkonsequenz, Unklarheit und Verzagtheit des menschlichen Geistes; wir werden die Ansicht fassen müssen, dafs der Krieg und die Gestalt, welche man ihm giebt, hervorgeht aus augenblicklich vorherrschenden Ideen, Gefühlen und Verhältnissen, ja, wir müssen, wenn wir ganz wahr sein wollen, einräumen, dafs dies selbst der Fall gewesen ist, wo er seine absolute Gestalt angenommen hat, nämlich unter Bonaparte.

Müssen wir das, müssen wir zugeben, dafs der Krieg entspringt und seine Gestalt erhält nicht aus einer endlichen Abgleichung aller unzähligen Verhältnisse, die er berührt, sondern aus einzelnen unter ihnen, die gerade vorherrschen, so folgt von selbst, dafs er auf einem Spiel von Möglichkeiten, Wahrscheinlichkeiten, Glück und Unglück beruht, in dem sich die strenge logische Folgerung oft ganz verliert und wobei sie überhaupt ein sehr unbehülfliches, unbequemes Instrument des Kopfes ist; auch folgt dann, dafs der Krieg ein Ding sein kann, das bald mehr, bald weniger Krieg ist.

Dies Alles mufs die Theorie zugeben, aber es ist ihre Pflicht, die absolute Gestalt des Krieges obenan zu stellen und sie als einen allgemeinen Richtpunkt zu brauchen, damit Derjenige, der aus der Theorie etwas lernen will, sich gewöhne, sie nie aus den Augen zu verlieren, sie als das ursprüngliche Mafs aller seiner Hoffnungen und Befürchtungen zu betrachten, um sich ihr zu nähern, wo er kann, oder wo er mufs.

Dafs eine Hauptvorstellung, welche unserem Denken und Handeln zu Grunde liegt, ihm auch da, wo die nächsten Entscheidungsgründe aus ganz andern Regionen kommen, einen gewissen Ton und Charakter giebt, ist eben so gewifs, als dafs der Maler seinem Bilde durch die Farben, mit denen er es untermalt, diesen oder jenen Ton geben kann.

Dafs die Theorie dies jetzt mit Wirksamkeit thun kann, verdankt sie den letzten Kriegen. Ohne diese warnenden Beispiele von der zerstörenden Kraft des losgelassenen Elementes würde sie sich vergeblich heiser schreien, Niemand würde für möglich halten, was jetzt von Allen erlebt ist.

Würde Preufsen im Jahre 1792 es gewagt haben, mit 70,000 Mann in Frankreich einzudringen, wenn es geahnt hätte, dafs der Rückschlag im Fall des Nichtgeliugens so stark sein werde, das alte europäische Gleichgewicht über den Haufen zu werfen?

Würde Preufsen im Jahr 1806 den Krieg gegen Frankreich mit 100,000 Mann angefangen haben, wenn es erwogen hätte, dafs der erste Pistolenschufs ein Funken in den Minenherd sei, der es in die Luft sprengen sollte? [1])

---

[1]) Man darf wohl behaupten, dafs unsere heutige Zeit sich „der zerstörenden Kraft des losgelassenen Elementes" wohl bewufst ist; dafs deshalb die

Drittes Kapitel.
A. Innerer Zusammenhang des Krieges.

Jenachdem man die absolute Gestalt des Krieges oder eine der davon mehr oder weniger entfernten wirklichen im Auge hat, entstehen zwei verschiedene Vorstellungen von dem Erfolge desselben.

Bei der absoluten Gestalt des Krieges, wo Alles aus nothwendigen Gründen geschieht, Alles rasch in einander greift, kein, wenn ich so sagen darf, wesenloser neutraler Zwischenraum entsteht, giebt es wegen der vielfältigen Wechselwirkungen, die der Krieg in sich schliefst*), wegen des Zusammenhanges, in welchem, strenge genommen, die ganze Reihe der aufeinanderfolgenden Gefechte steht**), wegen des Kulminationspunktes, den jeder Sieg hat, über welchen hinaus das Gebiet der Verluste und Niederlagen beginnt***), wegen aller dieser natürlichen Verhältnisse des Krieges, sage ich, giebt es nur **einen** Erfolg, nämlich den **Enderfolg**. Bis dahin ist nichts entschieden: nichts gewonnen, nichts verloren. Hier mufs man sich beständig sagen: das Ende krönt das Werk. In dieser Vorstellung ist also der Krieg ein untheilbares Ganze, dessen Glieder (die einzelnen Erfolge) nur in Beziehung auf dies Ganze Werth haben. Die Eroberung von Moskau und von halb Rufsland 1812 hatte für Bonaparte nur Werth, wenn sie ihm den beabsichtigten Frieden verschaffte. Sie war aber nur ein Stück seines Feldzugsplans, und diesem fehlte noch ein Theil, nämlich die Zertrümmerung des russischen Heeres; denkt man sich diese zu den übrigen Erfolgen hinzu, so war der Friede so gewifs, wie Dinge der Art nur werden können. Diesen zweiten Theil konnte Bonaparte nicht mehr erringen, weil er ihn früher versäumt hatte, und so wurde ihm der ganze erste Theil nicht blofs unnütz, sondern verderblich.

Dieser Vorstellung von dem Zusammenhange der Erfolge im Kriege, welche man als eine äufserste betrachten kann, steht eine andere äufserste gegenüber, nach welcher derselbe aus einzelnen für sich bestehenden Erfolgen zusammengesetzt ist, bei denen wie im Spiel bei den Partieen, die vorhergehenden keinen Einflufs auf die nachfolgenden haben, hier kommt es also nur auf die Summe der Erfolge an, und man kann jeden einzelnen wie eine Spielmarke zurücklegen.

So wie die erste Vorstellungsart ihre Wahrheit aus der Natur der Sache

---

modernen Kriege stets sehr nahe an die „absolute Gestalt" herangestreift sind; dafs endlich darum die heutige Theorie vom Krieg vollberechtigt diese und nur diese Gestalt hervorhebt.

Clausewitz selbst erkennt das ja auch oben als ihre „Pflicht!"

*) Erstes Kapitel des ersten Buches.
**) Zweites Kapitel des ersten Buches.
***) Viertes und fünftes Kapitel des siebenten Buches (vom Kulminationspunkt des Sieges).

schöpft, so finden wir die der zweiten in der Geschichte¹). Es giebt zahllose Fälle, in denen ein kleiner, mäfsiger Vortheil hat gewonnen werden können, ohne dafs sich daran irgend eine erschwerende Bedingung geknüpft hätte. Je mehr das Element des Krieges ermäfsigt ist, um so häufiger werden diese Fälle, aber so wenig, wie je in einem Kriege die erste der Vorstellungsarten vollkommen wahr ist, eben so wenig giebt es Kriege, in denen die letztere überall zutrifft und die erstere entbehrlich wäre.

Halten wir uns an die erste dieser beiden Vorstellungsarten, so müssen wir die Nothwendigkeit einsehen, dafs ein jeder Krieg von Hause aus als ein Ganzes aufgefafst werde, und dafs beim ersten Schritt vorwärts der Feldherr schon das Ziel im Auge habe, zu welchem hin alle Linien laufen.

Lassen wir die zweite Vorstellungsart zu, so können untergeordnete Vortheile um ihrer selbst willen verfolgt und das Uebrige den weiteren Ergebnissen überlassen werden.

Da keine dieser beiden Vorstellungsarten ohne Resultat ist, so kann die Theorie auch keine derselben entbehren. Der Unterschied aber, den sie im Gebrauch derselben macht, besteht darin, dafs sie fordert, die erstere als die Grundvorstellung auch überall zu Grunde zu legen und die letztere nur als eine Modifikation zu gebrauchen, die durch die Umstände gerechtfertigt wird²).

Wenn Friedrich der Grofse in den Jahren 1742, 1744, 1757 und 1758 von Schlesien und Sachsen aus eine neue Offensivspitze in den österreichischen Staat hineintrieb, von der er recht gut wufste, dafs sie nicht zu einer neuen, dauernden Eroberung führen konnte, wie die von Schlesien und Sachsen war, so geschah es, weil er damit nicht das Niederwerfen des österreichischen Staates, sondern einen untergeordneten Zweck, nämlich Zeit- und Kraftgewinn, beabsichtigte, und er durfte diesen untergeordneten Zweck verfolgen, ohne zu fürchten, dafs er damit sein ganzes Dasein auf das Spiel setzte*). Wenn aber Preufsen 1806, und Oesterreich 1805 und 1809 sich ein noch viel bescheideneres Ziel vorsetzten, nämlich: die Franzosen über den Rhein zu treiben, so konnten sie das vernünftigerweise nicht, ohne im Geiste die ganze Reihe von Be-

---

¹) Darum konnten wir in unserer „Einführung" dem „absoluten Krieg" den „historisch-gewordenen" gegenüberstellen!

²) Das heifst für die Theorie: dafs alle „Modifikationen" in der „Grundvorstellung" mitenthalten sind!

*) Hätte Friedrich der Grofse die Schlacht bei Kollin gewonnen und mithin die österreichische Hauptarmee mit ihren beiden obersten Feldherren in Prag gefangen genommen, so war das ein so furchtbarer Schlag, dafs er allerdings daran denken konnte, auf Wien zu gehen, die österreichische Monarchie zu erschüttern und dadurch den Frieden unmittelbar zu gewinnen. Dieser für die damaligen Zeiten unerhörte Erfolg, der den Erfolgen der neuesten Kriege ganz ähnlich, nur wegen des kleinen Davids und des grofsen Goliaths viel wunderbarer und glänzender gewesen wäre, würde nach dem Gewinn dieser einen Schlacht höchst wahrscheinlich eingetreten sein, was aber der oben gemachten Behauptung nicht widerspricht; denn diese spricht nur von dem, was der König mit seiner Offensive ursprünglich beabsichtigte; die Einschliefsung und Gefangennahme der feindlichen Hauptarmee aber war ein Ereignifs, welches aufser aller Berechnung lag und an das der König nicht gedacht hatte, wenigstens nicht eher, als bis die Oesterreicher durch ihre ungeschickte Aufstellung bei Prag dazu Veranlassung gaben.

gebenheiten zu durchlaufen, die sich, sowohl im Fall des guten, als des schlechten Erfolges, wahrscheinlich an den ersten Schritt anknüpfen und bis zum Frieden führen würde. Dies war ganz unerläſslich, sowohl um mit sich einig zu werden, wie weit sie ihren Sieg ohne Gefahr verfolgen konnten, als wie und wo sie im Stande wären, den feindlichen Sieg zum Stehen zu bringen.

Worin der Unterschied beider Verhältnisse besteht, zeigt eine aufmerksame Betrachtung der Geschichte. Im achtzehnten Jahrhundert, zur Zeit der schlesischen Kriege, war der Krieg noch eine bloſse Angelegenheit des Kabinets, an welcher das Volk nur als blindes Instrument Theil nahm; im Anfang des neunzehnten Jahrhunderts standen die beiderseitigen Völker in der Wagschale[3]). Die Feldherren, welche Friedrich dem Groſsen gegenüberstanden, waren Männer, die im Auftrag handelten, und eben deswegen Männer, in welchen die Behutsamkeit ein vorherrschender Charakterzug war; der Gegner der Oesterreicher und Preuſsen war, um es kurz zu sagen, der Kriegsgott selbst.

Muſsten diese verschiedenen Verhältnisse nicht ganz verschiedene Betrachtungen veranlassen? Muſsten sie nicht in den Jahren 1805, 1806 und 1809 den Blick auf das Aeuſserste der Unglücksfälle als auf eine nahe Möglichkeit, ja, als auf eine groſse Wahrscheinlichkeit richten und mithin zu ganz andern Anstrengungen und Plänen führen als solche, deren Gegenstand ein paar Festungen und eine mäſsige Provinz sein konnten?

Sie haben es nicht in gehörigem Maſse gethan, wiewohl Oesterreich und Preuſsen bei ihren Rüstungen die Gewitterschwere der politischen Atmosphäre hinreichend fühlten. Sie haben es nicht vermocht, weil jene Verhältnisse damals noch nicht so deutlich von der Geschichte entwickelt waren. Eben jene Feldzüge von 1805, 1806 und 1809 so wie die späteren haben es uns so sehr erleichtert, den Begriff des neueren, des absoluten Krieges in seiner zerschmetternden Energie von ihnen zu abstrahiren.

Die Theorie fordert also, daſs bei jedem Kriege zuerst sein Charakter und seine groſsen Umrisse nach der Wahrscheinlichkeit aufgefaſst werden, welche die politischen Gröſsen und Verhältnisse ergeben. Je mehr nach dieser Wahrscheinlichkeit sein Charakter sich dem absoluten Kriege nähert, je mehr die Umrisse die Masse der kriegführenden Staaten umfassen und in den Strudel hineinziehen, um so inniger wird der Zusammenhang seiner Begebenheiten sein, um so nothwendiger aber auch, nicht den ersten Schritt zu thun, ohne an den letzten zu denken.

B. Von der Grösse des kriegerischen Zweckes und der Anstrengung.

Der Zwang, welchen wir unserem Gegner anthun müssen, wird sich nach der Gröſse unserer und seiner politischen Forderungen richten. Insofern diese gegenseitig bekannt sind, würden sie das Maſs der beiderseitigen Anstrengungen

---

[3]) Man vergleiche damit, was wir a. a. O. über den Einfluſs des allgemeinen Wehrthums auf die Gestalt des Krieges gesagt haben.

geben; allein sie liegen nicht immer so offen da, und dies kann ein erster Grund zur Verschiedenheit in den Mitteln sein, die Beide aufbieten.

Die Lage und Verhältnisse der Staaten sind einander nicht gleich; dies kann ein zweiter Grund werden.

Die Willensstärke, der Charakter, die Fähigkeiten der Regierungen sind sich eben so wenig gleich; dies ist ein dritter Grund.

Diese drei Rücksichten bringen eine Ungewifsheit in die Berechnung des Widerstandes, welchen man finden wird, folglich der Mittel, die man anwenden soll, und des Ziels, welches man sich setzen darf.

Da im Kriege aus unzureichenden Anstrengungen nicht blos ein Nichterfolg, sondern positiver Schaden entstehen kann, so treibt das beide Theile, sich einander zu überbieten, wodurch eine Wechselwirkung entsteht.

Diese könnte an das äufserste Ziel der Anstrengungen führen, wenn sich ein solches bestimmen liefse. Dann würde aber die Rücksicht auf die Gröfse der politischen Forderungen verloren gehen, das Mittel alles Verhältnifs zum Zweck verlieren und in den meisten Fällen diese Absicht einer äufsersten Anstrengung an dem Gegengewicht der eigenen inneren Verhältnisse scheitern.

Auf diese Weise wird der Kriegsunternehmer wieder in einen Mittelweg zurückgeführt, in welchem er gewissermafsen nach dem Grundsatz handelt, nur diejenigen Kräfte aufzuwenden und sich im Kriege dasjenige Ziel zu stellen, welches zur Erreichung seines politischen Zweckes eben hinreicht. Um diesen Grundsatz ausführbar zu machen, mufs er jeder absoluten Nothwendigkeit des Erfolges entsagen, die entfernten Möglichkeiten aus der Rechnung weglassen.

Hier verläfst also die Thätigkeit des Verstandes das Gebiet der strengen Wissenschaft, der Logik und Mathematik, und wird, im weiteren Sinne des Wortes, zur Kunst, d. h. zu der Fertigkeit, aus einer unübersehbaren Menge von Gegenständen und Verhältnissen die wichtigsten und entscheidenden durch den Takt des Urtheils herauszufinden. Dieser Takt des Urtheils besteht unstreitig mehr oder weniger in einer dunkeln Vergleichung aller Gröfsen und Verhältnisse, durch welche die entfernten und unwichtigen schneller beseitigt, und die nächsten und wichtigsten schneller herausgefunden werden, als dies auf dem Wege strenger Schlufsfolge geschehen würde.

Um also das Mafs der Mittel kennen zu lernen, welches wir für den Krieg aufzubieten haben, müssen wir den politischen Zweck desselben unsererseits und von Seiten des Feindes bedenken; wir müssen die Kräfte und Verhältnisse des feindlichen Staates und des unsrigen, wir müssen den Charakter seiner Regierung, seines Volkes, die Fähigkeiten beider, und das Alles wieder von unserer Seite, wir müssen die politischen Verbindungen anderer Staaten und die Wirkungen, welche der Krieg darin hervorbringen kann, in Betracht ziehen. Dafs das Abwägen dieser mannichfachen und mannichfach ineinandergreifenden Verhältnisse eine grofse Aufgabe, dafs es ein wahrer Lichtblick des Genies[4]) ist, hier schnell das Rechte herauszufinden, während es ganz

---

[4]) Des „staatsmännischen" Genies möchten wir einschalten — denn nur um ein solches handelt es sich hier!

unmöglich sein würde, durch eine blofse schulgerechte Ueberlegung der Mannichfaltigkeit Herr zu werden, ist leicht zu begreifen.

In diesem Sinne hat Bonaparte ganz richtig gesagt, es würde eine algebraische Aufgabe sein, vor der selbst ein Newton zurückschrecken könnte. Erschweren die Mannichfaltigkeit und Gröfse der Verhältnisse und die Ungewifsheit in Betreff des rechten Mafses das günstige Resultat in hohem Grade, so müssen wir nicht überschen, dafs die ungeheure, unvergleichbare Wichtigkeit der Sache, wenn auch nicht die Verwickelung und Schwierigkeit der Aufgabe, doch das Verdienst der Lösung steigert. Die Freiheit und Thätigkeit des Geistes wird im gewöhnlichen Menschen durch die Gefahr und Verantwortlichkeit nicht erhöht, sondern heruntergedrückt: wo aber diese Dinge das Urtheil beflügeln und kräftigen, da dürfen wir nicht an seltener Seelengröfse zweifeln.

Wir müssen also zuvörderst einräumen, dafs das Urtheil über einen bevorstehenden Krieg, über das Ziel, welches er haben darf, über die Mittel, welche nöthig sind, nur aus dem Gesammtüberblick aller Verhältnisse entstehen kann, in welchen also die individuellsten Züge des Augenblicks mitverflochten sind, und dafs dieses Urtheil wie jedes im kriegerischen Leben niemals rein objectiv sein kann, sondern durch die Geistes- und Gemüthseigenschaften der Fürsten, Staatsmänner, Feldherren bestimmt wird, sei es, dafs sie in einer Person vereinigt sind oder nicht.

Allgemein und einer abstrakten Behandlung schon fähiger wird der Gegenstand dann, wenn wir auf die allgemeinen Verhältnisse der Staaten sehen, die sie von ihrer Zeit und den Umständen erhalten haben. Wir müssen uns hier einen flüchtigen Blick auf die Geschichte erlauben.

Halbgebildete Tataren, Republiken der alten Welt, Lehnsherren und Handelsstädte des Mittelalters, Könige des achtzehnten Jahrhunderts, endlich Fürsten und Völker des neunzehnten Jahrhunderts, alle führen den Krieg auf ihre Weise, führen ihn anders, mit andern Mitteln und zu einem andern Ziel.

Die Tatarenschwärme suchen neue Wohnsitze. Sie ziehen mit dem ganzen Volke aus, mit Weib und Kind, sie sind also zahlreich wie verhältnifsmäfsig kein anderes Heer und ihr Ziel ist Unterwerfung oder Vertreibung des Gegners. Sie würden mit diesen Mitteln bald Alles vor sich niederwerfen, liefse sich damit ein hoher Kulturzustand vereinigen[5]).

Die alten Republiken, mit Ausnahme Roms, sind von geringem Umfange; noch geringer ist der Umfang ihrer Heere, denn sie schliefsen die grofse Masse, den Pöbel, aus; sie sind zu zahlreich und zu nahe bei einander, um nicht in dem natürlichen Gleichgewicht, in welches sich nach einem ganz allgemeinen Naturgesetz kleine abgesonderte Theile immer setzen, ein Hindernifs für grofse Unternehmungen zu finden; daher beschränken sich ihre Kriege auf Verheerungen des flachen Landes und Einnahme einzelner Städte, um sich in diesen für die Folge einen mäfsigen Einflufs zu sichern.

---

[5]) Bis auf „Weiber und Kinder" dürften sich leicht die „Kriege der Zukunft" wieder solchen, dabei trotzdem „mit hoher Kultur vereinigten" Wanderzügen ganzer Völker mehr und mehr nähern!

Nur Rom macht davon eine Ausnahme, jedoch erst in seinen späteren Zeiten. Lange kämpfte es mit kleinen Schaaren um Beute und um Bündnifs mit seinen Nachbarn den gewöhnlichen Kampf. Es wird grofs, mehr durch die Bündnisse, die es schliefst, und in welchen sich die benachbarten Völker nach und nach mit ihm zu einem Ganzen verschmelzen, als durch wahre Unterwerfungen. Nur erst nachdem es sich auf diese Weise in ganz Unteritalien ausgebreitet hat, fängt es an, wirklich erobernd vorzuschreiten. Karthago fällt, Spanien und Gallien werden erobert, Griechenland wird unterworfen und in Asien und Aegypten seine Herrschaft ausgebreitet. In dieser Zeit sind seine Streitkräfte ungeheuer, ohne dafs seine Anstrengungen es gleichfalls wären; sie werden mit seinen Reichthümern bestritten; es gleicht nicht mehr den alten Republiken und nicht mehr sich selbst, wie es gewesen. Es steht einzig da.

Eben so einzig in ihrer Art sind die Kriege Alexanders. Mit einem kleinen, aber durch seine innere Vollkommenheit ausgezeichneten Heere wirft er die morschen Gebäude der asiatischen Staaten nieder. Ohne Rast und rücksichtslos durchzieht er das weite Asien und dringt bis Indien vor. Republiken konnten das nicht; das konnte so schnell nur ein König vollbringen, der gewissermafsen sein eigener Condottiere war.

Die grofsen und kleinen Monarchieen des Mittelalters führten ihre Kriege mit Lehnsheeren. Das war Alles auf eine kurze Zeit beschränkt; was in dieser nicht ausgerichtet werden konnte, mufste als unausführbar angesehen werden. Das Lehnsheer selbst bestand aus einer Gliederung des Vasallenthums; das Band, welches dasselbe zusammenhielt, war halb gesetzliche Pflicht, halb freiwilliges Bündnifs, das Ganze eine wahre Konföderation. Bewaffnung und Taktik waren auf das Faustrecht, auf den Kampf des Einzelnen gegründet, also für eine gröfsere Masse wenig geschickt. Ueberhaupt hat es nie eine Zeit gegeben, wo der Staatsverband so locker, und der einzelne Staatsbürger so selbständig war. Dies Alles bedingte die Kriege dieser Zeit auf die bestimmteste Art. Sie wurden verhältnifsmäfsig rasch geführt, müfsiges Im-Felde-Liegen kam wenig vor, aber der Zweck bestand meistens nur in Züchtigung, nicht in Niederwerfung des Feindes; man trieb seine Heerden weg, verbrannte seine Burgen und zog wieder nach Haus.

Die grofsen Handelsstädte und kleinen Republiken brachten die Condottieri auf. Das war eine kostbare, mithin dem äufseren Umfange nach sehr beschränkte Kriegsmacht. Noch geringer war sie ihrer intensiven Kraft nach zu schätzen; von höchster Energie und Anstrengung konnte da so wenig die Rede sein, dafs es meist nur eine Spiegelfechterei wurde. Mit einem Wort: Hafs und Feindschaft regten den Staat nicht mehr zu persönlicher Thätigkeit an, sondern wurden ein Gegenstand seines Handelns; der Krieg verlor einen grofsen Theil seiner Gefahr, veränderte durchaus seine Natur, und nichts, was man aus dieser Natur für ihn bestimmen kann, pafste auf denselben.

Das Lehnssystem zog sich nach und nach zu einer bestimmten Territorialherrschaft zusammen, der Staatsverband wurde enger, die persönlichen Verpflichtungen verwandelten sich in sachliche, das Geld trat nach und nach an die Stelle der meisten und aus den Lehnsheeren wurden Söldner. Die Condottieri machten den Uebergang dazu und waren daher eine Zeitlang auch das Instrument der gröfseren Staaten; es dauerte aber nicht lange, so wurde aus dem auf kurze Zeit gemietheten Soldaten ein stehender Söldner, und die Kriegsmacht der Staaten war nun ein auf den Staatsschatz gegründetes Heer geworden.

Dafs das langsame Fortschreiten zu diesem Ziel ein mannichfaches Ineinandergreifen aller drei Arten von Kriegsmacht verursachte, ist natürlich. Unter Heinrich IV. finden wir Lehnsleute, Condottieri und stehendes Heer beisammen. Die Condottieri haben sich bis in den dreifsigjährigen Krieg, ja mit einzelnen schwächeren Spuren bis ins achtzehnte Jahrhundert hinein gezogen.

Eben so eigenthümlich wie die Kriegsmacht dieser verschiedenen Zeiten waren auch die übrigen Verhältnisse der Staaten in Europa. Im Grunde war dieser Welttheil in eine Masse von kleinen Staaten zerfallen, die theils in sich unruhige Republiken, theils kleine, in ihrer Regierungsgewalt höchst beschränkte und unsichere Monarchieen waren. Ein solcher Staat war gar nicht als eine wahre Einheit zu betrachten, sondern als ein Agglomerat von locker verbundenen Kräften. Einen solchen Staat darf man sich also auch nicht wie eine Intelligenz denken, die nach einfachen logischen Gesetzen handelt.

Von diesem Gesichtspunkte aus mufs man die äufsere Politik und die Kriege des Mittelalters betrachten. Man denke nur an die beständigen Züge der deutschen Kaiser nach Italien während eines halben Jahrtausends, ohne dafs je eine gründliche Eroberung dieses Landes daraus folgte oder auch nur in der Absicht lag. Es ist leicht, dies als einen sich immer erneuernden Fehler, als eine in der Zeit gegründete falsche Ansicht zu betrachten, aber es ist vernünftiger, es als eine Folge von hundert grofsen Ursachen anzusehn, in die wir uns allenfalls hineindenken können, die wir aber darum doch nicht mit der Lebendigkeit ergreifen wie der mit ihnen in Konflikt begriffene Handelnde. So lange die grofsen Staaten, welche aus diesem Chaos hervorgegangen sind, Zeit gebraucht haben, sich zusammenzufügen und auszubilden, geht ihre Kraft und Anstrengung hauptsächlich nur darauf hinaus; es giebt der Kriege gegen einen äufsern Feind weniger, und die vorkommenden tragen das Gepräge des unreifen Staatsverbandes.

Die Kriege der Engländer gegen Frankreich treten am frühesten hervor, und doch ist Frankreich damals noch nicht als eine wahre Monarchie zu betrachten, sondern als ein Agglomerat von Herzogthümern und Grafschaften; England, obgleich es dabei mehr als Einheit erscheint, ficht doch mit Lehnsheeren und unter vielen inneren Unruhen.

Unter Ludwig XI. thut Frankreich den stärksten Schritt zu seiner inneren Einheit, unter Karl VIII. erscheint es als erobernde Macht in Italien, und unter Ludwig XIV. hat es seinen Staat und sein stehendes Heer bis zum höchsten Grade ausgebildet.

Spanien wird zur Einheit unter Ferdinand dem Katholischen; durch zufällige Heirathsverbindungen entsteht plötzlich unter Karl V. die grofse spanische Monarchie, aus Spanien, Burgund, Deutschland und Italien zusammengesetzt. Was diesem Kolofs an Einheit und innerem Staatsverbande fehlt, ersetzt er durch Geld, und die stehende Kriegsmacht desselben geräth zuerst mit der stehenden Kriegsmacht Frankreichs in Berührung. Der grofse spanische Kolofs zerfällt nach Karls V. Abdankung in zwei Theile, Spanien und Oesterreich. Dies letztere tritt nun, durch Böhmen und Ungarn verstärkt, als grofse Macht auf und schleppt die deutsche Konföderation wie eine Schaluppe hinter sich her.

Das Ende des siebenzehnten Jahrhunderts, die Zeit Ludwigs XIV., läfst sich als der Punkt in der Geschichte betrachten, wo die stehende Kriegsmacht, wie wir sie im achtzehnten Jahrhundert finden, ihre Höhe erreicht hatte. Diese Kriegsmacht war auf Werbung und Geld begründet. Die Staaten hatten sich zur vollkommenen Einheit ausgebildet und die Regierungen, indem sie die Leistungen ihrer Unterthanen in Geldabgaben verwandelten, ihre ganze Macht in ihren Geldkasten konzentrirt. Durch die schnell vorgeschrittene Kultur und eine sich immer mehr ausbildende Verwaltung war diese Macht im Vergleich mit der früheren sehr grofs geworden. Frankreich rückte mit ein paarmal hunderttausend Mann stehender Truppen ins Feld, und nach Verhältnifs die übrigen Mächte.

Auch die übrigen Verhältnisse der Staaten hatten sich anders gestaltet. Europa war unter ein Dutzend Königreiche und ein paar Republiken vertheilt; es war denkbar, dafs zwei davon einen grofsen Kampf mit einander kämpften, ohne dafs zehnmal so viel andere davon berührt wurden, wie es ehedem geschehen mufste. Die möglichen Kombinationen der politischen Verhältnisse waren immer noch sehr mannichfaltig, aber sie waren doch zu übersehen und von Zeit zu Zeit nach Wahrscheinlichkeiten festzustellen.

Die inneren Verhältnisse hatten sich fast ‚überall zu einer schlichten Monarchie vereinfacht, die ständischen Rechte und Einwirkungen hatten nach und nach aufgehört und das Kabinet war eine vollkommene Einheit, welche den Staat nach aufsen hin vertrat. Es war also dahin gekommen, dafs ein tüchtiges Instrument und ein unabhängiger Wille dem Kriege eine seinem Begriff entsprechende Gestalt geben konnte.

Auch traten in dieser Epoche drei neue Alexander auf: Gustav Adolph, Karl XII. und Friedrich der Grofse, die es versuchten, aus kleinen Staaten vermittelst eines mäfsigen und sehr vervollkommneten Heeres grofse Monarchieen zu stiften und Alles vor sich niederzuwerfen. Hätten sie es nur mit asiatischen Reichen zu thun gehabt, so würden sie in ihrer Rolle dem Alexander ähnlicher geworden sein. In jedem Fall kann man sie in Rücksicht auf das, was man im Kriege wagen darf, als die Vorläufer Bonaparte's ansehen.

Allein was der Krieg von der einen Seite an Kraft und Konsequenz gewann, ging ihm auf der anderen Seite wieder verloren.

Die Heere wurden aus dem Schatz unterhalten, den der Fürst halb und halb wie seine Privatkasse ansah, oder wenigstens wie einen der Regierung und nicht dem Volke angehörigen Gegenstand. Die Verhältnisse mit den andern Staaten berührten, ein paar Handelsgegenstände ausgenommen, meistens nur das Interesse des Schatzes oder der Regierung und nicht des Volkes; wenigstens waren überall die Begriffe so gestellt. Das Kabinet sah sich also an als den Besitzer und Verwalter grofser Güter, die es stets zu vermehren trachtete, ohne dafs die Gutsunterthanen an dieser Vermehrung ein sonderliches Interesse haben konnten. Das Volk also, welches bei den Tatarenzügen Alles im Kriege ist, bei den alten Republiken und im Mittelalter, wenn man den Begriff desselben gehörig auf die eigentlichen Staatsbürger beschränkt, sehr viel gewesen war, ward bei diesem Zustand des achtzehnten Jahrhunderts unmittelbar nichts, hatte blofs durch seine allgemeinen Tugenden oder Fehler noch einen mittelbaren Einflufs auf den Krieg.

Auf diese Weise wurde der Krieg in eben dem Mafse, wie sich die Regierung vom Volke trennte und sich als den Staat betrachtete, ein blofses Geschäft der Regierungen, welches sie vermittelst der Thaler in ihrem Koffer und der müfsigen Herumtreiber in ihren und den benachbarten Provinzen betrieb. Die Folge hiervon war, dafs die Mittel, welche sie aufbieten konnten, ein ziemlich bestimmtes Mafs hatten, welches sie gegenseitig übersehen konnten, und zwar sowohl ihrem Umfang als ihrer Dauer nach; dies raubte dem Kriege die gefährlichste seiner Seiten: nämlich das Streben nach dem Aeufsersten, und die dunkle Reihe von Möglichkeiten, die sich daran knüpft.

Man kannte ungefähr die Geldmittel, den Schatz, den Kredit seines Gegners; man kannte die Gröfse seines Heeres. Bedeutende Vermehrungen im Augenblick des Krieges waren nicht thunlich. Indem man so die Grenzen der feindlichen Kräfte übersah, wufste man sich vor einem gänzlichen Untergange ziemlich sicher, und indem man die Beschränkung der eigenen fühlte, sah man sich auf ein mäfsiges Ziel zurückgewiesen. Vor dem Aeufsersten geschützt, brauchte man nicht mehr das Aeufserste zu wagen. Die Nothwendigkeit trieb nicht mehr dazu, es konnte also nur der Muth und der Ehrgeiz dazu treiben. Aber diese fanden in den Staatsverhältnissen ein mächtiges Gegengewicht. Selbst die königlichen Feldherren mufsten behutsam mit dem Kriegsinstrumente umgehen. Wenn das Heer zertrümmert wurde, so war kein neues zu beschaffen und aufser dem Heere gab es nichts. Dies heischte grofse Vorsicht bei allen Unternehmungen. Nur wenn sich ein entschiedener Vortheil zu ergeben schien, machte man Gebrauch von der kostbaren Sache; diesen herbeizuführen, war eine Kunst des Feldherrn; so lange aber, als er nicht herbeigeführt war, schwebte man gewissermafsen im absoluten Nichts, es gab keinen Grund zum Handeln, und alle Kräfte, nämlich alle Motive schienen zu ruhen. Das ursprüngliche Motiv des Angreifenden erstarb in Vorsicht und Bedenklichkeit.

So wurde der Krieg seinem Wesen nach ein wirkliches Spiel, wobei Zeit und Zufall die Karten mischten; seiner Bedeutung nach war er aber nur eine etwas verstärkte Diplomatie, eine kräftigere Art zu unterhandeln, in welcher Schlachten und Belagerungen die Stelle der diplomatischen Noten vertraten. Sich in einen mäfsigen Vortheil zu setzen, um beim Friedensschlufs davon Gebrauch zu machen, war das Ziel auch des Ehrgeizigsten.

Diese beschränkte, zusammengeschrumpfte Gestalt des Krieges rührte, wie wir gesagt haben, von der schmalen Unterlage her, auf welche er sich stützte. Dafs aber ausgezeichnete Feldherren und Könige wie Gustav Adolph, Karl XII. und Friedrich der Grofse mit eben so ausgezeichneten Heeren nicht stärker aus der Masse der Totalerscheinungen hervortreten konnten, dafs auch sie sich gefallen lassen mufsten, in dem allgemeinen Niveau des mittelmäfsigen Erfolges zu bleiben, lag in dem politischen Gleichgewicht Europas. Was früher bei der Menge kleiner Staaten das unmittelbare, ganz natürliche Interesse, die Nähe, die Berührung, die verwandtschaftliche Verbindung, die persönliche Bekanntschaft gethan hatten, um den Einzelnen zu verhindern, schnell grofs zu werden, das that jetzt, wo die Staaten gröfser und ihre Centren weiter von einander entfernt waren, die gröfsere Ausbildung der Geschäfte. Die politischen Interessen, Anziehungen und Abstofsungen hatten sich zu einem sehr verfeinerten System ausgebildet, so dafs kein Kanonenschufs in Europa geschehen konnte, ohne dafs alle Kabinette ihren Theil daran hatten.

Ein neuer Alexander mufste sich also neben seinem guten Schwerte auch eine gute Feder halten, und doch brachte er es mit seinen Eroberungen selten weit.

Aber auch Ludwig XIV., obgleich er die Absicht hatte, das europäische Gleichgewicht umzustofsen, und sich am Ende des siebzehnten Jahrhunderts schon auf dem Punkte befand, sich wenig um die allgemeine Feindschaft zu bekümmern, führte den Krieg auf die hergebrachte Weise, denn seine Kriegsmacht war zwar die des gröfsten und reichsten Monarchen, aber ihrer Natur nach wie die der andern.

Plünderungen und Verheerungen des feindlichen Gebietes, welche bei den Tataren, bei den alten Völkern und selbst im Mittelalter eine so grofse Rolle spielen, waren nicht mehr im Geiste der Zeit. Man sah sie mit Recht als eine unnütze Rohheit an, die leicht vergolten werden konnte und die feindlichen Unterthanen mehr traf als die feindliche Regierung, daher wirkungslos blieb und nur dazu diente, die Völker in ihrem Kulturzustande auf längere Zeit zurückzuhalten. Der Krieg wurde also nicht blofs seinen Mitteln, sondern auch seinem Ziele nach immer mehr auf das Heer selbst beschränkt. Das Heer mit seinen Festungen und einigen eingerichteten Stellungen machte einen Staat im Staate aus, innerhalb dessen sich das kriegerische Element langsam verzehrte. Ganz Europa freute sich dieser Richtung und hielt sie für eine nothwendige Folge des fortschreitenden Geistes. Obgleich hierin ein Irrthum lag, weil das Fortschreiten des Geistes niemals zu einem Widerspruch führen, niemals machen kann, dafs aus zweimal zwei fünf wird, wie wir schon gesagt haben und noch in der Folge sagen müssen, so hatte allerdings diese Veränderung eine wohlthätige Wirkung für die Völker; nur ist nicht zu verkennen, dafs sie den Krieg noch mehr zu einem blofsen Geschäft der Regierung machte und dem Interesse des Volkes noch mehr entfremdete. Der Kriegsplan des angreifenden Staates bestand in dieser Zeit meistens darin, sich einer oder der andern feindlichen Provinz zu bemächtigen, der des Vertheidigers: dies zu verhindern; der einzelne Feldzugsplan: die eine oder die andere feindliche Festung zu erobern oder die Eroberung einer eigenen zu verhindern; nur wenn dazu eine Schlacht unvermeidlich war, wurde sie gesucht und geliefert. Wer ohne diese Unvermeidlichkeit eine Schlacht aus blofsem innern Siegesdrange suchte, galt für einen kecken Feldherrn. Gewöhnlich verstrich der Feldzug über einer Belagerung, oder wenn es hoch kam, über zwei, und die Winterquartiere, die als eine Nothwendigkeit betrachtet wurden, während welcher die schlechte Verfassung des Einen niemals ein Vortheil des Andern werden konnte, in welchen die gegenseitigen Beziehungen Beider fast gänzlich aufhörten, bildeten eine bestimmte Abgrenzung der Thätigkeit, welche in einem Feldzuge statthaben sollte.

Waren die Kräfte zu sehr im Gleichgewicht oder war der Unternehmende entschieden der Schwächere von Beiden, so kam es auch nicht zur Schlacht und Belagerung, und dann drehte sich die ganze Thätigkeit eines Feldzuges um Erhaltung gewisser Stellungen und Magazine und die regelmäfsige Auszehrung gewisser Gegenden.

So lange der Krieg allgemein so geführt wurde, und die natürlichen Beschränkungen seiner Gewalt immer so nahe und sichtbar waren, fand Niemand darin etwas Widersprechendes, sondern Alles in der schönsten Ordnung, und die Kritik, welche im achtzehnten Jahrhundert anfing, sich dem Felde der Kriegskunst zuzuwenden, richtete sich auf das Einzelne, ohne sich viel um Anfang und Ende zu bekümmern. So gab es denn Gröfsen und Vollkommenheiten aller Art, und selbst Feldmarschall Daun, der hauptsächlich dazu beitrug, dafs Friedrich der Grofse seinen Zweck vollkommen erreichte und Maria Theresia den ihrigen vollkommen verfehlte, konnte noch als ein grofser Feldherr angesehen werden. Nur hin und wieder brach ein durchgreifendes Urtheil hervor, nämlich der gesunde Menschenverstand erkannte, dafs man mit seiner Uebermacht etwas Positives erreichen müsse oder den Krieg mit aller Kunst schlecht führe.

So standen die Sachen, als die französische Revolution ausbrach. Oesterreich und Preufsen versuchten es mit ihrer diplomatischen Kriegskunst; sie zeigte sich bald unzureichend. Während man nach der gewöhnlichen Art, die Dinge anzusehen, auf eine sehr geschwächte Kriegsmacht sich Hoffnung machte, zeigte sich im Jahre 1793 eine solche, von der man keine Vorstellung gehabt hatte. Der Krieg war urplötzlich eine Sache des Volkes geworden, und zwar eines Volkes von 30 Millionen, die sich alle als Staatsbürger betrachteten. Ohne uns hier auf die näheren Umstände einzulassen, von welchen die grofse Erscheinung begleitet war, wollen wir nur die Resultate festhalten, auf die es hier ankommt. Mit dieser Theilnahme des Volkes an dem Kriege trat statt eines Kabinets und eines Heeres das ganze Volk mit seinem natürlichen Gewicht in die Wagschale. Nun hatten die Mittel, welche angewandt, die Anstrengungen, welche aufgeboten werden konnten, keine bestimmte Grenze mehr, die Energie, mit welcher der Krieg selbst geführt werden konnte, hatte kein Gegengewicht mehr, und folglich war die Gefahr für den Gegner die äufserste[6].

---

[6] Und so ist es heute — überall!

Wenn der ganze Revolutionskrieg darüber hingegangen, ehe sich dies in seiner Stärke fühlbar machte und zur völligen Klarheit wurde, wenn nicht schon die Revolutionsgenerale unaufhaltsam bis ans letzte Ziel vorgeschritten sind und die europäischen Monarchieen zertrümmert haben, wenn die deutschen Heere noch hin und wieder Gelegenheit gehabt, mit Glück zu widerstehen und den Siegesstrom aufzuhalten, so lag dies wirklich nur in der technischen Unvollkommenheit, mit der die Franzosen zu kämpfen hatten, die sich Anfangs bei den gemeinen Soldaten, dann bei den Generalen, endlich zur Zeit des Direktoriums beim Gouvernement selbst zeigte.

Nachdem sich in Bonaparte's Hand das Alles vervollkommnet hatte, schritt diese auf die ganze Volkskraft gestützte Kriegsmacht mit einer solchen Sicherheit und Zuverlässigkeit zertrümmernd durch Europa, dafs, wo ihr nur die alte Heeresmacht entgegengestellt wurde, auch nicht einmal ein zweifelhafter Augenblick entstand. Die Reaktion erwachte noch zu rechter Zeit. In Spanien wurde der Krieg von selbst zur Volkssache. In Oesterreich machte die Regierung zuerst im Jahre 1809 ungewöhnliche Anstrengungen mit Reserven und Landwehren, die sich dem Ziele näherten und Alles überstiegen, was dieser Staat früher für thunlich gehalten hatte. In Rufsland nahm man 1812 das Beispiel von Spanien und Oesterreich zum Muster; die ungeheuren Dimensionen dieses Reiches erlaubten den verspäteten Anstalten noch in Wirksamkeit zu treten und vergröfserten diese Wirksamkeit von der andern Seite. Der Erfolg war glänzend. In Deutschland raffte sich Preufsen zuerst auf, machte den Krieg zur Volkssache und trat mit Kräften auf, die bei halb so viel Einwohnern, gar keinem Gelde und Kredit doppelt so grofs waren als die von 1806. Das übrige Deutschland folgte früher oder später dem Beispiele Preufsens, und Oesterreich, obgleich sich weniger anstrengend als im Jahre 1809, trat doch auch mit ungewöhnlicher Kraft auf. So geschah es, dafs Deutschland und Rufsland in den Jahren 1813 und 1814, Alles mitgerechnet, was in Thätigkeit war und was in diesen beiden Feldzügen verbraucht wurde, mit etwa einer Million Menschen gegen Frankreich auftraten.

Unter diesen Umständen war auch die Energie der Kriegführung eine andere, und wenn sie die französische nur theilweise erreichte und auf manchen Punkten Zaghaftigkeit vorwaltete, so war doch der Gang der Feldzüge im Allgemeinen nicht im alten, sondern im neuen Stil. In acht Monaten wurde das Kriegstheater von der Oder an die Seine versetzt, das stolze Paris mufste zum ersten Mal sein Haupt beugen, und der furchtbare Bonaparte lag gefesselt am Boden.

Seit Bonaparte hat also der Krieg, indem er zuerst auf der einen Seite, dann auch auf der andern Seite wieder Sache des ganzen Volkes wurde, eine ganz andere Natur angenommen, oder vielmehr, er hat sich seiner wahren Natur, seiner absoluten Vollkommenheit sehr genähert. Die aufgebotenen Mittel hatten keine sichtbare Grenze, sondern diese verlor sich in der Energie und dem Enthusiasmus der Regierung und ihrer Unterthanen. Die Energie der Kriegführung war durch den Umfang der Mittel und das weite Feld möglichen Erfolges, sowie durch die starke Anregung der Gemüther ungemein erhöht worden, das Ziel des kriegerischen Aktes war Niederwerfung des Gegners; nur dann erst, wenn er ohnmächtig zu Boden liege, glaubte man innehalten und sich über die gegenseitigen Zwecke verständigen zu können.

So war also das kriegerische Element, von allen konventionellen Schranken befreit, mit seiner ganzen natürlichen Kraft losgebrochen. Die Ursache war die Theilnahme der Völker an dieser grofsen Staatsangelegenheit, und diese Theilnahme entsprang theils aus den Verhältnissen, welche die französische Revolution in dem Innern der Länder herbeigeführt hatte, theils aus der Gefahr, mit welcher alle Völker von dem französischen bedroht waren.

Ob es nun immer so bleiben wird, ob alle künftigen Kriege in Europa mit dem ganzen Gewicht der Staaten, und folglich nur um grofse, den Völkern nahe liegende Interessen stattfinden werden, oder ob nach und nach wieder eine Absonderung der Regierung von dem Volke eintreten wird, dürfte schwer zu entscheiden sein, und am wenigsten wollen wir uns eine solche Entscheidung anmafsen. Aber man wird uns Recht geben, wenn wir sagen, dafs Schranken, die gewissermafsen nur in dem Nicht-bewufst-werden dessen, was möglich sei, lagen, wenn sie einmal eingerissen sind, sich nicht leicht wieder aufbauen lassen, und dafs wenigstens jedesmal, wenn es sich um grofse Interessen handelt, die gegenseitige Feindschaft sich auf dieselbe Art entladen wird, wie es in unsern Tagen geschehen ist.

Wir schliefsen hier unsern geschichtlichen Ueberblick, den wir nicht angestellt haben, um für jede Zeit in der Geschwindigkeit einige Grundsätze der Kriegführung anzugeben, sondern nur, um zu zeigen, wie jede Zeit ihre eigenen Kriege, ihre eigenen beschränkenden Bedingungen, ihre eigene Befangenheit hatte. Jede würde also auch ihre eigene Kriegstheorie behalten, selbst wenn man überall, früher wie später, aufgelegt gewesen wäre, sie nach philosophischen Grundsätzen zu bearbeiten. Die Begebenheiten jeder Zeit müssen also mit Rücksicht auf ihre Eigenthümlichkeiten beurtheilt werden, und nur Der, welcher nicht sowohl durch ein ängstliches Studium aller kleinen Verhältnisse, als durch einen treffenden Blick auf die grofsen, sich in jede Zeit versetzt, ist im Stande, die Feldherren derselben zu verstehen und zu würdigen.

Aber diese durch die eigenthümlichen Verhältnisse der Staaten und der Kriegsmacht bedingte Kriegführung mufs doch etwas noch Allgemeineres oder vielmehr etwas ganz Allgemeines in sich tragen, mit welchem es vor Allem die Theorie zu thun haben wird.

Die jüngstvergangene Zeit, in welcher der Krieg seine absolute Gewalt erreichte, hat des allgemein Gültigen und Nothwendigen am meisten. Aber es ist eben so unwahrscheinlich, dafs die Kriege fortan alle diesen grofsartigen Charakter haben werden, als dafs die weiten Schranken, welche ihnen geöffnet worden sind, sich je wieder ganz schliefsen können. Man würde also mit einer Theorie, die nur bei diesem absoluten Kriege verweilte, alle Fälle, in denen fremdartige Einflüsse seine Natur verändern, entweder ausschliefsen oder als Fehler verdammen. Dies kann nicht der Zweck der Theorie sein, welche die Lehre des Krieges nicht unter idealen, sondern unter wirklichen Verhältnissen sein soll. Die Theorie wird also, indem sie ihren prüfenden, scheidenden und ordnenden Blick auf die Gegenstände wirft, immer die Verschiedenartigkeit der Verhältnisse im Auge haben, von welchen der Krieg ausgehen kann, und wird also die grofsen Lineamente desselben so angeben, dafs das Bedürfnifs der Zeit und des Augenblicks darin seinen Platz findet.

Hiernach müssen wir sagen, dafs das Ziel, welches sich der Kriegsunternehmer setzt, die Mittel, welche er aufbietet, sich nach den ganz individuellen Zügen seiner Lage richten, dafs sie aber eben deshalb auch den Charakter der Zeit und der allgemeinen Verhältnisse an sich tragen werden, endlich, dafs sie den allgemeinen Folgerungen, welche aus der Natur des Krieges gezogen werden müssen, unterworfen bleiben.

Viertes Kapitel.
Nähere Bestimmungen des kriegerischen Ziels.
Niederwerfung des Feindes.

Das Ziel des Krieges sollte nach seinem Begriff stets die Niederwerfung des Feindes sein; dies ist die Grundvorstellung, von der wir ausgehen.

Was ist nun diese Niederwerfung? Nicht immer ist die gänzliche Eroberung des feindlichen Staates dazu nöthig. Wäre man im Jahre 1792 nach Paris gekommen, so war — nach aller menschlichen Wahrscheinlichkeit — der Krieg mit der Revolutionspartei vor der Hand beendigt; es war nicht einmal nöthig, ihre Heere vorher zu schlagen, denn diese Heere waren noch nicht als einzige Potenz zu betrachten. Im Jahre 1814 hingegen würde man auch mit Paris nicht Alles erreicht haben, wenn Bonaparte noch an der Spitze eines beträchtlichen Heeres geblieben wäre; da aber sein Heer gröfstentheils aufgerieben war, so entschied auch in den Jahren 1814 und 1815 die Einnahme von Paris Alles. Hätte Bonaparte im Jahre 1812 das russische Heer von 120,000 Mann, welches auf der Strafse von Kaluga stand, vor oder nach der Einnahme von Moskau gehörig zertrümmern können, wie er 1805 das österreichische und 1806 das preufsische Heer zertrümmert hat, so würde der Besitz jener Hauptstadt höchst wahrscheinlich den Frieden herbeigeführt haben, obgleich noch ein ungeheurer Landstrich zu erobern blieb. Im Jahre 1805 entschied die Schlacht von Austerlitz; es war also der Besitz von Wien und zwei Dritteln der österreichischen Staaten nicht hinreichend, den Frieden zu gewinnen; von der andern Seite aber war auch nach jener Schlacht die Integrität von ganz Ungarn nicht hinreichend, ihn zu verhindern. Die Niederlage des russischen Heeres war der letzte Stofs, der erforderlich war; der Kaiser Alexander hatte kein anderes in der Nähe, und so war der Friede eine unzweifelhafte Folge des Sieges. Hätte sich die russische Armee schon an der Donau bei den Oesterreichern befunden und die Niederlage derselben getheilt, so wäre wahrscheinlich die Eroberung Wiens gar nicht erforderlich gewesen, und der Friede schon in Linz geschlossen worden.

In andern Fällen reicht die vollständige Eroberung des Staates nicht hin, wie im Jahr 1807 in Preußen, wo der Stoß gegen die russische Hülfsmacht in dem zweifelhaften Siege von Eilau nicht entschieden genug gewesen war, und der unzweifelhafte Sieg bei Friedland den Ausschlag geben mußte, wie der Sieg bei Austerlitz ein Jahr vorher.

Wir sehen, auch hier läßt sich der Erfolg nicht aus allgemeinen Ursachen bestimmen; die individuellen, die kein Mensch erkennt, der nicht zur Stelle ist, und viele moralische, die nie zur Sprache kommen, selbst die kleinsten Züge und Zufälle, die sich in der Geschichte nur als Anekdoten zeigen, sind oft entscheidend. Was die Theorie hier sagen kann, ist Folgendes: Es kommt darauf an, die vorherrschenden Verhältnisse beider Staaten im Auge zu haben. Aus ihnen wird sich ein gewisser Schwerpunkt, ein Centrum der Kraft und Bewegung bilden, von welchem das Ganze abhängt, und auf diesen Schwerpunkt des Gegners muß der gesammte Stoß aller Kräfte gerichtet sein.

Das Kleine hängt stets vom Großen ab, das Unwichtige von dem Wichtigen, das Zufällige von dem Wesentlichen. Dies muß unsern Blick leiten.

Alexander, Gustav Adolph, Karl XII., Friedrich der Große hatten ihren Schwerpunkt in ihrem Heer; wäre dies zertrümmert worden, so würde ihre Rolle zu Ende gewesen sein; bei Staaten, die durch innere Parteiungen zerrissen sind, liegt er meistens in der Hauptstadt; bei kleinen Staaten, die sich auf mächtige stützen, liegt er im Heer dieser Bundesgenossen; bei Bündnissen liegt er in der Einheit des Interesses; bei Volksbewaffnung in der Person der Hauptführer und in der öffentlichen Meinung; gegen diese Dinge muß der Stoß gerichtet sein. Hat der Gegner dadurch das Gleichgewicht verloren, so muß ihm keine Zeit gelassen werden, es wieder zu gewinnen; der Stoß muß immer in dieser Richtung fortgesetzt werden, oder mit andern Worten: der Sieger muß ihn immer auf das Ganze, nicht aber gegen einen Theil des Gegners richten. Nicht indem man mit gemüthlicher Ruhe und Uebermacht eine feindliche Provinz erobert und den mehr gesicherten Besitz dieser kleinen Eroberung großen Erfolgen vorzieht, sondern indem man den Kern der feindlichen Macht immer wieder aufsucht, das Ganze daran setzt, um das Ganze zu gewinnen, wird man den Gegner wirklich zu Boden werfen[1].

Was aber auch der Schwerpunkt des Gegners sein mag, gegen welchen unsere Wirksamkeit zu richten ist, so bleibt doch die Besiegung und Zerstörung seiner Streitkraft der sicherste Anfang und in allen Fällen das Wesentlichste.

Wir glauben daher, daß nach der Mehrzahl der Erfahrungen folgende Umstände die Niederwerfung des Gegners hauptsächlich bewirken:

---

[1] Hier steht Clausewitz auf der vollen Höhe einer groß gedachten — Offensive!

1. Zertrümmerung seines Heeres, wenn es einigermafsen eine Potenz bildet;
2. Einnahme der feindlichen Hauptstadt, wenn sie nicht blofs der Mittelpunkt der Staatsgewalten, sondern auch der Sitz politischer Körper und Parteiungen ist;
3. ein wirksamer Stofs gegen den hauptsächlichsten Bundesgenossen[2]), wenn Dieser an sich bedeutender ist, als der Gegner.

Wir haben uns bis jetzt den Gegner im Kriege immer als Einheit gedacht, was für die allgemeinsten Beziehungen zulässig war. Aber nachdem wir gesagt haben, dafs die Niederwerfung des Gegners in der Ueberwindung seines im Schwerpunkt vereinigten Widerstandes liegt, müssen wir diese Voraussetzung verlassen und den Fall herausheben, wo wir es mit mehr als einem Gegner zu thun haben.

Wenn sich zwei oder mehrere Staaten gegen einen dritten verbinden, so bildet das, politisch genommen, nur einen Krieg; indessen hat auch diese politische Einheit ihre Grade.

Die Frage ist, ob jeder Staat ein selbständiges Interesse und eine selbstständige Kraft, dasselbe zu verfolgen, besitzt, oder ob sich die Interessen und die Kräfte der übrigen nur an das Interesse und die Kraft des Einen unter ihnen anlehnen. Je mehr dies Letztere der Fall ist, um so leichter lassen sich die verschiedenen Gegner als ein einziger betrachten, um so eher können wir unsere Hauptunternehmung zu einem Hauptstofs vereinfachen; und so lange dies irgend möglich ist, bleibt es das durchgreifendste Mittel zum Erfolg,

Wir würden also den Grundsatz aufstellen, dafs, so lange wir im Stande sind, die übrigen Gegner in einem derselben zu besiegen, die Niederwerfung dieses einen das Ziel des Krieges sein mufs, weil wir in diesem einen den gemeinschaftlichen Schwerpunkt des ganzen Krieges treffen.

Es giebt sehr wenig Fälle, in denen diese Vorstellungsart nicht zulässig und diese Reduktion mehrerer Schwerpunkte auf einen ohne Realität wäre. Wo dies aber nicht ist, bleibt freilich nichts übrig, als den Krieg wie zwei oder mehrere zu betrachten, von denen jeder sein eigenes Ziel hat. Da dieser Fall die Selbständigkeit mehrerer Feinde, folglich die grofse Ueberlegenheit aller voraussetzt, so wird dabei von Niederwerfung des Gegners überhaupt nicht die Rede sein können.

Wir wenden uns nun bestimmter zu der Frage, wann ein solches Ziel möglich und rathsam ist.

Zuerst mufs unsere Streitkraft hinreichend sein:
1. einen entscheidenden Sieg über die feindliche zu erringen;
2. den Kraftaufwand zu machen, welcher nöthig ist, wenn wir den Sieg bis auf den Punkt verfolgen, wo die Herstellung des Gleichgewichts nicht mehr denkbar ist.

Sodann müssen wir nach unserer politischen Lage sicher sein, uns durch

---

[2]) Offenbar ist die Entscheidung betreffend diese Frage in einem Kriege gegen eine Koalition weitaus die wichtigste!

einen solchen Erfolg nicht neue Feinde zu erwecken, die uns auf der Stelle zwingen können, von dem ersten Gegner abzulassen.

Frankreich konnte im Jahr 1806 Preußen völlig niederwerfen, wenn es sich auch dadurch die ganze russische Kriegsmacht auf den Hals zog, denn es war im Stande, sich in Preußen gegen Rußland zu wehren.

Eben das konnte Frankreich 1808 in Spanien in Beziehung auf England, aber nicht in Beziehung auf Oesterreich. Es mußte 1809 sich in Spanien beträchtlich schwächen und würde es ganz haben aufgeben müssen, wenn es nicht gegen Oesterreich schon eine zu große physische und moralische Ueberlegenheit gehabt hätte.

Jene drei Instanzen muß man sich also wohl überlegen, um nicht in der letzten den Prozeß zu verlieren, den man in den früheren gewonnen hat, und dann in die Kosten verurtheilt zu werden.

Bei Veranschlagung der Kräfte und dessen, was damit ausgerichtet werden kann, stellt sich häufig der Gedanke ein, nach einer dynamischen Analogie die Zeit als einen Faktor der Kräfte anzusehen und demgemäß anzunehmen, die halbe Anstrengung, die halbe Summe von Kräften würde hinreichen, in zwei Jahren das zu Stande zu bringen, was in einem nur mit dem Ganzen errungen werden könnte. Diese Ansicht, welche bald klar, bald dunkel den kriegerischen Entwürfen zu Grunde liegt, ist durchaus falsch.

Der kriegerische Akt braucht seine Zeit, wie jedes Ding auf Erden; man kann nicht in acht Tagen zu Fuß von Wilna nach Moskau gehen, das versteht sich; aber von einer Wechselwirkung zwischen Zeit und Kraft, wie sie in der Dynamik stattfindet, ist hier keine Spur.

Die Zeit ist beiden Kriegführenden nöthig, und es fragt sich nur: welcher von beiden wird seiner Stellung nach am ersten besondere Vortheile von ihr zu erwarten haben? dies aber ist (die Eigenthümlichkeit des einen Falles gegen den andern aufgewogen) offenbar der Unterliegende, freilich nicht nach dynamischen, aber nach psychologischen Gesetzen. Neid, Eifersucht, Besorgniß, auch wohl hin und wieder Edelmuth sind die natürlichen Fürsprecher des Unglücklichen, sie werden ihm auf der einen Seite Freunde erwecken, auf der andern das Bündniß seiner Feinde schwächen und trennen. Es wird sich also mit der Zeit eher für den Eroberten etwas Vortheilhaftes ergeben als für den Erobernden. Ferner ist zu bedenken, daß die Benutzung eines ersten Sieges, wie wir anderswo gezeigt haben, einen großen Kraftaufwand erfordert; dieser will nicht bloß gemacht, er will wie ein großer Hausstand unterhalten sein; nicht immer sind die Staatskräfte, welche uns den Besitz feindlicher Provinzen zugeführt, hinreichend, diese Mehrausgaben zu bestreiten; nach und nach wird die Anstrengung schwieriger, zuletzt kann sie unzureichend werden, die Zeit also von selbst einen Umschwung herbeiführen.

Was Bonaparte im Jahr 1812 von Russen und Polen an Geld und andern Mitteln zog, konnte ihm das Hunderttausende von Menschen verschaffen, die er hätte nach Moskau senden müssen, um sich zu behaupten?

Sind die eroberten Provinzen aber bedeutend genug, liegen in ihnen

Punkte, die für die nicht eroberten wesentlich sind, so dafs das Uebel wie ein Krebsschaden von selbst weiter frifst, so ist es freilich möglich, dafs der Erobernde bei diesem Zustande, wenn auch nichts weiter geschieht, mehr gewinnt als verliert. Wenn nun keine Hülfe von aufsen kommt, so kann die Zeit das angefangene Werk vollenden; was noch nicht erobert war, wird vielleicht von selbst nachfallen. So kann also die Zeit auch ein Faktor seiner Kräfte werden, aber dies ist nur der Fall, wenn dem Unterliegenden kein Rückstofs mehr möglich, ein Umschwung nicht mehr denkbar ist, wo also dieser Faktor seiner Kräfte für den Eroberer keinen Werth mehr hat; denn er hat die Hauptsache gethan, die Gefahr der Kulmination ist vorüber, mit einem Wort, der Gegner ist schon niedergeworfen.

Wir haben durch dieses Raisonnement klar machen wollen, dafs keine Eroberung schnell genug vollendet werden kann; dafs ihre Vertheilung auf einen gröfseren Zeitraum, als absolut nöthig, um die Handlung zu vollbringen, sie nicht erleichtert, sondern erschwert. Ist diese Behauptung richtig, so ist es auch die, dafs, wenn man überhaupt stark genug ist, eine gewisse Eroberung zu vollbringen, man es auch sein müsse, um sie in einem Zuge zu machen, ohne Zwischenstation. Dafs unbedeutende Ruhepunkte, um die Kräfte zu sammeln, um eine und die andere Mafsregel zu treffen, hier nicht gemeint sind, versteht sich von selbst.

Mit dieser Ansicht, die dem Angriffskriege den Charakter des raschen, unaufhaltsamen Entscheidens als wesentlich beilegt, glauben wir diejenige Meinung in ihren Quellen umgangen zu haben, die der unverhaltenen, fortschreitenden Eroberung eine langsame, sogenannte methodische, als mehr gesichert und vorsichtiger gegenüberstellt. Aber unsere Behauptung hat vielleicht selbst für Diejenigen, die uns willig bis zu ihr gefolgt sind, hinterher so sehr das Ansehen einer paradoxen, ist dem ersten Anschein so sehr entgegen und greift eine Meinung an, die als ein altes Vorurtheil so tief gewurzelt, in Büchern tausendmal wiederholt worden ist, dafs wir es für gerathen halten, die Scheingründe, welche uns entgegentreten, näher zu untersuchen [2])

Freilich ist es leichter ein nahes Ziel zu erreichen als ein entferntes; aber wenn das nahe unserer Absicht nicht entspricht, so folgt daraus noch nicht, dafs ein Abschnitt, ein Ruhepunkt uns in den Stand setzt, die zweite Hälfte des Weges leichter zu durchlaufen. Ein kleiner Sprung ist leichter als ein grofser, aber darum wird doch Niemand, der über einen breiten Graben setzen will, zuerst mit einem halben Sprung hineinspringen.

Wenn wir näher ins Auge fassen, was dem Begriff eines sogenannten methodischen Angriffskrieges zu Grunde liegt, so sind es gewöhnlich folgende Dinge:

1. Eroberung der feindlichen Festungen, auf welche man stöfst;
2. Aufhäufung nöthiger Vorräthe;

---

[2]) Heutzutage wird Niemand mehr die volle Richtigkeit der Clausewitz'schen Deductionen bezweifeln.

3. Befestigung wichtiger Punkte, als: Niederlagen, Brücken, Stellungen u. s. w.;
4. Ausruhen der Kräfte im Winter und Erholungsquartiere;
5. Abwarten der Verstärkungen des folgenden Jahres.

Setzt man zur Erreichung aller dieser Zwecke einen förmlichen Abschnitt im Laufe des Angriffs, einen Ruhepunkt in der Bewegung, fest, so glaubt man eine neue Basis und neue Kräfte zu gewinnen, als rückte der eigene Staat hinter seiner Armee her, und als erhielte diese mit jedem neuen Feldzuge eine neue Schwungkraft.

Alle diese preiswürdigen Zwecke mögen den Angriffskrieg bequemer machen, aber sie machen ihn nicht in seinen Folgen sicherer und sind meistens nur Scheinbenennungen für gewisse Gegengewichte im Gemüthe des Feldherrn oder in der Unentschlossenheit des Kabinets. Wir wollen sie vom linken Flügel her aufzurollen suchen.

1. Das Abwarten neuer Kräfte findet eben so gut, und man kann wohl sagen, noch mehr auf Seiten des Gegners und zu seinen Gunsten statt. Aufserdem liegt es in der Natur der Sache, dafs ein Staat an Streitkräften in einem Jahr ziemlich eben so viel aufstellen kann, als er in zweien aufstellt; denn was ihm in diesem zweiten Jahre an Streitkräften wirklich zuwächst, ist im Verhältnifs zum Ganzen nur sehr unbedeutend.

2. Der Gegner ruht sich mit uns zu gleicher Zeit aus.

3. Die Befestigung von Städten und Stellungen ist nicht das Werk des Heeres und also kein Grund zum Aufenthalt.

4. Wie die Heere sich jetzt verpflegen, sind Magazine nöthiger, wenn sie still stehen, als wenn sie im Vorschreiten sind. So lange dies glücklich von statten geht, kommt man immer in den Besitz feindlicher Vorräthe, die da aushelfen, wo die Gegend arm ist.

5. Die Eroberung der feindlichen Festungen kann nicht als ein Innehalten des Angriffs betrachtet werden; es ist ein intensives Vorschreiten, und also der dadurch veranlafste äufsere Stillstand nicht eigentlich der Fall, von welchem wir sprechen, nicht ein Aufhalten und Ermäfsigen der Kraft. Ob aber die wirkliche Belagerung oder schon eine Einschliefsung oder gar eine blofse Beobachtung der einen oder andern das Zweckmäfsigste sei, ist eine Frage, die erst nach den besonderen Umständen entschieden werden kann. Nur das können wir im Allgemeinen sagen, dafs bei der Beantwortung dieser Frage lediglich die andere entscheiden mufs, ob man durch die blofse Einschliefsung und durch weiteres Vorschreiten in zu grofse Gefahr kommen würde. Wo das nicht der Fall, wo noch Raum zum Ausbreiten der Kräfte vorhanden ist, da thut man besser, die förmliche Belagerung bis zum Ende der ganzen Angriffsbewegung aufzusparen. Man mufs sich also nicht durch den Gedanken verführen lassen, das Eroberte recht schnell in Sicherheit zu bringen, und darüber Wichtigeres versäumen.

Es hat freilich das Ansehen, als ob man beim weitern Vorschreiten das Errungene gleich wieder aufs Spiel setze. Wir glauben jedoch, dafs im Angriffskriege kein Abschnitt, kein Ruhepunkt, keine Zwischenstation naturgemäfs ist, sondern dafs, wo dergleichen unvermeidlich ist, man es als ein

Uebel betrachten mufs, welches den Erfolg nicht gewisser, sondern ungewisser macht, ja dafs es, wenn wir uns streng an die allgemeine Wahrheit halten wollen, von einem Stationspunkt aus, den wir aus Schwäche haben suchen müssen, in der Regel keinen zweiten Anlauf zum Ziele giebt, dafs aber, wenn dieser zweite Anlauf möglich ist, die Station nicht nothwendig war und dafs, wo ein Ziel für die Kräfte von Hause aus zu weit ist, es auch immer zu weit bleiben wird.

Wir sagen: So sieht die allgemeine Wahrheit aus, und wollen damit nur die Idee entfernen, als könne die Zeit an und für sich etwas zum Besten des Angreifenden thun. Da sich aber von einem Jahre zum andern die politischen Verhältnisse ändern können, so werden schon darum allein häufig Fälle vorkommen, die sich dieser allgemeinen Wahrheit entziehen.

Es hat vielleicht das Ansehen, als hätten wir unsern allgemeinen Gesichtspunkt verloren und nur den Angriffskrieg im Auge gehabt; dies ist aber gar nicht der Fall. Freilich wird Derjenige, welcher sich die völlige Niederwerfung seines Gegners zum Ziel setzen kann, nicht leicht in den Fall kommen, zur Vertheidigung seine Zuflucht zu nehmen, deren nächstes Ziel nur die Erhaltung des Besitzes ist; allein da wir durchaus dabei beharren müssen, eine Vertheidigung ohne alles positive Prinzip in der Strategie wie in der Taktik für einen inneren Widerspruch zu erklären, und also immer wieder darauf zurückkommen, dafs jede Vertheidigung nach Kräften suchen wird zum Angriff überzugehen, sobald sie die Vortheile der Vertheidigung genossen hat, so müssen wir als ein Ziel, welches dieser Angriff haben kann und welches als das eigentliche Ziel der Vertheidigung zu betrachten ist, wie grofs oder klein es sei, doch auch möglicherweise die Niederwerfung des Feindes mitaufnehmen und sagen, dafs es Fälle geben kann, in denen der Angreifende, ungeachtet er ein so grofses Ziel im Auge hat, es doch vorziehen kann, sich Anfangs der vertheidigenden Form zu bedienen. Dafs diese Vorstellung nicht ohne Realität sei, läfst sich durch den Feldzug von 1812 leicht beweisen. Der Kaiser Alexander hat vielleicht nicht daran gedacht, durch den Krieg, in welchen er sich einliefs, seinen Gegner ganz zu Grunde zu richten, wie es nachher geschehen ist; aber wäre ein solcher Gedanke unmöglich gewesen? und würde es nicht dabei immer sehr natürlich geblieben sein, dafs die Russen den Krieg vertheidigungsweise anfingen[4])?

---

[4]) Wir begegnen in diesem Kapitel einer so schneidigen Auffassung des Angriffes, dafs man es nur wieder und wieder bedauern mufs, dafs der Verfasser seine in der „Nachricht" ausgesprochene Absicht, das sechste Buch nach dem **Gedankengang** des achten bez. siebenten „ganz neu" zu bearbeiten, nicht zur Ausführung hat bringen können.

Fünftes Kapitel.
Fortsetzung. Beschränktes Ziel.

Wir haben im vorigen Kapitel gesagt, dafs wir unter dem Ausdruck „Niederwerfung des Feindes" das eigentliche absolute Ziel des kriegerischen Aktes verstehen; jetzt wollen wir betrachten, was zu thun bleibt, wenn die Bedingungen, unter denen dies Ziel erreicht werden könnte, nicht vorhanden sind.

Diese Bedingungen setzen eine grofse physische oder moralische Ueberlegenheit, oder einen grofsen Unternehmungsgeist, einen Hang zu grofsen Wagnissen voraus. Wo nun dies Alles nicht vorhanden ist, kann das Ziel des kriegerischen Aktes nur von zweierlei Art sein: entweder die Eroberung irgend eines kleinen oder mäfsigen Theils der feindlichen Länder, oder das Erhalten des eigenen bis zu besseren Augenblicken; dies Letztere ist der gewöhnliche Fall bei dem Vertheidigungskriege.

Wo das Eine oder das Andere von rechter Art sei, daran erinnert uns schon der Ausdruck, welchen wir bei dem Letzteren gebraucht haben. **Das Abwarten bis zu besseren Augenblicken** setzt voraus, dafs wir von der Zukunft dergleichen zu erwarten haben, und es ist also dieses Abwarten, d. h. der Vertheidigungskrieg, allemal durch diese Aussicht motivirt; dagegen ist der Angriffskrieg, d. h. die Benutzung des gegenwärtigen Augenblicks überall da geboten, wo die Zukunft nicht uns, sondern dem Feinde bessere Aussichten gewährt.

Der dritte Fall, welcher vielleicht der gewöhnlichte ist, würde der sein, wo beide Theile von der Zukunft nichts Bestimmtes zu erwarten haben, wo also aus ihr auch kein Bestimmungsgrund genommen werden kann. In diesem Fall ist der Angriffskrieg offenbar Demjenigen geboten, der politisch der Angreifende ist, d. h. der den positiven Grund hat; denn für diesen Zweck hat er sich bewaffnet, und alle Zeit, die ohne hinreichendes Motiv verloren geht, geht ihm verloren.

Wir haben hier aus Gründen für den Angriffs- oder Vertheidigungskrieg entschieden, die mit dem Machtverhältnifs nichts zu thun haben, und doch könnte es viel richtiger erscheinen, die Wahl von Angriff und Vertheidigung hauptsächlich von dem gegenseitigen Machtverhältnifs abhängen zu lassen; wir glauben aber, dafs man gerade dadurch vom rechten Wege abkommen würde. Die logische Richtigkeit unserer einfachen Schlufsfolge wird Niemand bestreiten; wir wollen nun sehen, ob sie im konkreten Falle zum Gegentheil führt.

Denken wir uns einen kleinen Staat, der mit sehr überlegenen Kräften in Konflikt gerathen ist und voraussieht, dafs sich seine Lage mit jedem Jahre verschlimmern wird: mufs er nicht, wenn er den Krieg nicht vermeiden kann, die Zeit benutzen, wo seine Lage nicht minder schlimm ist? Er mufs also angreifen; aber nicht, weil der Angriff an sich ihm Vortheile gewährte, er wird vielmehr die Ungleichheit der Kräfte noch mehr vergröfsern, sondern weil er das Bedürfnifs hat, die Sache entweder ganz zu erledigen, ehe die schlimmen Perioden eintreten, oder sich wenigstens einstweilen Vortheile zu erringen, von denen er später zehren kann. Diese Lehre kann nicht absurd erscheinen. Wäre dieser kleine Staat aber ganz sicher, dafs die Gegner gegen ihn vorschreiten werden, dann kann und mag er sich allerdings der Vertheidigung gegen sie zur Erringung eines ersten Erfolgs bedienen; er ist dann wenigstens nicht in Gefahr, Zeit zu verlieren.

Denken wir uns ferner einen kleinen Staat mit einem gröfseren im Kriege begriffen und die Zukunft ohne allen Einflufs auf ihre Entschlüsse, so müssen wir doch, wenn der kleine Staat politisch der Angreifende ist, von ihm auch fordern, dafs er zu seinem Ziele vorschreite.

Hat er die Keckheit gehabt, sich gegen einen mächtigeren den positiven Zweck vorzusetzen, so mufs er auch handeln, d. h. den Gegner angreifen, wenn Dieser ihm nicht die Mühe erspart. Das Abwarten wäre eine Absurdität; es müfste denn sein, dafs er seinen politischen Entschlufs im Augenblick der Ausführung geändert hätte, ein Fall, der häufig vorkommt und nicht wenig dazu beiträgt, den Kriegen einen unbestimmten Charakter zu geben.

Unsere Betrachtung über das beschränkte Ziel führt uns zu dem Angriffskrieg mit einem solchen und zum Vertheidigungskrieg; wir wollen beide in besonderen Kapiteln betrachten. Vorher aber müssen wir uns noch nach einer andern Seite hin wenden.

Wir haben die Modifikation des kriegerischen Ziels bis jetzt blofs aus den inneren Gründen abgeleitet. Die Natur der politischen Absicht haben wir nur in Betracht gezogen, insofern sie etwas Positives will oder nicht. Alles Uebrige in der politischen Absicht ist im Grunde etwas dem Kriege selbst Fremdes, allein wir haben im zweiten Kapitel des ersten Buches (Zweck und Mittel im Kriege) bereits eingeräumt, dafs die Natur des politischen Zwecks, die Gröfse unserer oder der feindlichen Forderung und unser ganzes politisches Verhältnifs faktisch den entscheidendsten Einflufs auf die Kriegführung behauptet, und wir wollen daher im folgenden Kapitel uns damit noch besonders beschäftigen.

Sechstes Kapitel.
A. Einfluss des politischen Zwecks auf das kriegerische Ziel.

Niemals wird man sehen, dafs ein Staat, der in der Sache eines andern auftritt, diese so ernsthaft nimmt wie seine eigene. Eine mäfsige Hülfsarmee wird abgesandt; ist sie nicht glücklich, so sieht man die Sache ziemlich als abgemacht an und sucht so wohlfeil als möglich herauszukommen.

Es ist in der europäischen Politik hergebracht, dafs die Staaten sich in Schutz- und Trutzbündnissen zu gegenseitigem Beistand verpflichten, aber nicht so, als wenn der eine das Interesse und die Feindschaft des andern theilen sollte, sondern indem sie sich einander ohne Rücksicht auf den Gegenstand des Krieges und die Anstrengungen des Gegners im Voraus eine bestimmte, gewöhnlich sehr mäfsige Kriegsmacht zusagen. Bei einem solchen Akt der Bundesgenossenschaft betrachtet sich der Bundesgenosse mit dem Gegner nicht in einem eigentlichen Kriege begriffen, der nothwendig mit einer Kriegserklärung anfangen und mit einem Friedensschlufs endigen müfste. Aber auch dieser Begriff besteht nirgends mit einiger Schärfe, und der Gebrauch schwankt hin und her[1]).

Die Sache würde eine Art von innerem Zusammenhang haben, und die Theorie des Krieges dabei weniger in Verlegenheit kommen, wenn diese zugesagte Hülfe von zehn-, zwanzig- oder dreifsigtausend Mann dem im Kriege begriffenen Staate völlig überlassen würde, so dafs er sie nach seinem Bedürfnifs brauchen könnte; alsdann wäre sie wie eine gemiethete Truppe zu betrachten. Allein davon ist der Gebrauch weit entfernt. Gewöhnlich haben die Hülfstruppen ihren eigenen Feldherrn, der nur von seinem Hofe abhängt, und dem dieser ein Ziel steckt, wie es sich mit der Halbheit seiner Absichten am besten verträgt[2]).

Aber selbst dann, wenn zwei Staaten wirklich gegen einen dritten Krieg führen, so betrachten sie diesen doch nicht immer gleichmäfsig als einen Feind, welchen sie vernichten müssen, damit er sie nicht vernichte, sondern die Angelegenheit wird oft wie ein Handelsgeschäft abgemacht; ein jeder legt nach Verhältnifs der Gefahr, die er zu bestehen, und der Vortheile, die er zu erwarten hat, eine Aktie von 30,000 bis 40,000 Mann ein und thut, als könne er nichts als diese dabei verlieren.

Dieser Gesichtspunkt findet nicht blofs dann statt, wenn ein Staat dem andern in einer Angelegenheit beispringt, die ihm ziemlich fremd ist, sondern selbst dann, wenn beide ein gemeinsames grofses Interesse haben, kann es ohne diplomatischen Rückhalt nicht abgehen, und die Unterhandelnden pflegen sich nur zu einem geringen traktatenmäfsigen Beistand zu verstehen, um ihre übrigen kriegerischen Kräfte nach den besonderen Rücksichten zu gebrauchen, zu welchen die Politik etwa führen könnte.

Diese Art, den Bündnifskrieg zu betrachten, war ganz allgemein und hat nur in der neuesten Zeit, wo die äufserste Gefahr die Gemüther in die natürlichen Wege hineintrieb (wie gegen Bonaparte), und wo schrankenlose Gewalt sie hineinzwang (wie unter Bonaparte), der natürlichen weichen müssen. Sie war eine Halbheit, eine Anomalie, denn Krieg und Friede sind im Grunde Begriffe, die keiner Gradation fähig sind; aber nichts desto weniger war sie kein blofses diplomatisches Herkommen, über welches sich die Vernunft hinwegsetzen konnte, sondern tief in der natürlichen Beschränktheit und Schwäche des Menschen begründet.

Endlich hat auch im allein geführten Kriege die politische Veranlassung desselben einen mächtigen Einflufs auf seine Führung.

---

[1]) Das ist heutzutage nicht mehr recht zutreffend.
[2]) 1866 hat noch ein Beispiel dieser Art von Bundesgenossenschaft geliefert!

Wollen wir vom Feinde nur ein geringes Opfer, so begnügen wir uns, durch den Krieg nur ein geringes Aequivalent zu gewinnen, und dazu glauben wir mit mäfsigen Anstrengungen gelangen zu können. Ungefähr eben so schliefst der Gegner. Findet nun der Eine oder der Andere, dafs er sich in seiner Rechnung geirrt hat, dafs er dem Feinde nicht, wie er gewollt, um etwas überlegen, sondern dafs er vielmehr schwächer ist, so fehlt es doch in dem Augenblick gewöhnlich an Geld und allen andern Mitteln, es fehlt an hinreichendem moralischen Anstofs zu gröfserer Energie; man behilft sich also, wie man kann, hofft von der Zukunft günstige Ereignisse, wenn man auch gar kein Recht dazu hat, und der Krieg schleppt sich unterdessen wie ein siecher Körper kraftlos fort.

So geschieht es, dafs die Wechselwirkung, das Ueberbieten, das Gewaltsame und Unaufhaltsame des Krieges sich in der Stagnation schwacher Motive verlieren, und dafs beide Partejen sich in sehr verkleinerten Kreisen mit einer Art von Sicherheit bewegen.

Läfst man diesen Einflufs des politischen Zwecks auf den Krieg einmal zu, wie man ihn denn zulassen mufs, so giebt es keine Grenze mehr, und man mufs sich gefallen lassen, auch zu solchen Kriegen herunterzusteigen, die in **blofser Bedrohung des Gegners** und in **Unterhandeln** bestehen.

Dafs sich die Theorie des Krieges, wenn sie eine philosophische Ueberlegung sein und bleiben will, hier in Verlegenheit befindet, ist klar. Alles, was in dem Begriff des Krieges Nothwendiges liegt, scheint vor ihr zu fliehen, und sie ist in Gefahr, jedes Stützpunktes zu entbehren. Aber es zeigt sich bald der natürliche Ausweg. Je mehr ein ermäfsigendes Prinzip in den kriegerischen Akt kommt, oder vielmehr: je schwächer die Motive des Handelns werden, um so mehr geht das Handeln in ein Leiden über, um so weniger bedarf es leitender Grundsätze. Die ganze Kriegskunst verwandelt sich in blofse Vorsicht, und diese wird hauptsächlich darauf gerichtet sein, dafs das schwankende Gleichgewicht nicht plötzlich zu unserem Nachtheil umschlage, und der halbe Krieg sich in einen ganzen verwandle.

B. Der Krieg ist ein Instrument der Politik.

Nachdem wir uns bis jetzt, bei dem Zwiespalt, in dem die Natur des Krieges mit anderen Interessen des einzelnen Menschen und des gesellschaftlichen Verbandes steht, bald nach der einen, bald nach der andern Seite haben umsehen müssen, um keines dieser entgegengesetzten Elemente zu vernachlässigen, ein Zwiespalt, der in dem Menschen selbst begründet ist, und den der philosophische Verstand also nicht lösen kann, wollen wir nun diejenige Einheit suchen, zu welcher sich im praktischen Leben diese wiedersprechenden Elemente verbinden, indem sie sich theilweise gegenseitig neutralisiren. Wir würden diese Einheit gleich von vornherein aufgestellt haben, wenn es nicht nothwendig gewesen wäre, eben jene Widersprüche recht deutlich hervorzuheben und die verschiedenen Elemente auch getrennt zu betrachten. Diese Einheit nun ist der Begriff, **dafs der Krieg nur** ein Theil des politischen Verkehrs sei, also durchaus nichts Selbständiges.

Man weifs freilich, dafs der Krieg nur durch den politischen Verkehr der Regierungen und der Völker hervorgerufen wird; aber gewöhnlich denkt man sich die Sache so, dafs mit ihm jener Verkehr aufhöre, und ein ganz anderer Zustand eintrete, welcher nur seinen eigenen Gesetzen unterworfen sei.

Wir behaupten dagegen: Der Krieg ist nichts als eine Fortsetzung des politischen Verkehrs mit Einmischung anderer Mittel. Wir sagen: mit Einmischung anderer Mittel, um damit zugleich zu behaupten, dafs dieser politische Verkehr durch den Krieg selbst nicht aufhört, nicht in etwas ganz Anderes verwandelt wird, sondern dafs er in seinem Wesen fortbesteht, wie auch die Mittel gestaltet sein mögen, deren er sich bedient, und dafs die Hauptlinien, an welchen die kriegerischen Ereignisse fortlaufen und an welche sie gebunden sind, nur seine Lineamente sind, die sich zwischen den Krieg durch bis zum Frieden fortziehen. Und wie wäre es anders denkbar? Hören denn je mit den diplomatischen Noten die politischen Verhältnisse verschiedener Völker und Regierungen auf? Ist nicht der Krieg blofs eine andere Art von Schrift und Sprache ihres Denkens? Er hat freilich seine eigene Grammatik, aber nicht seine eigene Logik.

Hiernach kann der Krieg niemals von dem politischen Verkehr getrennt werden, und wenn dies in der Betrachtung irgendwo geschieht, werden gewissermafsen alle Fäden des Verhältnisses zerrissen, und es entsteht ein sinn- und zweckloses Ding.

Diese Vorstellungsart würde selbst dann unentbehrlich sein, wenn der Krieg ganz Krieg, ganz das ungebundene Element der Feindschaft wäre, denn alle die Gegenstände, auf welchen er ruht, und die seine Hauptrichtungen bestimmen: eigene Macht, Macht des Gegners, beiderseitige Bundesgenossen, gegenseitiger Volks- und Regierungscharakter u. s. w., wie wir sie im ersten Kapitel des ersten Buches aufgezählt haben, sind sie nicht politischer Natur, und hängen sie nicht mit dem ganzen politischen Verkehr so genau zusammen, dafs es unmöglich ist, sie davon zu trennen? — Aber diese Vorstellungsart wird doppelt unentbehrlich, wenn wir bedenken, dafs der wirkliche Krieg kein so konsequentes, auf das Aeufserste gerichtetes Bestreben ist, wie er seinem Begriff nach sein sollte, sondern ein Halbding, ein Widerspruch in sich; dafs er als solcher nicht seinen eigenen Gesetzen folgen kann, sondern als Theil eines andern Ganzen betrachtet werden mufs, — und dieses Ganze ist die Politik.

Die Politik weicht, indem sie sich des Krieges bedient, allen strengen Folgerungen aus, welche aus seiner Natur hervorgehen, bekümmert sich wenig um die endlichen Möglichkeiten und hält sich nur an die nächsten Wahrscheinlichkeiten. Kommt dadurch viel Ungewifsheit in den ganzen Handel, wird er also zu einer Art von Spiel, so hegt die Politik eines jeden Kabinets zu sich das Vertrauen, es dem Gegner in Gewandtheit und Scharfsicht bei diesem Spiel zuvorzuthun.

So macht also die Politik aus dem Alles überwältigenden Element des Krieges ein blofses Instrument; aus dem furchtbaren Schlachtschwert, welches mit beiden Händen und ganzer Leibeskraft aufgehoben sein will, um damit einmal und nicht mehr zuzuschlagen, einen leichten handlichen Degen, der zuweilen selbst zum Rappier wird, und mit dem sie Stöfse, Finten und Paraden abwechseln läfst.

So lösen sich die Widersprüche, in welche der Krieg den von Natur furchtsamen Menschen verwickelt, wenn man dies für eine Lösung gelten lassen will.

Gehört der Krieg der Politik an, so wird er ihren Charakter annehmen. Sobald sie grofsartiger und mächtiger wird, so wird es auch der Krieg, und das kann bis zu der Höhe steigen, auf welcher der Krieg zu seiner absoluten Gestalt gelangt[3]).

Wir haben also bei dieser Vorstellungsart nicht nöthig, den Krieg in dieser Gestalt aus den Augen zu verlieren; vielmehr mufs fortwährend sein Bild im Hintergrunde schweben.

Nur durch diese Vorstellungsart wird der Krieg wieder zur Einheit, nur mit ihr kann man alle Kriege als Dinge einer Art betrachten, und nur durch sie wird dem Urtheil der rechte und genaue Stand- und Gesichtspunkt gegeben, aus welchem die grofsen Entwürfe hervorgehen und beurtheilt werden sollen.

Freilich dringt das politische Element nicht tief in die Einzelnheiten des Krieges hinunter, man stellt keine Vedetten und führt keine Patrouille nach politischen Rücksichten, aber desto entschiedener ist der Einflufs dieses Elements bei dem Entwurf zum ganzen Kriege, zum Feldzuge und oft selbst zur Schlacht.

Wir haben uns deshalb auch nicht beeilt diesen Gesichtspunkt gleich Anfangs aufzustellen. Bei den einzelnen Gegenständen würde es uns wenig genützt, dagegen unsere Aufmerksamkeit gewissermafsen zerstreut haben; bei dem Kriegs- und Feldzugsplan ist er unentbehrlich.

Es ist überhaupt nichts so wichtig im Leben, als genau den Standpunkt zu ermitteln, aus welchem die Dinge aufgefafst und beurtheilt werden müssen, und dann an diesem festzuhalten; denn nur von einem Standpunkte aus können wir die Masse der Erscheinungen in ihrer Einheit auffassen, und nur die Einheit des Standpunktes kann uns vor Widersprüchen sichern.

Wenn also auch bei Kriegsentwürfen der zwei- und mehrfache Standpunkt nicht zulässig ist, von dem aus die Dinge angesehen werden können, jetzt mit dem Auge des Soldaten, jetzt mit dem des Administrators, jetzt mit dem des Politikers u. s. w., so fragt es sich nun, ob es denn nothwendig die Politik ist, der sich alles Uebrige unterordnen mufs.

Dafs die Politik alle Interessen der inneren Verwaltung, auch die der Menschlichkeit, und was sonst der philosophische Verstand zur Sprache bringen könnte, in sich vereinigt und ausgleicht, wird vorausgesetzt, denn die Politik ist ja nichts an sich, sondern ein blofser Sachwalter aller dieser

---

[3]) Heutzutage kann man wohl den oben angestellten Vergleich umdrehend behaupten, dafs das Kriegsinstrument (das auf allgemeine Wehrpflicht basirte Heer) „zu schwer" geworden ist, als dafs die Politik sich desselben noch spielend als Rappier bedienen könnte!

Interessen gegen andere Staaten. Dafs sie eine falsche Richtung haben, dem Ehrgeiz, dem Privatinteresse, der Eitelkeit der Regierenden vorzugsweise dienen kann, gehört nicht hierher; denn in keinem Fall ist es die Kriegskunst, welche als ihr Präceptor betrachtet werden kann, und wir können hier die Politik nur als Repräsentantin aller Interessen der ganzen Gesellschaft betrachten.

Die Frage bleibt also nur, ob bei Kriegsentwürfen der politische Standpunkt dem rein militairischen (wenn ein solcher überhaupt denkbar wäre) weichen, d. h. ganz verschwinden oder sich ihm unterordnen, oder ob er der herrschende bleiben und der militairische ihm untergeordnet werden müsse.

Dafs der politische Gesichtspunkt mit dem Beginne des Krieges ganz aufhören sollte, würde nur denkbar sein, wenn die Kriege Kämpfe auf Leben und Tod aus blofser Feindschaft wären; wie sie sind, sind sie, wie wir oben gezeigt haben, nichts als Aeufserungen der Politik selbst. Das Unterordnen des politischen Gesichtspunktes unter den militairischen wäre widersinnig, denn die Politik hat den Krieg erzeugt; sie ist die Intelligenz, der Krieg aber blofs das Instrument, und nicht umgekehrt. Es bleibt also nur das Unterordnen des militairischen Gesichtspunktes unter den politischen möglich.

Denken wir an die Natur des wirklichen Krieges, erinnern wir uns des im dritten Kapitel dieses Buches Gesagten, **dafs jeder Krieg vor allen Dingen nach der Wahrscheinlichkeit seines Charakters und seiner Hauptumrisse aufgefafst werden soll, wie sie sich aus den politischen Gröfsen und Verhältnissen ergeben, und dafs oft, ja, wir können in unsern Tagen wohl behaupten, meistens der Krieg wie ein organisches Ganze betrachtet werden mufs**, von dem sich die einzelnen Glieder nicht absondern lassen, wo also jede einzelne Thätigkeit mit dem Ganzen zusammenströmen und aus der Idee dieses Ganzen hervorgehen mufs, so wird es uns vollkommen gewifs und klar, dafs der oberste Standpunkt für die Leitung des Krieges, von dem die Hauptlinien ausgehen, kein anderer als der der Politik sein könne.

Von diesem Standpunkt aus gehen die Entwürfe wie aus einem Gufs hervor, das Auffassen und Beurtheilen wird leichter, natürlicher, die Ueberzeugung kräftiger, die Motive befriedigender und die Geschichte verständlicher.

Von diesem Standpunkte aus liegt ein Streit zwischen den politischen und kriegerischen Interessen wenigstens nicht mehr in der Natur der Sache und ist also da, wo er eintritt, nur als eine Unvollkommenheit der Einsicht zu betrachten. Dafs die Politik an den Krieg Forderungen macht, die er nicht leisten kann, wäre gegen die Voraussetzung, dafs sie das Instrument kenne, welches sie gebrauchen will, also gegen eine natürliche, ganz unerläfsliche Voraussetzung. Beurtheilt sie aber den Verlauf der kriegerischen Ereignisse richtig, so ist es ganz ihre Sache und kann nur die ihrige sein, zu bestimmen, welche Ereignisse und welche Richtung der Begebenheiten dem Ziele des Krieges entsprechen.

Mit einem Wort, die Kriegskunst auf ihrem höchsten Standpunkte wird zur Politik, aber freilich eine Politik, die statt Noten zu schreiben Schlachten liefert.

Nach dieser Ansicht ist es eine unzulässige und selbst schädliche Unterscheidung, dafs ein grofses kriegerisches Ereignifs oder der Plan zu einem solchen eine rein militairische Beurtheilung zulassen soll; ja, es ist ein widersinniges Verfahren, bei Kriegsentwürfen Militairs zu Rathe zu ziehen, damit sie rein militairisch darüber urtheilen sollen, was die Kabinette zu thun haben; aber noch widersinniger ist das Verlangen der Theoretiker, dafs die vorhandenen Kriegsmittel dem Feldherrn überwiesen werden sollen, um danach einen rein militairischen Entwurf zum Kriege oder Feldzuge zu machen. Auch lehrt die allgemeine Erfahrung, dafs trotz der grofsen Mannichfaltigkeit und Ausbildung des heutigen Kriegswesens die Hauptlineamente des Krieges doch immer von den Kabinetten bestimmt worden sind, d. h. von einer, wenn man technisch sprechen will, nur politischen, nicht militairischen Behörde.

Dies liegt vollkommen in der Natur der Dinge. Keiner der Hauptentwürfe, welche für einen Krieg nöthig sind, kann ohne Einsicht in die politischen Verhältnisse gemacht werden, und man sagt eigentlich etwas ganz Anderes, als man sagen will, wenn man, was häufig geschieht, von dem schädlichen Einflufs der Politik auf die Führung des Krieges spricht. Es ist nicht dieser Einflufs, sondern die Politik selbst, welche man tadeln sollte. Ist die Politik richtig, d. h. trifft sie ihr Ziel, so kann sie auf den Krieg in ihrem Sinne auch nur vortheilhaft wirken; und wo diese Einwirkung vom Ziel entfernt, ist die Quelle nur in der verkehrten Politik zu suchen.

Nur dann, wenn die Politik sich von gewissen kriegerischen Mitteln und Mafsregeln eine falsche, ihrer Natur nicht angemessene Wirkung verspricht, kann sie mit ihren Bestimmungen einen schädlichen Einflufs auf den Krieg haben. Wie Jemand in einer Sprache, der er nicht ganz gewachsen ist, zuweilen Unrichtiges sagt, so wird die Politik bei richtigem Denken oft Dinge anordnen, die ihrer eigenen Absicht nicht entsprechen.

Dies ist unendlich oft vorgekommen und zeigt dann, dafs eine gewisse Einsicht in das Kriegswesen der Führung des politischen Verkehrs nicht fehlen sollte.

Aber ehe wir ein Wort weiter reden, müssen wir uns vor einer falschen Deutung verwahren, die sehr nahe liegt. Wir sind weit entfernt zu glauben, dafs ein in Akten vergrabener Kriegsminister, oder ein gelehrter Ingenieur, oder auch selbst ein im Felde tüchtiger Soldat darum den besten Staatsminister geben würde, wo der Fürst es nicht selbst ist, oder mit andern Worten: wir meinen durchaus nicht, dafs diese Einsicht in das Kriegswesen die Haupteigenschaft desselben sei; ein grofsartiger, ausgezeichneter Kopf, ein starker Charakter, das sind die Haupteigenschaften, die er besitzen mufs; die Einsicht in das Kriegswesen läfst sich auf eine oder die andere Art wohl ergänzen. Frankreich ist in seinen kriegerischen und politischen Händeln nie schlechter berathen gewesen als unter den Gebrüdern Belleisle und dem Herzog von Choiseul, obgleich alle drei gute Soldaten waren.

Soll ein Krieg ganz den Absichten der Politik entsprechen und soll die Politik den Mitteln zum Kriege angemessen sein, so bleibt, wo der Staatsmann und der Soldat nicht in einer Person vereinigt sind, nur ein gutes Mittel übrig, nämlich den obersten Feldherrn zum Mitglied des Kabinets zu machen, damit er in den wichtigsten Momenten an dessen Berathungen und Beschlüssen Theil nehme. Dies ist aber wieder nur möglich, wenn das Kabinet, d. h. die Regierung selbst, sich in der Nähe des Kriegsschauplatzes befindet, damit die Dinge ohne merklichen Zeitverlust abgemacht werden können.

So hat es der Kaiser von Oesterreich im Jahre 1809, und so haben es die verbündeten Monarchen in den Jahren 1813, 1814 und 1815 gemacht, und diese Einrichtung hat sich vollkommen bewährt.

Höchst gefährlich ist der Einfluſs eines andern Militairs als des obersten Feldherrn im Kabinet; selten wird das zum gesunden, tüchtigen Handeln führen. Frankreichs Beispiel, wo Carnot 1793, 1794 und 1795 die Kriegsangelegenheiten von Paris aus leitete, ist durchaus verwerflich, weil der Terrorismus nur revolutionären Regierungen zu Gebote steht[1]).

Wir wollen jetzt mit einer historischen Betrachtung schlieſsen.

Als in den neunziger Jahren des vorigen Jahrhunderts jene merkwürdige Umwälzung der europäischen Kriegskunst eintrat, durch welche die besten Heere einen Theil ihrer Kunst unwirksam werden sahen und kriegerische Erfolge stattfanden, von deren Gröſse man bisher keinen Begriff gehabt hatte, schien es freilich, daſs aller falsche Kalkül der Kriegskunst zur Last falle. Offenbar wurden sie durch Gewohnheit auf engere Kreise der Begriffe eingeschränkt, durch die Gewalt der neuen Verhältnisse überfallen, welche zwar auſserhalb dieser Kreise, aber freilich nicht auſserhalb der Natur der Dinge lagen.

Diejenigen Beobachter, welche den umfassendsten Blick hatten, schrieben die Erscheinung dem allgemeinen Einfluſs zu, welchen die Politik seit Jahrhunderten auf die Kriegskunst, und zwar zum gröſsten Nachtheil derselben, gehabt hatte, und durch welchen diese zu einem Halbdinge, oft zu einer wahren Spiegelfechterei herabgesunken war. Das Faktum war richtig, nur war es falsch, dasselbe als ein zufällig entstandenes, vermeidbares Verhältniſs anzusehen.

Andere glauben Alles aus dem augenblicklichen Einfluſs der individuellen Politik Oesterreichs, Preuſsens, Englands u. s. w. erklären zu können.

Ist es aber wahr, daſs der eigentliche Ueberfall, von welchem sich die Intelligenz getroffen fühlte, innerhalb der Kriegführung und nicht vielmehr innerhalb der Politik selbst stattfand? d. h., nach unserer Sprache zu reden: ist das Unglück aus dem Einfluſs der Politik auf den Krieg entstanden, oder aus der falschen Politik selbst?

---

[1]) Es wird nicht unnütz sein, hier ausdrücklich darauf hinzuweisen, daſs es sich in den vorhergehenden Abhandlungen nur um die Aufstellung des Kriegs-Planes (Zweck und Ziel des Krieges) handelt. Die Einmischung der Politik in die Krieg-Führung bleibt immer ein Verderb!

Die Politik giebt an, wie das Haus gebaut werden soll, in den Bau selbst aber hat sie sich nicht einzumischen.

Die ungeheuren Wirkungen der französischen Revolution nach aufsen sind offenbar viel weniger in neuen Mitteln und Ansichten der französischen Kriegführung als in der ganz veränderten Staats- und Verwaltungskunst, in dem Charakter der Regierung, in dem Zustande des Volkes u. s. w. zu suchen. Dafs die andern Regierungen alle diese Dinge unrichtig ansahen, dafs sie mit gewöhnlichen Mitteln Kräften die Wage halten wollten, die neu und überwältigend waren: das Alles sind Fehler der Politik.

Hätte man nun diese Fehler von dem Standpunkte einer rein militairischen Auffassung des Krieges einsehen und verbessern können? Unmöglich. Denn hätte es auch wirklich einen philosophischen Strategen gegeben, welcher blofs aus der Natur des feindseligen Elementes alle Folgen vorausgesehen und eine Prophezeihung der entfernten Möglichkeiten verkündigt hätte, so wäre es doch rein unmöglich gewesen, solche Erkenntnifs geltend zu machen.

Nur wenn die Politik sich zu einer richtigen Würdigung der in Frankreich erwachten Kräfte und der in der Politik Europa's neu entstehenden Verhältnisse erhob, konnte sie das Resultat vorhersehen, welches für die grofsen Lineamente des Krieges daraus entstehen würde, und nur auf diese Weise auf den nothwendigen Umfang der Mittel und die Wahl der besten Wege geführt werden.

Man kann also sagen: die zwanzigjährigen Siege der Revolution sind hauptsächlich die Folge der fehlerhaften Politik der ihr gegenüberstehenden Regierungen gewesen.

Freilich haben sich diese Fehler erst innerhalb des Krieges offenbart, und die Erscheinungen desselben haben den Erwartungen, welche die Politik hatte, völlig widersprochen. Dies ist aber nicht deshalb geschehen, weil die Politik versäumt hatte, sich bei der Kriegskunst Rath zu holen. Diejenige Kriegskunst, an welche ein Politiker glauben konnte, d. h. die aus der wirklichen Welt, die der Politik der Zeit zugehörige, das ihr wohlbekannte Instrument, dessen sie sich bis dahin bedient hatte, diese Kriegskunst, sage ich, war natürlich in dem Irrthum der Politik mitbefangen und konnte sie darum nicht eines Besseren belehren. Es ist wahr, auch der Krieg selbst hat in seinem Wesen und in seinen Formen bedeutende Veränderungen erlitten, die ihn seiner absoluten Gestalt näher gebracht haben; aber diese Veränderungen sind nicht dadurch entstanden, dafs die französische Regierung sich gewissermafsen emancipirt, vom Gängelbande der Politik losgerissen hätte, sondern sie sind aus der veränderten Politik entstanden, welche aus der französischen Revolution sowohl für Frankreich als für ganz Europa hervorgegangen ist. Diese Politik hatte andere Mittel, andere Kräfte aufgeboten und dadurch eine Energie der Kriegführung möglich gemacht, an welche sonst nicht zu denken gewesen wäre.

Also auch die wirklichen Veränderungen der Kriegskunst sind eine Folge der veränderten Politik, und weit entfernt, für die mögliche Trennung beider zu beweisen, sind sie vielmehr ein starker Beweis ihrer innigen Vereinigung.

Also noch einmal: der Krieg ist ein Instrument der Politik; er mufs nothwendig ihren Charakter tragen, er muſs mit ihrem Maſse messen; die Führung des Krieges in seinen Hauptumrissen ist daher die Politik selbst, welche die Feder mit dem Degen vertauscht, aber darum nicht aufgehört hat, nach ihren eigenen Gesetzen zu denken[5]).

Siebentes Kapitel.
Beschränktes Ziel. Angriffskrieg.

Selbst dann, wenn auch nicht die Niederwerfung des Gegners das Ziel sein kann, kann es doch noch ein unmittelbar positives geben, und dieses positive Ziel kann nur in der Eroberung eines Theils der feindlichen Länder bestehen.

Der Nutzen einer solchen Eroberung besteht darin, daſs wir die feindlichen Staatskräfte, folglich auch seine Streitkräfte, schwächen und die unsrigen vermehren, daſs wir also den Krieg zum Theil auf seine Kosten führen, ferner darin, daſs beim Friedensschluſs der Besitz feindlicher Provinzen als ein baarer Gewinn anzusehen ist, weil wir sie entweder behalten oder andere Vortheile dafür eintauschen können.

Diese Ansicht von einer Eroberung des feindlichen Staates ist sehr natürlich und würde nichts gegen sich haben, wenn nicht der Vertheidigungszustand, welcher dem Angriff folgen muſs, häufig Bedenken erregen könnte.

In dem Kapitel vom Kulminationspunkt des Sieges haben wir hinreichend auseinandergesetzt, auf welche Weise eine solche Offensive die Streitkräfte schwächt und daſs ihr ein Zustand folgen kann, der gefährliche Folgen besorgen läſst.

Diese Schwächung unserer Streitkraft durch die Eroberung eines feindlichen Landstrichs hat ihre Grade, und diese hängen am meisten von der geographischen Lage desselben ab. Je mehr er ein Supplement unserer eigenen Länder ist, innerhalb derselben liegt oder sich an ihnen hinzieht, je mehr er in der Richtung der Hauptkräfte liegt, um so weniger wird er unsere Streitkraft schwächen. Sachsen war im siebenjährigen Kriege ein natürliches Supplement des preuſsischen Kriegstheaters, und die Streitkraft Friedrichs des Groſsen wurde durch die Besetzung desselben nicht bloſs nicht vermindert, sondern verstärkt, weil es Schlesien näher liegt als der Mark und diese doch zugleich deckt.

Selbst Schlesien schwächte, nachdem Friedrich der Groſse es 1740 und 1741 einmal erobert hatte, seine Streitkräfte nicht, denn seiner Gestalt und Lage sowie der Beschaffenheit seiner Grenze nach bot es den Oesterreichern nur eine schmale Spitze dar, so lange sie nicht Meister von Sachsen waren,

---

[5]) Daher eben die innere Nothwendigkeit, daſs Staatsoberhaupt und Feldherr eigentlich immer ein und dieselbe Person sein müſsten!

und dieser schmale Berührungspunkt lag ohnehin noch in der Richtung, welche die gegenseitigen Hauptstöfse nehmen mufsten.

Wenn dagegen der eroberte Landstrich sich zwischen die andern feindlichen Provinzen hineinstreckt, eine excentrische Lage und eine ungünstige Gestalt des Bodens hat, so wächst die Schwächung so sichtbar, dafs nicht blofs eine siegreiche Schlacht dem Feinde erleichtert, sondern ihm sogar unnöthig werden kann.

Die Oesterreicher haben jedesmal die Provence ohne Schlacht räumen müssen, wenn sie von Italien aus einen Versuch gegen sie gemacht haben. Die Franzosen waren im Jahr 1744 froh, aus Böhmen zu entkommen, auch ohne eine Schlacht verloren zu haben. Friedrich der Grofse konnte sich 1758 mit derselben Streitkraft in Böhmen und Mähren nicht halten, die ihm im Jahre 1757 in Schlesien und Sachsen so glänzende Erfolge verschafft hatte. Beispiele von Armeen, die sich in dem eroberten Landstrich nicht halten konnten, blofs weil ihre Streitkraft dadurch geschwächt wurde, sind so häufig, dafs es nicht nöthig scheint, deren mehr anzuführen.

Es kommt also bei der Frage, ob wir uns ein solches Ziel stecken sollen, darauf an, ob wir darauf rechnen können, im Besitz der Eroberung zu bleiben, oder ob ein vorübergehender Besitz (Invasion, Diversion) die darauf verwendeten Kräfte hinreichend vergilt, besonders ob nicht ein starker Rückschlag zu befürchten ist, der uns ganz aus dem Gleichgewicht wirft. Wie Vieles bei dieser Frage in jedem einzelnen Fall zu überlegen ist, davon haben wir im Kapitel von dem Kulminationspunkt gesprochen.

Nur Eins müssen wir noch hinzufügen.

Eine solche Offensive ist nicht immer geeignet, Dasjenige wieder einzubringen, was wir auf andern Punkten verlieren. Während wir uns mit einer Theileroberung beschäftigen, kann der Feind auf andern Punkten Dasselbe thun, und wenn unser Unternehmen nicht von einer überwiegenden Wichtigkeit ist, so wird der Feind dadurch nicht gezwungen werden, das seinige aufzugeben. Es kommt also auf eine reifliche Ueberlegung an, ob wir auf der einen Seite nicht mehr verlieren, als wir auf der andern gewinnen.

An und für sich verliert man immer mehr durch die feindliche Eroberung, als man durch die eigene gewinnt, wenn auch der Werth beider Provinzen genau derselbe sein sollte, weil eine Menge von Kräften gewissermafsen als faux frais aufser Wirksamkeit kommen. Allein da dies auch der Fall beim Gegner ist, so sollte es eigentlich kein Grund sein, mehr auf die Erhaltung als auf die Eroberung bedacht zu sein. Und doch ist es so. Die Erhaltung des Eigenen liegt immer näher und der eigene Schmerz, den unser Staat erleidet, wird nur dann durch die Vergeltung aufgewogen und gewissermafsen neutralisirt, wenn diese merkliche Prozente verspricht, d. h. viel gröfser ist.

Die Folge von diesem Allen ist, dafs ein solcher strategischer Angriff, der nur ein mäfsiges Ziel hat, sich viel weniger von der Vertheidigung der andern, durch ihn nicht unmittelbar gedeckten Punkte losmachen kann als einer, der gegen den Schwerpunkt des feindlichen Staates gerichtet ist; es kann also in ihm auch die Vereinigung der Kräfte in Zeit und Ort niemals so weit getrieben werden. Damit sie nun wenigstens in der Zeit stattfinden könne, so entsteht das Bedürfnifs, von allen einigermassen dazu geeigneten Punkten angriffsweise und zwar gleichzeitig vorzugehen, und es entgeht also diesem Angriff der andere Vortheil, dafs er sich durch die Vertheidigung auf einzelnen Punkten mit weit geringeren Kräften behelfen könnte. Auf diese Weise stellt sich bei einem so mittelmäfsigen Ziele Alles mehr in das Niveau; der ganze kriegerische Akt kann nicht mehr in eine Haupthandlung zusammengedrängt, und diese nach Hauptgesichtspunkten geleitet werden; er breitet sich mehr aus; überall wird die Friktion gröfser, und überall dem Zufall mehr Feld eingeräumt.

    Dies ist die natürliche Tendenz der Sache. Der Feldherr wird durch sie heruntergezogen, immer mehr neutralisirt. Je mehr er sich fühlt, je mehr innere Hülfsmittel und äufsere Gewalt er hat, um so mehr wird er suchen sich von dieser Tendenz loszumachen, um einem einzelnen Punkt eine vorherrschende Wichtigkeit zu geben, sollte es auch nur durch ein gröfseres Wagen möglich werden[1]).

Achtes Kapitel.
Beschränktes Ziel. Vertheidigung.

    Das endliche Ziel der Vertheidigungskriege kann niemals eine absolute Negation sein, wie wir schon früher gesagt haben. Es mufs auch für den Schwächsten irgend etwas geben, womit er seinem Gegner empfindlich werden, ihn bedrohen kann.

    Zwar könnte man sagen, dieses Ziel könne im Ermüden des Gegners bestehen, denn da dieser das Positive will, so ist für ihn jede fehlgeschlagene Unternehmung, wenn sie auch keine andere Folgen hat als den Verlust der darauf verwendeten Kräfte, schon im Grunde ein Zurückschreiten, während der Verlust, welchen der Angegriffene erleidet, nicht vergeblich war, weil die Erhaltung sein Ziel war und dieses Ziel erreicht ist. So, würde man sagen, liegt für den Vertheidiger in der blofsen Erhaltung sein positives Ziel. Diese Vorstellungsart könnte gelten, wenn festständc, dafs der Angreifende nach einer gewissen Anzahl vergeblicher Versuche ermüden und nachlassen müsse. Allein diese Nothwendigkeit fehlt eben. Sehen wir auf die Erschöpfung der Kräfte, so ist der Vertheidiger im Nachtheil. Der Angriff schwächt, aber nur in dem Sinn, dafs es einen Umschwungspunkt geben kann; wo an diesen nicht mehr zu denken, ist die Schwächung allerdings gröfser beim Vertheidiger als beim Angreifenden; denn theils ist er der Schwächere und verliert also bei gleicher Einbufse mehr als der Andere, theils nimmt ihm Jener gewöhnlich einen Theil seiner Länder und Hülfsquellen. Es kann also hieraus kein Grund des Nachlassens

---

[1]) Und diese Tendenz dürfte dann schliefslich — namentlich auch heutzutage (vergl. frühere Anmerkungen) auch politisch, die wichtigste sein, wenn man sich überhaupt einmal entschlossen hat, Krieg zu führen!

für den Gegner entnommen werden und es bleibt immer nur die Vorstellung übrig, dafs, wenn der Angreifende seine Streiche wiederholt, während der Vertheidiger nichts thut, als sie abzuwehren, Dieser die Gefahr durch kein Gegengewicht ausgleichen kann, dafs einer der Angriffe früher oder später gelingen könne.

Wenn auch wirklich die Erschöpfung oder vielmehr die Ermüdung des Stärkeren schon oft einen Frieden herbeigeführt hat, so liegt das in jener Halbheit, welche der Krieg meistens hat, kann aber philosophisch nicht als das allgemeine und letzte Ziel irgend einer Vertheidigung gedacht werden; es bleibt also nichts übrig, als dafs diese ihr Ziel in dem Begriff des Abwartens findet, der überhaupt ihr eigentlicher Charakter ist. Dieser Begriff schliefst eine Veränderung der Umstände, eine Verbesserung der Lage in sich, die also da, wo sie durch innere Mittel, d. h. durch den Widerstand selbst, gar nicht erreicht werden kann, nur von aufsen zu erwarten ist. Diese Verbesserung von aufsen kann nun keine andere sein als andere politische Verhältnisse; es entstehen entweder für den Vertheidiger neue Bündnisse, oder alte, die gegen ihn gerichtet waren, zerfallen.

Dies ist also das Ziel des Vertheidigers, im Fall seine Schwäche ihm nicht erlaubt, an irgend einen bedeutenden Rückstofs zu denken. So ist aber nach dem Begriff, welchen wir davon gegeben haben, nicht jede Vertheidigung. Nach diesem ist sie die stärkere Form des Krieges und kann also um dieser Stärke willen auch dann angewendet werden, wenn es auf einen mehr oder weniger starken Rückschlag abgesehen ist.

Diese beiden Fälle mufs man von vorn herein trennen, weil sie Einflufs auf die Vertheidigung haben.

Im ersten Fall sucht der Vertheidiger sein Land so lange wie möglich zu besitzen und intakt zu erhalten, weil er dabei die meiste Zeit gewinnt, und Zeit gewinnen der einzige Weg zum Ziel ist. Das positive Ziel, welches er meist erreichen kann, und welches ihm Gelegenheit geben soll, seine Absicht beim Frieden durchzusetzen, kann er noch nicht in seinen Kriegsplan aufnehmen. In dieser strategischen Passivität bestehen die Vortheile, welche der Vertheidiger auf einzelnen Punkten erlangen kann, blos im Abwehren einzelner Streiche; das Uebergewicht, welches er auf diesen Punkten gewinnt, sucht er auf andere zu übertragen, denn gewöhnlich ist da Noth auf allen Ecken und Enden. Hat er dazu keine Gelegenheit, so bleibt ihm oft nur der kleine Gewinn übrig, dafs der Feind ihm eine Zeit lang Ruhe lassen wird.

Kleine Offensivunternehmungen, bei denen es weniger auf einen bleibenden Besitz als auf einen einstweiligen Vortheil als Spielraum für spätere Einbufse abgesehen ist, Invasionen, Diversionen, Unternehmungen gegen eine einzelne Festung können, wenn der Vertheidiger nicht allzuschwach ist, in diesem Vertheidigungssystem Platz finden, ohne das Ziel und Wesen desselben zu ändern.

Im zweiten Fall aber, wo der Vertheidigung schon eine positive Absicht eingeimpft ist, nimmt sie auch mehr den positiven Charakter an, und zwar um so mehr, je gröfser der Rückstofs ist, welchen die Verhältnisse zulassen.

Mit andern Worten: je mehr die Vertheidigung aus freier Wahl entstanden ist, um den ersten Stofs sicher zu führen, um so kühnere Schlingen darf der Vertheidiger dem Gegner legen. Das Kühnste und, wenn es geräth, Wirksamste ist der Rückzug ins Innere des Landes; und dieses Mittel ist dann zugleich dasjenige, welches von dem andern System am weitesten entfernt ist.

Man denke nur an die Verschiedenheit der Lage, in welcher sich Friedrich der Grofse im siebenjährigen Kriege, und Rufsland im Jahr 1812 befunden haben.

Als der Krieg anfing, hatte Friedrich durch seine Schlagfertigkeit eine Art von Ueberlegenheit; dies verschaffte ihm den Vortheil, sich Sachsens zu bemächtigen, welches übrigens eine so natürliche Ergänzung seines Kriegstheaters war, dafs der Besitz desselben seine Streitkräfte nicht verminderte, sondern vermehrte.

Bei Eröffnung des Feldzugs von 1757 suchte der König seinen strategischen Angriff fortzusetzen, was, so lange die Russen und Franzosen noch nicht auf dem Kriegstheater von Schlesien, der Mark und Sachsen angekommen waren, nicht unmöglich schien. Der Angriff mifslang aber, und Friedrich wurde für den übrigen Theil des Feldzugs auf die Vertheidigung zurückgeworfen, mufste Böhmen wieder räumen und das eigene Kriegstheater vom Feinde befreien, was ihm nur gelang, indem er sich mit ein und derselben Armee erst gegen die Franzosen, dann gegen die Oesterreicher wandte. Diesen Vortheil verdankte er nur der Vertheidigung.

Im Jahre 1758, wo seine Feinde den Kreis schon enger um ihn gezogen hatten und seine Streitkräfte anfingen in ein sehr ungleiches Verhältnifs zu kommen, wollte er noch eine kleine Offensive in Mähren versuchen; er gedachte Ohnütz zu nehmen, ehe seine Gegner unter den Waffen wären; nicht in der Hoffnung, es zu behalten oder gar von da aus weiter vorzuschreiten, sondern um es als ein Aufsenwerk, eine contre-approche gegen die Oesterreicher zu benutzen, die dann den übrigen Feldzug, vielleicht auch noch einen zweiten, darauf verwenden mufsten, es wieder zu nehmen. Auch dieser Angriff mifslang. Friedrich gab nun den Gedanken an jede wirkliche Offensive auf, weil er fühlte, wie sie nur das Mifsverhältnifs in den Streitkräften vermehrte. Eine zusammengezogene Aufstellung in der Mitte seiner Länder, in Sachsen und Schlesien, eine Benutzung der kurzen Linien, um die Streitkräfte plötzlich auf dem bedrohten Punkte zu vermehren, eine Schlacht, wo sie unvermeidlich wurde, kleine Invasionen, wo sich die Gelegenheit darbot, und demnächst ein ruhiges Abwarten, ein Aufsparen seiner Mittel für bessere Zeiten, war nun sein Kriegsplan im Grofsen. Nach und nach wurde die Ausführung immer passiver. Da er sah, dafs auch die Siege ihm zu viel kosteten, so versuchte er es, mit noch weniger auszukommen; es kam ihm nur auf Zeitgewinn an, nur auf die Erhaltung dessen, was er noch besafs, er wurde mit dem Boden immer ökonomischer und scheute sich nicht, in ein wahrhaftes Cordonsystem überzugehn. Diesen Namen verdienen sowohl die Stellungen des Prinzen Heinrich in Sachsen als die des Königs im schlesischen Gebirge. In seinen Briefen an den Marquis d'Argens sieht man die Ungeduld, mit der er den Winterquartieren entgegensieht, und wie froh er ist, wenn er sie wieder beziehen kann, ohne merklich eingebüfst zu haben.

Wer Friedrich hierin tadeln und darin nur seinen gesunkenen Muth sehen wollte, würde, wie uns scheint, ein sehr unüberlegtes Urtheil fällen. Wenn das verschanzte Lager von Bunzelwitz, die Postirungen des Prinzen Heinrich in Sachsen und des Königs im schlesischen Gebirge uns jetzt nicht mehr als Mafsregeln erscheinen, auf welche man seine letzte Hoffnung setzen kann, weil ein Bonaparte diese taktischen Spinngewebe bald durchstofsen hätte, so mufs man nicht vergessen, dafs die Zeiten sich geändert haben, dafs der Krieg ein ganz anderer geworden, von andern Kräften belebt ist und dafs also damals Stellungen wirksam sein konnten, die es nicht mehr sind, dafs aber auch der Charakter des Gegners Rücksicht verdient. Gegen die Reichsarmee, gegen Daun und Butturlin konnte der Gebrauch von Mitteln, die Friedrich selbst für nichts geachtet haben würde, die höchste Weisheit sein.

Der Erfolg hat diese Ansicht gerechtfertigt. Im ruhigen Abwarten hat Friedrich das Ziel erreicht und Schwierigkeiten umgangen, gegen die seine Kraft zerschellt sein würde.

Das Verhältnifs der Streitkräfte, welche die Russen den Franzosen im Jahr 1812 bei Eröffnung des Feldzugs entgegenzustellen hatten, war noch viel ungünstiger, als es für Friedrich den Grofsen im siebenjährigen Kriege gewesen war. Allein die Russen hatten die Aussicht, sich im Laufe des Feldzugs beträchtlich zu verstärken. Bonaparte hatte ganz Europa zu heimlichen Feinden, seine Macht war auf den äufsersten Punkt hinaufgeschraubt, ein verzehrender Krieg beschäftigte ihn in Spanien, und das weite Rufsland erlaubte durch einen hundert Meilen langen Rückzug die Schwächung der feindlichen Streitkräfte aufs Aeufserste zu treiben. Unter diesen grofsartigen Umständen war nicht allein auf einen starken Rückschlag zu rechnen, wenn das französische Unternehmen nicht gelang (und wie konnte es gelingen, wenn der Kaiser Alexander nicht Frieden machte, oder seine Unterthanen nicht rebellirten?), sondern dieser Rückschlag konnte auch den Untergang des Gegners herbeiführen. Die höchste Weisheit hätte also keinen besseren Kriegsplan angeben können, als derjenige war, welchen die Russen unabsichtlich befolgten.

Dafs man damals nicht so dachte und eine solche Ansicht für eine Extravaganz gehalten haben würde, ist für uns jetzt kein Grund, sie nicht als die richtige aufzustellen. Sollen wir aus der Geschichte lernen, so müssen wir die Dinge, welche sich wirklich zugetragen haben, auch für die Folge als möglich ansehen, und dafs die Reihe der grofsen Begebenheiten, die dem Marsch auf Moskau gefolgt sind, nicht eine Reihe von Zufällen ist, wird Jeder einräumen, der auf ein Urtheil in solchen Dingen Anspruch machen kann. Wäre es den Russen möglich gewesen, ihre Grenzen nothdürftig zu vertheidigen, so wäre zwar ein Sinken der französischen Macht und ein Umschwung des Glücks immer wahrscheinlich geblieben, aber er wäre gewifs nicht so gewaltsam und entscheidend eingetreten. Mit Opfern und Gefahren (die freilich für jedes andere Land viel gröfser, für die meisten unmöglich gewesen wären) hat Rufsland diesen ungeheuren Vortheil erkauft.

So wird man immer einen grofsen positiven Erfolg nur durch positive, auf Entscheidung und nicht auf blofses Abwarten gerichtete Mafsregeln herbeiführen, kurz, man erhält auch in der Vertheidigung den grofsen Gewinn nur durch einen hohen Einsatz[1]).

Neuntes Kapitel.
Kriegsplan, wenn Niederwerfung des Feindes das Ziel ist.

Nachdem wir die verschiedenen Ziele, welche der Krieg haben kann, näher charakterisirt haben, wollen wir die Anordnung des ganzen Krieges für die drei einzelnen Abstufungen[1]) durchgehen, welche sich nach jenen Zielen ergeben haben.

Nach Allem, was wir bis jetzt über den Gegenstand gesagt haben, werden zwei Hauptgrundsätze den ganzen Kriegsplan umfassen und allen übrigen zur Richtung dienen.

Der erste ist: das Gewicht der feindlichen Macht auf so wenige Schwerpunkte als möglich zurückzuführen, wenn es sein kann, auf einen; wiederum den Stofs gegen diese Schwerpunkte auf so wenige Haupthandlungen als möglich zu beschränken, wenn es sein kann, auf eine; endlich alle untergeordneten Handlungen so untergeordnet als möglich zu halten. Mit einem Wort, der erste Grundsatz ist: **so konzentrirt als möglich zu handeln**.

Der zweite Grundsatz lautet: **so schnell als möglich zu handeln**, also keinen Aufenthalt und keinen Umweg ohne hinreichenden Grund stattfinden zu lassen.

Das Reduziren der feindlichen Macht auf einen Schwerpunkt hängt ab:
1. Von dem politischen Zusammenhang derselben. Besteht sie aus Heeren eines Herrn, so hat es meist keine Schwierigkeit; sind es verbündete Heere, von denen das eine als blofser Bundesgenosse ohne eigenes Interesse handelt, so ist die Schwierigkeit nicht viel gröfser; sind es zu gemeinschaftlichen Zwecken Verbündete, so kommt es auf den Grad der Befreundung an; wir haben davon schon gesprochen.

---

[1]) Immerhin mufs daran erinnert werden, dafs ohne den Zutritt Preufsens und späterhin anderer Alliirten die Russische Armee, trotz der „ausnahmsweise" glänzenden Erfolge ihrer Vertheidigungscampagne von 1812, nicht in der Lage gewesen wäre, allein ihre Offensive über die eigenen Grenzen hinauszutragen! Wäre die deutsch-österreichische Grenze wirklich die französische gewesen, so wäre auch der verunglückte Feldzug von 1812 für Napoleon nichts anderes gewesen — als ein mifslungener Versuch! Zu einem „Rückschlage" haben ihn erst andere — politische — Elemente gemacht!

[1]) Nämlich: Niederwerfen des Feindes; Angriff mit beschränktem Ziel; Vertheidigung mit beschränktem Ziel!

2. Von der Lage des Kriegstheaters, auf welchem die verschiedenen feindlichen Heere erscheinen.

Sind die feindlichen Kräfte auf einem Kriegstheater in einem Heere beisammen, so bilden sie faktisch eine Einheit und wir brauchen nach dem Uebrigen nicht zu fragen; sind sie auf einem Kriegstheater in getrennten Heeren, die verschiedenen Mächten angehören, so ist die Einheit nicht mehr absolut, es ist aber doch ein hinreichender Zusammenhang der Theile da, um durch einen entschiedenen Stofs gegen einen Theil den andern mitfortzureifsen. Sind die Heere auf benachbarten, durch keine grofsen Naturgegenstände getrennten Kriegstheatern aufgestellt, so fehlt es auch hier noch nicht an dem entschiedenen Einflufs des einen auf das andere; sind die Kriegstheater aber sehr weit von einander entfernt, liegen neutrale Strecken, grofse Gebirge u. s. w. dazwischen, so ist der Einflufs sehr zweifelhaft und sogar unwahrscheinlich; liegen sie gar an ganz verschiedenen Seiten des bekriegten Staates, so dafs die Wirkungen gegen dieselben in excentrischen Linien auseinandergehen, so ist fast die Spur jedes Zusammenhanges verschwunden.

Wenn Preufsen von Rufsland und Frankreich zugleich bekriegt würde, so wäre das in Beziehung auf die Kriegführung so gut, als wenn es zwei verschiedene Kriege wären; allenfalls würde die Einheit in den Unterhandlungen zum Vorschein kommen.

Die sächsische und die österreichise Kriegsmacht im siebenjährigen Kriege waren dagegen als eine zu betrachten; was die eine litt, mufste die andere mitempfinden, theils weil die Kriegstheater in derselben Richtung für Friedrich den Grofsen lagen, theils weil Sachsen gar keine politische Selbständigkeit hatte.

So viel Feinde Bonaparte im Jahr 1813 in Deutschland zu bekämpfen hatte, so lagen sie ihm doch alle ziemlich nach einer Richtung hin und die Kriegstheater ihrer Heere standen in einer nahen Verbindung und starken Wechselwirkung. Hätte er irgendwo durch Vereinigung seiner Kräfte die Hauptmacht überwältigen können, so hätte er dadurch über alle Theile entschieden. Wenn er die böhmische Hauptarmee geschlagen hätte, über Prag gegen Wien vorgedrungen wäre, so hätte Blücher bei dem besten Willen nicht in Sachsen bleiben können, weil man ihn nach Böhmen zu Hülfe gerufen haben würde, und dem Kronprinzen von Schweden würde es sogar an gutem Willen gefehlt haben, in der Mark zu bleiben.

Dagegen wird es für Oesterreich immer schwer sein, wenn es den Krieg gegen Frankreich am Rhein und in Italien zugleich führt, durch einen erfolgreichen Stofs auf einem dieser Kriegstheater über das andere mit zu entscheiden. Theils trennt die Schweiz mit ihren Bergen beide Kriegstheater zu stark, theils ist die Richtung der Strafsen auf beiden excentrisch. Frankreich dagegen kann schon eher durch einen entscheidenden Erfolg auf dem einen über das andere mitentscheiden, weil die Richtung seiner Kräfte auf beiden konzentrisch gegen Wien und den Schwerpunkt der österreichischen Monarchie führt; ferner kann man sagen, dafs es leichter von Italien aus über das rheinische Kriegstheater als umgekehrt mitentscheiden kann, weil der Stofs von Italien aus mehr auf das Centrum und der vom Rhein aus mehr auf den Flügel der österreichischen Macht trifft.

Es geht hieraus hervor, dafs der Begriff von getrennter und zusammenhängender feindlicher Macht auch durch alle Stufenverhältnisse fortläuft, und dafs man also erst im einzelnen Fall übersehen kann, welchen Einflufs die Begebenheiten des einen Kriegstheaters auf das andere haben werden, wonach sich erst dann ausmachen läfst, inwiefern man die verschiedenen Schwerpunkte der feindlichen Macht auf einen zurückführen kann.

Von dem Grundsatz, alle Kraft gegen den Schwerpunkt der feindlichen Macht zu richten, giebt es nur eine Ausnahme: wenn nämlich Nebenunternehmungen ungewöhnliche Vortheile versprechen, und doch setzen wir dabei voraus, dafs entschiedene Ueberlegenheit uns dazu in den Stand setzt, ohne auf dem Hauptpunkte zu viel zu wagen.

Als General Bülow im Jahre 1814 nach Holland marschirte, konnte man voraussehen, dafs die dreifsigtausend Mann seines Korps nicht allein eben so viel Franzosen neutralisiren, sondern auch den Holländern und Engländern Gelegenheit geben würden, mit Kräften aufzutreten, die sonst gar nicht in Wirksamkeit gekommen wären.

So wird also der erste Gesichtspunkt beim Entwurf eines Kriegsplanes der sein, die Schwerpunkte der feindlichen Macht zu ermitteln und sie wo möglich auf einen zurückzuführen. Der zweite wird sein: die Kräfte, welche gegen diesen Schwerpunkt gebraucht werden sollen, zu einer Haupthandlung zu vereinigen.

Hier können sich nun folgende Gründe für ein Theilen und Trennen der Streitkräfte darbieten:

1. Die ursprüngliche Aufstellung der Streitkräfte, also auch die Lage der im Angriff begriffenen Staaten.

Wenn die Vereinigung der Streitkräfte Umwege und Zeitverlust verursacht und die Gefahr beim getrennten Vordringen nicht zu grofs ist, so kann dasselbe dadurch gerechtfertigt sein; denn eine nicht nothwendige Vereinigung der Kräfte mit grofsem Zeitverlust zu bewerkstelligen und dem ersten Stofs dadurch seine Frische und Schnellkraft zu benehmen, wäre gegen den zweiten von uns aufgestellten Hauptgrundsatz. In allen Fällen, in welchen man Aussicht hat, den Feind einigermafsen zu überraschen, wird dies eine besondere Rücksicht verdienen.

Aber wichtiger ist noch der Fall, wenn der Angriff von verbündeten Staaten unternommen wird, die gegen den angegriffenen Staat nicht auf einer Linie, nicht hinter, sondern neben einander liegen. Wenn Preufsen und Oesterreich den Krieg gegen Frankreich unternehmen, so wäre es eine sehr fehlerhafte, Zeit und Kräfte verschwendende Mafsregel, wenn die Heere beider Mächte von einem Punkte aus vorgehen wollten, da die natürliche Richtungslinie der Preufsen vom Niederrhein und der Oesterreicher vom Oberrhein auf das Herz von Frankreich geht. Die Vereinigung könnte also hier nicht ohne Aufopferung erreicht werden, es wäre daher in dem einzelnen Fall die Frage zu entscheiden, ob sie so nothwendig, dafs ihr diese Opfer gebracht werden müssen.

2. **Das getrennte Vorgehen kann größere Erfolge darbieten.**

Da hier von dem getrennten Vorgehen gegen einen Schwerpunkt die Rede ist, so setzt das ein konzentrisches Vorgehen voraus. Ein getrenntes Vorgehen auf parallelen oder exzentrischen Linien gehört in die Rubrik der Nebenunternehmungen, von denen wir schon gesprochen haben.

Nun gewährt jeder konzentrische Angriff in der Strategie wie in der Taktik die Aussicht auf größere Erfolge; denn wenn er gelingt, so ist nicht ein einfaches Werfen, sondern mehr oder weniger ein Abschneiden der feindlichen Armeen die Folge davon. Der konzentrische Angriff ist also immer der erfolgreichere, aber wegen der getrennten Theile und des vergrößerten Kriegstheaters auch der gewagtere; es verhält sich damit wie mit Angriff und Vertheidigung: die schwächere Form stellt die größeren Erfolge in Aussicht.

Es kommt also darauf an, ob sich der Angreifende stark genug fühlt, nach diesem großen Ziel zu streben.

Als Friedrich der Große im Jahre 1757 in Böhmen vordringen wollte, that er es mit getrennter Macht von Sachsen und Schlesien aus. Die beiden Hauptgründe dafür waren, daß seine Macht im Winter so aufgestellt war, daß ein Zusammenziehen derselben auf einen Punkt dem Stoße das Ueberraschende genommen haben würde; der andere, daß durch dieses konzentrische Vordringen jedes der beiden österreichischen Kriegstheater in seiner Flanke und im Rücken bedroht wurde. Die Gefahr, welcher sich Friedrich der Große dabei aussetzte, bestand darin, daß eine seiner beiden Armeen von überlegener Macht zu Grunde gerichtet werden konnte; verstanden die Oesterreicher das nicht, so konnten sie die Schlacht entweder nur im Centrum annehmen, oder sie liefen Gefahr, auf der einen oder andern Seite ganz aus ihrer Rückzugslinie herausgeworfen zu werden und eine Katastrophe zu erleiden; dies war der erhöhte Erfolg, welchen dieses Vordringen dem Könige versprach. Die Oesterreicher zogen die Schlacht im Centrum vor, aber Prag, wo sie sich aufstellten, lag noch zu sehr im Einfluß des umfassenden Angriffs, der, weil sie sich ganz leidend verhielten, Zeit hatte, seine letzte Wirksamkeit zu erreichen. Die Folge hiervon war, als sie die Schlacht verloren, eine wahre Katastrophe; denn daß zwei Drittel der Armee mit dem kommandirenden General sich in Prag einschließen lassen mußten, kann wohl dafür gelten.

Dieser glänzende Erfolg bei Eröffnung des Feldzugs wurde durch das Wagstück des konzentrischen Angriffs erlangt. Wenn Friedrich die Präzision seiner eigenen Bewegungen, die Energie seiner Generale, die moralische Ueberlegenheit seiner Truppen auf der einen Seite und die Schwerfälligkeit der Oesterreicher auf der andern für hinreichend hielt, um seinem Plan Erfolg zu versprechen, wer konnte ihn tadeln? Aber diese moralischen Größen dürfen nicht aus dem Kalkül weggelassen und allein der einfachen geometrischen Form des Angriffs der Erfolg zugeschrieben werden. Man denke nur an den nicht weniger glänzenden Feldzug Bonaparte's im Jahre 1796, wo die Oesterreicher für ein konzentrisches Vordringen in Italien so auffallend bestraft wurden. Die Mittel, welche dem französischen General hier zu Gebote standen, hätten (mit Ausschlufs der moralischen) auch dem österreichischen Feldherrn im Jahre 1757 zu Gebote gestanden, und zwar noch mehr, denn er war nicht, wie Bonaparte, schwächer als sein Gegner. Wo man also befürchten mufs, dem Gegner durch ein getrenntes konzentrisches Vordringen die Möglichkeit zu verschaffen, vermittelst der inneren Linien die Ungleichheit der Streitkräfte aufzuheben, da ist es nicht anzurathen, und wenn es der Lage der Streitkräfte wegen stattfinden mufs, als ein nothwendiges Uebel zu betrachten.

Wenn wir von diesem Gesichtspunkt aus einen Blick auf den Plan werfen, welcher im Jahr 1814 für das Eindringen in Frankreich entworfen wurde, so können wir ihn unmöglich billigen. Die russische, österreichische und preufsische Armee befanden sich auf einem Punkt bei Frankfurt a. M. in der natürlichsten und geradesten Richtung gegen den Schwerpunkt der französischen Monarchie. Man trennte sie, um mit einer Armee von Mainz her, mit der andern durch die Schweiz in Frankreich einzudringen. Da der Feind so schwach an Kräften war, dafs an eine Vertheidigung der Grenze nicht gedacht werden konnte, so war der ganze Vortheil, welchen man von diesem konzentrischen Vordringen, wenn es gelang, zu erwarten hatte, dafs, während man mit der einen Armee Lothringen und den Elsafs eroberte, mit der andern die Franche-Comté genommen wurde. War dieser kleine Vortheil der Mühe werth, nach der Schweiz zu marschiren? — Wir wissen wohl, dafs noch andere (übrigens eben so schlechte) Gründe für diesen Marsch entschieden haben, wir bleiben aber hier bei dem Element stehen, von dem wir gerade handeln.

Von der andern Seite war Bonaparte der Mann, der die Vertheidigung gegen einen konzentrischen Angriff sehr wohl verstand, wie sein meisterhafter Feldzug von 1796 gezeigt hatte, und wenn man ihm auch an Truppenzahl bedeutend überlegen war, so räumte man doch bei jeder Gelegenheit ein, wie sehr er es als Feldherr sei. Er kam zu spät bei seiner Armee unweit Chalons an, dachte überhaupt zu geringschätzig von seinen Gegnern, und doch fehlte wenig, dafs er die beiden Armeen unvereinigt getroffen hätte; und wie fand er sie bei Brienne? Blücher hatte von seinen 65,000 Mann nur 27,000 Mann bei sich, und die Hauptarmee von 200,000 Mann nur 100,000. Es war unmöglich, dem Gegner ein besseres Spiel zu bereiten. Auch fühlte man von dem Augenblick, wo es zum Handeln kam, kein gröfseres Bedürfnifs als die Wiedervereinigung.

Wir glauben nach allen diesen Betrachtungen, dafs, wenn der konzentrische Angriff auch an sich das Mittel zu gröfseren Erfolgen ist, er doch hauptsächlich nur aus der ursprünglichen Vertheilung der Streitkräfte hervorgehen soll, und dafs es wenig Fälle geben wird, in welchen man recht handelt, um seinetwillen die kürzeste und einfachste Richtung der Kräfte zu verlassen.

3. Die Ausbreitung eines **Kriegstheaters** kann ein Grund zum getrennten Vorgehen sein.

Wenn eine angreifende Armee von einem Punkt aus vorgeht und mit Erfolg weiter in das feindliche Land eindringt, so wird zwar der Raum, welchen sie beherrscht, nicht genau auf die Wege, die sie zieht, beschränkt bleiben, sondern sich etwas erweitern, doch wird dies, wenn wir uns dieses Bildes bedienen dürfen, sehr von der Dichtigkeit und Cohäsion des feindlichen Staates abhängen. Hängt der feindliche Staat nur locker zusammen, ist sein Volk weichlich und des Krieges entwöhnt, so wird, ohne dafs wir viel dazu thun, sich hinter unserem siegreichen Heer ein weiter Landstrich öffnen; haben wir es aber mit einem tapfern und treuen Volke zu thun, so wird der Raum hinter unserem Heere ein mehr oder weniger schmales Dreieck sein.

Um diesem Uebel vorzubeugen, hat der Vorgehende das Bedürfnifs, sein Vordringen in einer gewissen Breite anzuordnen. Ist die feindliche Macht auf einem Punkt vereinigt, so kann diese Breite nur so lange beibehalten werden, als wir nicht in Contact mit ihr gerathen, und mufs sich gegen ihren Aufstellungspunkt hin verengen; das ist an sich verständlich.

Aber wenn der Feind sich selbst in einer gewissen Breite aufgestellt hat, so würde eine gleiche Vertheilung unserer Streitkräfte an sich nichts Widersinniges haben. Wir sprechen hier von einem Kriegstheater oder von mehreren, die aber nahe bei einander liegen. Offenbar ist dies also da der Fall, wo nach unserer Ansicht die Hauptunternehmung über die Nebenpunkte mitentscheiden soll.

Kann man es nun immer darauf ankommen lassen und darf man sich der Gefahr aussetzen, welche daraus entsteht, wenn der Einflufs des Hauptpunktes auf die Nebenpunkte nicht grofs genug ist? Verdient das Bedürfnifs einer gewissen Breite des Kriegstheaters nicht eine besondere Rücksicht?

Hier wie überall ist es unmöglich, die Zahl der Combinationen zu erschöpfen, die stattfinden können; aber wir behaupten, dafs mit wenig Ausnahmen die Entscheidung auf dem Hauptpunkte die Nebenpunkte mittreffen werde. Nach diesem Grundsatz ist also die Handlung in allen Fällen einzurichten, in welchen nicht offenbar das Gegentheil stattfindet.

Als Bonaparte in Rufsland eindrang, durfte er mit Recht glauben, die Streitkräfte der Russen an der oberen Düna durch die Ueberwältigung der Hauptmacht mitfortreifsen zu können. Er liefs Anfangs nur das Korps von Oudinot gegen sie stehen, allein Wittgenstein ging zum Angriff über, und Bonaparte war genöthigt, auch noch das sechste Korps dahin zu schicken.

Dagegen hatte er vom Beginn des Feldzugs an einen Theil seiner Streitkräfte gegen Bagration gerichtet; dieser aber wurde von der rückgängigen Bewegung der Mitte mitfortgerissen, und Bonaparte konnte diese Streitkräfte wieder an sich ziehen. Hätte Wittgenstein nicht die zweite Hauptstadt zu decken gehabt, so würde auch er der rückgängigen Bewegung der Hauptarmee unter Barclay gefolgt sein.

In den Jahren 1805 und 1809 haben Bonaparte's Siege bei Ulm und Regensburg über Italien und Tyrol mitentschieden, obgleich das erstere doch ein ziemlich entlegenes, für sich bestehendes Kriegstheater bildete. Im Jahr 1806 hat er bei Jena und Auerstädt über Alles entschieden, was in Westfalen, Hessen und auf der Frankfurter Strafse gegen ihn geschehen konnte.

Unter der Menge von Umständen, welche auf den Widerstand der Seitentheile Einfluſs haben können, treten hauptsächlich zwei hervor.

Der erste ist: wenn man, wie in Ruſsland, einem Lande von groſsen Dimensionen und verhältniſsmäſsig auch groſsen Kräften, den entscheidenden Schlag auf dem Hauptpunkte lange verzögern kann und nicht genöthigt ist, dort Alles in der Eile zusammenzuraffen.

Der zweite: wenn (wie im Jahr 1806 Schlesien) ein Seitenpunkt durch eine groſse Zahl von Festungen ungewöhnliche Selbständigkeit bekommt. Und doch hat Bonaparte diesen Punkt mit groſser Geringschätzung behandelt, indem er, obgleich er ihn bei seinem Marsch auf Warschau völlig hinter sich lassen muſste, doch nur 20,000 Mann unter seinem Bruder Jerome dagegen verwendete.

Ergiebt sich nun in einem Falle, daſs der Schlag auf den Hauptpunkt die Seitenpunkte höchst wahrscheinlich nicht erschüttern wird oder nicht erschüttert hat, und hat der Feind auf diesen Punkten noch Streitkräfte, so werden diesen — ein nothwendiges Uebel — angemessene entgegengestellt werden müssen, weil man seine Verbindungslinie nicht von Hause aus absolut preisgeben kann.

Die Vorsicht aber kann noch einen Schritt weitergehen; sie kann fordern, daſs das Vorschreiten gegen den Hauptpunkt mit dem Vorschreiten auf Nebenpunkten genau Schritt halte, und daſs folglich jedesmal mit dem Hauptunternehmen innegehalten werde, wenn die Nebenpunkte des Feindes nicht weichen wollen.

Dieser Grundsatz würde dem unsrigen, Alles in eine Haupthandlung so viel als möglich zu vereinigen, zwar nicht geradezu widersprechen, allein der Geist, aus welchem er entspringt, ist dem Geist, in welchem der unsrige gedacht ist, vollkommen entgegen. Aus der Befolgung dieses Grundsatzes würde ein solches Abmessen der Bewegung, ein solches Lähmen der Stoſskraft, ein solches Spiel von Zufällen, ein solcher Zeitverlust entstehen, daſs sich dies mit einer Offensive, die auf die Niederwerfung des Gegners gerichtet ist, praktisch durchaus nicht vertrüge.

Die Schwierigkeit wird noch gröſser, wenn die Kräfte dieser Nebenpunkte sich excentrisch zurückziehen können, — was würde da aus der Einheit unsres Stoſses werden?

Wir müssen uns also gegen die Abhängigkeit des Hauptangriffs von den Nebenpunkten als Grundsatz durchaus erklären und behaupten, daſs ein auf die Niederwerfung des Gegners gerichteter Angriff, der nicht die Kühnheit hat, wie eine Pfeilspitze gegen das Herz des feindlichen Staates hinzuschieſsen, sein Ziel nicht erreichen kann.

4. Endlich liegt noch in der Erleichterung des Unterhaltes ein vierter[2]) Grund zum getrennten Vorgehen.

Es ist freilich viel angenehmer, mit einer kleinen Armee durch eine wohlhabende Provinz zu ziehen als mit einer groſsen durch eine arme; aber bei zweckmäſsigen Maſsregeln und einem an Entbehrung gewöhnten Heere

---

[2]) Heutzutage oft schlechthin „zwingender" Grund.

ist das Letztere nicht unmöglich, und es sollte also das Erstere niemals so viel Einfluſs auf unsere Entschlüsse haben, um uns einer groſsen Gefahr auszusetzen.

Wir haben nun hiermit den Gründen für die Trennung der Kräfte, durch welche die eine Haupthandlung in mehrere zerlegt wird, ihr Recht eingeräumt und werden nicht zu tadeln wagen, wenn die Trennung nach einem dieser Gründe mit deutlichem Bewuſstsein des Zweckes und sorgfältiger Abwägung der Vortheile und Nachtheile geschieht.

Wenn aber, wie es gewöhnlich geschieht', von einem gelehrten Generalstabe der Plan bloſs aus Gewohnheit so gemacht wird, wenn die verschiedenen Kriegstheater wie die Felder im Schachspiel, jedes mit seinem Theil, vorher besetzt werden müssen, ehe die Züge anfangen, wenn sich diese Züge mit einer eingebildeten Combinationsweisheit in verwickelten Linien und Verhältnissen dem Ziele nähern, wenn die Heere sich heute trennen müssen, um ihre ganze Kunst darin bestehen zu lassen, sich in vierzehn Tagen mit gröſster Gefahr wieder zu vereinigen — dann haben wir einen Abscheu vor diesem Verlassen des geraden, einfachen, schlichten Weges, um sich absichtlich in lauter Verwirrung zu stürzen. Diese Thorheit tritt um so leichter ein, je weniger es der oberste Feldherr ist, der den Krieg leitet und ihn in dem Sinne, den wir im ersten Kapitel angedeutet haben, als eine einfache Handlung seines mit ungeheuren Kräften ausgerüsteten Individuums führt, je mehr also der ganze Plan in der Fabrik eines unpraktischen Generalstabes entstanden und aus den Ideen eines Dutzend Halbwisser hervorgegangen ist. —

Wir haben nun noch den dritten Theil unseres ersten Grundsatzes zu bedenken: nämlich die untergeordneten Theile so untergeordnet als möglich zu halten.

Indem man den ganzen kriegerischen Akt auf ein einfaches Ziel zurückzuführen strebt und dieses so viel als möglich durch e i n e groſse Handlung zu erreichen sucht, beraubt man die übrigen Berührungen der gegenseitigen Kriegsstaaten eines Theiles ihrer Selbstständigkeit; sie werden untergeordnete Handlungen. Könnte man Alles absolut in eine einzige zusammendrängen, so würden jene Berührungspunkte ganz neutralisirt werden; das ist aber selten möglich und es kommt also darauf an, sie so in Schranken zu halten, daſs sie der Hauptsache nicht zu viel Kräfte entziehen.

Wir behaupten zunächst, daſs der Kriegsplan diese Tendenz selbst dann haben muſs, wenn es nicht möglich ist, den ganzen feindlichen Widerstand auf einen Schwerpunkt zurückzuführen, wenn man also in dem Fall ist, wie wir uns schon einmal ausgedrückt haben, zwei fast ganz verschiedene Kriege zu gleicher Zeit zu führen. Immer muſs der eine als die H a u p t s a c h e angesehen werden, auf welche sich vorzugsweise die Kräfte und Thätigkeiten richten.

Bei dieser Ansicht ist es vernünftig, a n g r i f f s w e i s e nur nach dieser einen Hauptseite vorzugehen, auf der andern aber vertheidigend zu bleiben. Nur wo ungewöhnliche Umstände zu einem Angriff einladen, würde er zu rechtfertigen sein.

Ferner wird man diese Vertheidigung, welche auf den untergeordneten

Punkten stattfindet, mit so wenigen Kräften als möglich zu führen und alle Vortheile zu benutzen suchen, welche diese Widerstandsform zu gewähren vermag.

Noch viel mehr wird diese Ansicht für alle Kriegstheater gelten, auf welchen zwar auch Heere verschiedener Mächte auftreten, aber doch solche, die in dem allgemeinen Schwerpunkte mitgetroffen werden.

Gegen den Feind aber, welchem der Hauptstofs gilt, kann es hiernach auf Neben-Kriegstheatern keine Vertheidigung mehr geben. Der Hauptangriff selbst und die durch andere Rücksichten herbeigeführten untergeordneten Angriffe machen diesen Stofs aus und machen jede Vertheidigung von Punkten, welche durch sie nicht unmittelbar gedeckt werden, überflüssig. Auf die Hauptentscheidung kommt es an, durch sie wird jeder Verlust eingebracht. Reichen die Kräfte hin, eine solche Hauptentscheidung vernünftigerweise zu suchen, so kann die Möglichkeit des Fehlschlagens nicht ein Grund werden, sich in jedem Fall auf anderen Punkten vor Schaden zu hüten; denn dieses Fehlschlagen wird eben dadurch viel wahrscheinlicher[3]), und es entsteht also hier in unserer Handlung ein Widerspruch.

Dieses Vorherrschen der Haupthandlung über die untergeordneten soll auch selbst bei den einzelnen Gliedern des ganzen Angriffs stattfinden. Da aber meist aus anderweitigen Gründen bestimmt wird, welche Kräfte von dem einen Kriegstheater und welche von dem andern gegen den gemeinschaftlichen Schwerpunkt vordringen sollen, so kann hier nur gemeint sein, dafs ein Bestreben vorhanden sein mufs, die Haupthandlung vorwalten zu lassen, denn es wird Alles einfacher und weniger Zufällen unterworfen sein, je mehr dieses Vorwalten erreicht werden kann.

Der zweite Grundsatz betrifft den schnellen Gebrauch der Streitkräfte.

Jeder unnütze Zeitaufwand, jeder unnütze Umweg ist eine Verschwendung der Kräfte und also den Grundsätzen der Strategie zuwider.

Sehr wichtig ist die Erinnerung, dafs der Angriff überhaupt fast seinen einzigen Vortheil in der Ueberraschung besitzt, durch welche die Eröffnung der Scene wirken kann. Das Plötzliche und Unaufhaltsame sind seine stärksten Schwingen, und wo es auf die Niederwerfung des Gegners ankommt, kann er dieser selten entbehren.

Hiermit fordert die Theorie also die kürzesten Wege zum Ziel und schliefst die zahllosen Diskussionen über rechts und links, hierhin oder dorthin, von der Betrachtung ganz aus.

Wenn wir an das erinnern, was wir in dem Kapitel von dem Gegenstand des strategischen Angriffs über die Herzgrube der Staaten gesagt haben, ferner an das, was im vierten Kapitel dieses Buches über den Einfluſs der Zeit vorkommt, so, glauben wir, bedarf es keiner weiteren Entwickelungen, um zu zeigen, dafs jenem Grundsatz der Einflufs wirklich gebühre, welchen wir für ihn fordern.

Bonaparte hat niemals anders gehandelt. Die nächste Hauptstrafse von

---

[3]) Ein nicht genug zu beherzigendes Wort!

Heer zu Heer oder von Hauptstadt zu Hauptstadt war ihm immer der liebste Weg.

Und worin wird nun die Haupthandlung bestehen, auf welche wir Alles zurückgeführt und für welche wir eine rasche und unumwundene Vollziehung gefordert haben[1])?

Was die Niederwerfung des Feindes sei, haben wir, so viel es sich im Allgemeinen thun läfst, im vierten Kapitel gesagt, und es wäre unnütz, es zu wiederholen. Worauf es auch dabei im einzelnen Fall am Ende ankommen mag, so ist doch der Anfang dazu überall derselbe, nämlich: **die Vernichtung der feindlichen Streitkraft, d. h. ein grofser Sieg über dieselbe und ihre Zertrümmerung.** Je früher d. h. je näher an unseren Grenzen dieser Sieg gesucht wird, um so **leichter** ist er; je später d. h. je tiefer im feindlichen Lande er erfochten wird, um so **entscheidender** ist er. Hier wie überall halten sich die Leichtigkeit des Erfolgs und die Gröfse desselben das Gleichgewicht.

Sind wir also der feindlichen Streitkraft nicht so überlegen, dafs der Sieg unzweifelhaft ist, so müssen wir sie, d. h. ihre Hauptmacht, wo möglich aufsuchen. Wir sagen: **wo möglich**, denn wenn dieses Aufsuchen zu grofsen Umwegen, falschen Richtungen und Zeitverlust für uns führte, so könnte es leicht ein Fehler werden. Findet sich die feindliche Hauptmacht nicht auf unserem Wege, und können wir, weil es sonst gegen unser Interesse ist, sie nicht aufsuchen, so dürfen wir sicher sein, sie später zu finden, denn sie wird nicht säumen, sich uns entgegen zu werfen. Wir werden dann, wie wir eben gesagt haben, unter weniger vortheilhaften Umständen schlagen, — ein Uebel, dem wir uns unterziehen müssen. Gewinnen wir die Schlacht dennoch, so wird sie um so entscheidender sein.

Hieraus folgt, dafs in dem angenommenen Falle ein absichtliches Vorbeigehen der feindlichen Hauptmacht, wenn sie sich schon auf unserem Wege befindet, ein Fehler sein würde, wenigstens insofern man dabei eine Erleichterung des Sieges beabsichtigte.

Dagegen folgt aus dem Obigen, dafs man bei einer sehr entschiedenen Ueberlegenheit der feindlichen Hauptmacht absichtlich vorbeigehen könne, um späterhin eine entscheidendere Schlacht zu liefern.

Wir haben von einem vollständigen Siege, also von einer Niederlage des Feindes und nicht von einer blofs gewonnenen Schlacht gesprochen. Zu einem solchen Siege aber gehört ein umfassender Angriff oder eine Schlacht mit verwandter Fronte, denn beide geben dem Ausgang jedesmal einen entscheidenden Charakter. Es gehört also zum Wesentlichen des Kriegsplanes, dafs wir uns darauf einrichten, sowohl was die Masse der Streitkräfte betrifft, die nöthig, als die Richtungen, welche ihnen zu geben sind, wovon das Weitere im Kapitel von dem Feldzugsplan gesagt werden soll.

Dafs auch Schlachten mit gerader Fronte zu vollkommenen Niederlagen

---

[1]) Von hier ab nimmt sich die Fortsetzung der nächsten Seiten gradezu wie eine ahnungsvolle Voraussagung der Ereignisse von 1870—71 aus! Das Selbsterlebte macht hier weitere Kommentare unnütz!

führen, ist zwar nicht unmöglich, und es fehlt nicht an Beispielen davon in der **Kriegsgeschichte**, allein der Fall ist seltener und wird immer seltener, je mehr die Heere sich an Ausbildung und an Gewandtheit ähnlicher werden. Jetzt nimmt man nicht mehr wie bei **Blenheim** einundzwanzig Bataillone in einem Dorfe gefangen.

Ist nun der grofse Sieg erfochten, so soll von keiner Rast, von keinem **Athem holen**, von keinem Besinnen, von keinem Feststellen u. s. w. die Rede sein, sondern nur von der Verfolgung, von neuen Stöfsen, wo sie nöthig sind, von der Einnahme der feindlichen Hauptstadt, von dem Angriff der feindlichen Hülfsheere oder was sonst als Stützpunkt des feindlichen Staates erscheint.

Führt uns der Strom des Sieges an feindlichen Festungen vorbei, so hängt es von unserer Stärke ab, ob sie belagert werden sollen oder nicht. Bei grofser Ueberlegenheit wäre es ein Zeitverlust, sich ihrer nicht so früh als möglich zu bemächtigen; sind wir aber des ferneren Erfolges an der Spitze nicht sicher, so müssen wir uns vor den Festungen mit so Wenigem als möglich behelfen, und das schliefst die gründliche Belagerung derselben aus. Von dem Augenblick an, wo die Belagerung einer Festung uns zwingt mit dem Vorschreiten des Angriffs inne zu halten, hat dieser in der Regel seinen Kulminationspunkt erreicht. Wir fordern also ein schnelles, rastloses Vordringen und Nachdringen der Hauptmacht; wir haben es schon verworfen, dafs sich dieses Vorschreiten auf dem Hauptpunkte nach dem Erfolg auf den Nebenpunkten richtet; die Folge hiervon wird sein, dafs in allen gewöhnlichen Fällen unser Haupttheer nur einen schmalen Landstrich hinter sich behält, welchen es sein nennen kann, und der also sein **Kriegstheater** ausmacht. Wie dies die Stofskraft an der Spitze schwächt, und die Gefahren, welche dem Angreifenden daraus erwachsen, haben wir früher gezeigt. Wird diese Schwierigkeit, wird dieses innere Gegengewicht nicht einen Punkt erreichen können, der das weitere Vordringen hemmt? Allerdings kann das sein. Aber so wie wir bereits oben behauptet haben, dafs es ein Fehler wäre, von Anfang an dieses verengte Kriegstheater vermeiden zu wollen und um dieses Zweckes willen dem Angriff seine Schnellkraft zu benehmen, so behaupten wir auch jetzt: so lange der Feldherr seinen Gegner noch nicht niedergeworfen hat, so lange er glaubt, stark genug zu sein, um das Ziel zu gewinnen, so lange mufs er es auch verfolgen. Er thut es vielleicht mit steigender Gefahr, aber auch mit steigender Gröfse des Erfolgs. Kommt ein Punkt, wo er es nicht wagt weiterzugehen, wo er glaubt für seinen Rücken sorgen, sich rechts und links ausbreiten zu müssen, — wohlan, so ist dies höchst wahrscheinlich sein Kulminationspunkt. Die **Flugkraft** ist dann zu Ende, und wenn der Gegner nicht niedergeworfen ist, wird es höchst wahrscheinlich nicht mehr geschehen.

Alles, was er zur intensiven Ausbildung seines Angriffs durch Eroberung von Festungen, Pässen, Provinzen thut, ist zwar noch ein langsames Vorschreiten, aber nur ein relatives, kein absolutes mehr. Der Feind ist nicht mehr auf der Flucht, er rüstet sich vielleicht schon zu erneuertem Widerstand, und es ist also schon möglich, dafs, obgleich der Angreifende noch intensiv vorschreitet, die Lage des Vertheidigers mit jedem Tage besser wird.

Kurz, wir kommen darauf zurück: es giebt in der Regel nach einem nothwendigen Halt keinen zweiten Anlauf.

Die Theorie fordert also nur, dafs, so lange die Absicht besteht, den Feind niederzuwerfen, auch rastlos gegen ihn vorgeschritten werde; giebt der Feldherr dieses Ziel auf, weil er die Gefahr zu grofs findet, so thut er recht, inne zu halten und sich auszubreiten. Die Theorie tadelt dies nur, wenn er es thut, um dadurch zum Niederwerfen des Gegners geschickter zu werden.

Wir sind nicht so thöricht, zu behaupten, es gebe kein Beispiel von Staaten, die nach und nach aufs Aeufserste gebracht worden wären. Erstlich ist der von uns aufgestellte Satz keine absolute Wahrheit, von der eine Ausnahme unmöglich wäre, sondern er gründet sich nur auf den wahrscheinlichen und gewöhnlichen Erfolg; sodann mufs man unterscheiden, ob der Untergang eines Staates sich auch wirklich nach und nach vollzogen hat, oder ob er das Ergebnifs des ersten Feldzugs war. Nur von dem letzteren Fall sprechen wir hier, denn nur in ihm findet jene Spannung der Kräfte statt, die den Schwerpunkt der Last entweder überwältigt, oder in Gefahr ist, von ihm überwältigt zu werden. Wenn man sich im ersten Jahre einen mäfsigen Vortheil verschafft, zu diesem im folgenden einen andern hinzufügt und so nach und nach langsam gegen das Ziel vorschreitet, so findet sich nirgends eine eminente Gefahr, aber dafür ist sie auf viele Punkte vertheilt. Jeder Zwischenraum von einem Erfolg zum andern giebt dem Feinde neue Aussichten; die Wirkungen des früheren Erfolges haben auf den späteren einen sehr geringen Einflufs, oft keinen, oft einen negativen, weil der Feind sich erholt oder gar zu gröfserem Widerstand entflammt wird oder neue Hülfe von aufsen bekommt, während da, wo Alles in einem Zuge geschieht, der gestrige Erfolg den heutigen mit sich fortreifst, der Brand am Brande sich entzündet. Wenn es Fälle giebt, in denen Staaten durch successive Stöfse überwältigt worden sind, wo sich also die Zeit dem Vertheidiger, dessen Patron sie ist, verderblich gezeigt hat, — wie unendlich viel zahlreicher sind die Beispiele, wo die Absicht des Angreifenden darüber ganz verfehlt wurde. Man denke nur an den Erfolg des siebenjährigen Krieges, wo die Oesterreicher das Ziel mit so viel Gemächlichkeit, Behutsamkeit und Vorsicht zu erreichen suchten, dafs sie es ganz verfehlten.

Bei dieser Ansicht können wir also gar nicht der Meinung sein, dafs die Sorge für ein gehörig eingerichtetes Kriegstheater dem Trieb nach vorwärts immer zur Seite stehen und ihm gewissermafsen das Gleichgewicht halten müsse, sondern wir sehen die Nachtheile, die aus dem Vordringen erwachsen, als ein unvermeidliches Uebel an, welches erst dann Rücksicht verdient, wenn uns nach vornhin keine Hoffnung mehr bleibt.

Bonaparte's Beispiel vom Jahr 1812, weit entfernt, uns von unserer Behauptung zurückzubringen, hat uns vielmehr darin bestärkt.

Sein Feldzug ist nicht mifsrathen, weil er zu schnell und zu weit vorgedrungen ist, wie die gewöhnliche Ansicht lautet, sondern weil die einzigen Mittel zum Erfolg fehlschlugen. Das russische Reich ist kein Land, welches man förmlich erobern, d. h. besetzt halten kann, wenigstens nicht mit den

Kräften jetziger europäischer Staaten und auch nicht mit den 500,000 Mann, die Bonaparte dazu herangeführt hatte. Ein solches Land kann nur durch eigene Schwäche und durch die Wirkungen inneren Zwiespaltes bezwungen werden. Um auf diese schwachen Stellen des politischen Daseins zu stofsen, ist eine bis ins Herz des Staates gehende Erschütterung nothwendig. Nur wenn Bonaparte mit seinem kräftigen Stofs bis Moskau hinreichte, durfte er hoffen den Muth der Regierung und die Treue und Standhaftigkeit des Volkes zu erschüttern. In Moskau hoffte er den Frieden zu finden, und dies war das einzige vernünftige Ziel, welches er sich bei diesem Kriege stecken konnte.

Er führte also seine Hauptmacht gegen die Hauptmacht der Russen, die vor ihm zurück, über das Lager von Drissa hinausstolperte und erst bei Smolensk zum Stehen kam. Er rifs Bagration mit fort, schlug das russische Hauptheer und nahm Moskau ein. Er handelte hier, wie er immer gehandelt hatte; nur auf diese Weise war er der Gebieter Europas geworden, und nur auf diese Weise hatte er es werden können.

Wer also Bonaparte in allen seinen früheren Feldzügen als den gröfsten Feldherrn bewundert, Der soll sich in diesem nicht über ihn erheben.

Wohl ist es erlaubt, eine Begebenheit nach dem Erfolge zu beurtheilen, weil dieser die beste Kritik derselben ist (siehe fünftes Kapitel des zweiten Buches), aber dieses blofs aus dem Erfolg gezogene Urtheil mufs man dann nicht als menschliche Weisheit geltend machen. Die Ursachen eines verunglückten Feldzugs aufsuchen, heifst noch nicht eine Kritik desselben machen; nur wenn man beweist, dafs diese Ursachen nicht hätten übersehen werden oder unbeachtet bleiben sollen, macht man die Kritik und erhebt sich über den Feldherrn.

Nun behaupten wir, dafs, wer in dem Feldzuge von 1812 blos wegen seines ungeheuren Rückschlages eine Absurdität findet, während er beim glücklichen Erfolg darin die erhabensten Kombinationen gesehen hätte, eine völlige Unfähigkeit des Urtheils zeigt.

Wäre Bonaparte in Litthauen stehen geblieben, wie die meisten Kritiker gewollt haben, um sich erst der Festungen zu versichern, deren es übrigens, aufser dem völlig seitwärts gelegenen Riga, kaum eine gab, weil Bobruisk ein kleiner, unbedeutender Waffenplatz ist, so würde er sich für den Winter in ein trauriges Vertheidigungssystem verwickelt haben; dann würden dieselben Leute die Ersten gewesen sein, welche ausgerufen hätten: „Das ist nicht mehr der alte Bonaparte! Wie, nicht einmal zu einer ersten Hauptschlacht hat er es getrieben, er, der seinen Eroberungen durch Siege wie bei Austerlitz und Friedland an den letzten Mauern der feindlichen Staaten das letzte Siegel aufzudrücken pflegte? Die feindliche Hauptstadt, das entblöfste, zum Fall bereite Moskau, hat er zu nehmen zaghaft versäumt und dadurch den Kern bestehen lassen, um den sich neuer Widerstand sammeln konnte? Er hat das unerhörte Glück, diesen entfernten, ungeheuren Kolofs zu überfallen, wie man eine benachbarte Stadt oder wie Friedrich der Grofse das kleine, nahe Schlesien überfällt, und er benutzt diesen Vortheil nicht, hält mitten im Siegeslauf inne, als wenn sich ein böser Geist an seine Fersen gelegt hätte?" — So würden die Leute nach den Erfolgen geurtheilt haben, denn so sind die Urtheile der meisten Kritiker beschaffen.

Wir sagen dagegen: Der Feldzug von 1812 ist nicht gelungen, weil die feindliche Regierung fest, das Volk treu und standhaft blieb, weil er also nicht gelingen konnte. Es mag ein **Fehler Bonapartes** gewesen sein, ihn unternommen zu haben, wenigstens hat der Erfolg gezeigt, dafs er sich in seinem Kalkül getäuscht hat, aber wir behaupten, dafs, wenn dieses Ziel gesucht werden sollte, es der Hauptsache nach nicht anders geschehen konnte.

Anstatt sich im Osten einen endlosen, kostbaren Vertheidigungskrieg aufzuladen, wie er ihn schon im Westen zu führen hatte, versuchte Bonaparte das einzige Mittel zum Zweck: mit einem kühnen Schlage dem bestürzten Gegner den Frieden abzugewinnen. Dafs seine Armee dabei zu Grunde ging, war die Gefahr, welcher er sich dabei aussetzte, es war der Einsatz im Spiel, der Preis der grofsen Hoffnung. Ist diese Zerstörung seiner Streitkräfte durch seine Schuld gröfser geworden, als nöthig gewesen wäre, so ist diese Schuld nicht in das weite Vordringen zu setzen, denn dies war Zweck und unvermeidlich, sondern in die späte Eröffnung des Feldzugs, die Menschenverschwendung seiner Taktik, in den Mangel an Sorgfalt für den Unterhalt des Heeres und der Rückzugsstrafse, endlich in den etwas verspäteten Abmarsch von Moskau.

Dafs sich ihm die russischen Armeen an der Beresina vorlegen konnten, um ihn den Rückzug förmlich zu verwehren, ist kein starkes Argument gegen uns. Denn erstens hat gerade der nicht gelungene Versuch gezeigt, wie schwer das wirkliche Abschneiden zu bewirken ist, da sich der Abgeschnittene unter den denkbar ungünstigsten Umständen am Ende doch noch den Weg gebahnt, und dieser ganze Akt zwar zur Vergröfserung seiner Katastrophe beigetragen, aber sie doch nicht wesentlich ausgemacht hat. Zweitens bot nur die seltene Beschaffenheit der Gegend die Mittel dar, es so weit zu treiben, denn ohne die der grofsen Strafse sich quer vorlegenden Sümpfe der Beresina mit ihren waldreichen, unzugänglichen Rändern wäre ein Abschneiden noch weniger möglich gewesen. Drittens giebt es überhaupt kein Mittel, sich gegen eine solche Möglichkeit zu sichern, als, indem man seine Macht in einer gewissen Breite vorführt, was wir schon früher verworfen haben; denn ist man einmal darauf eingegangen, in der Mitte vorzudringen und sich die Seiten durch Heere zu decken, die man rechts und links zurückläfst, so müfste man bei jedem möglichen Unfall eines solchen Heeres mit der Spitze gleich zurückeilen, und dann könnte wohl aus dem Angriff nicht viel werden.

Man kann übrigens gar nicht sagen, dafs Bonaparte seine Seiten vernachlässigt habe. Gegen **Wittgenstein** blieb eine überlegene Macht stehen; vor **Riga** stand ein angemessenes Belagerungskorps, welches sogar dort überflüssig war, und im Süden hatte Schwarzenberg 50,000 Mann, womit er **Tormassof** überlegen und selbst Tschitschagow beinahe gewachsen war; dazu kamen noch 30,000 Mann unter Victor im Mittelpunkt des Rückens. — Selbst im **Monat November**, also im entscheidenden Augenblick, als sich die russischen Streitkräfte verstärkt hatten und die französischen schon sehr geschwächt waren, war die Ueberlegenheit der Russen im Rücken der Moskauer Armee noch nicht so aufserordentlich. Wittgenstein, Tschitschagow und Sacken bildeten zusammen eine Macht von 110,000 Mann. Schwarzenberg, Regnier, Victor, Oudinot und St. Cyr waren effektiv noch 80,000 Mann stark. Der behutsamste General würde beim Vorgehen seinen Flanken kaum eine gröfsere Streitkraft widmen.

Hätte Bonaparte von den 600,000 Mann, die im **Jahr 1812** den Njemen überschritten haben, statt 50,000 die mit Schwarzenberg, Regnier und Macdonald über denselben zurückgegangen sind, 250,000 zurückgebracht, was bei Vermeidung der Fehler, die wir ihm vorgeworfen haben, möglich war, so blieb es ein unglücklicher Feldzug, aber die Theorie hätte nichts dagegen einwenden können, denn über die Hälfte eines Heeres einzubüfsen ist in solchem Fall nichts Ungewöhnliches und nimmt sich für uns nur wegen des grofsen Mafsstabes so aus. —

So viel über die Haupthandlung, ihre nothwendige Tendenz und ihre unvermeidlichen Gefahren. Was die untergeordneten Handlungen betrifft, so mufs vor allen Dingen ein gemeinschaftliches Ziel für alle vorhanden sein, aber dieses Ziel mufs so gestellt werden, dafs es nicht die Thätigkeiten einzelner Theile lähmt. Wenn man vom Ober- und Mittelrhein und von Holland aus gegen Frankreich vordringt, um sich bei Paris zu vereinigen, jede Armee aber nichts wagen, sondern sich so viel wie möglich intact erhalten soll, bis diese Vereinigung erreicht ist, so nennen wir das einen **verderblichen Plan**. Es entsteht nothwendig ein Abwägen der dreifachen Bewegung, welche Zögerung, Unentschlossenheit und Zaghaftigkeit in das Vorschreiten jedes Theiles bringt. Besser ist es, jedem Theile seine Aufgabe zuzumessen und nur dahin die Einheit zu setzen, wo diese verschiedenen Thätigkeiten von selbst zur Einheit werden.

Es soll also, wenn die Kriegsmacht zum Angriff auf getrennten Kriegstheatern vorgeht, jedem Heere seine Aufgabe für sich gegeben werden, auf welche es seine Stofskraft zu richten hat. Dafs dies **Letztere** von allen Seiten geschehe, **darauf** kommt es an, und nicht darauf, dafs alle verhältnifsmäfsige Vortheile erringen.

Wird einem der Heere seine Rolle zu schwer, weil der Feind eine andere Vertheilung gemacht hat, als wir glaubten, erfährt es Unglücksfälle, so mufs und darf dies keinen Einflufs auf die Thätigkeit der andern haben, oder man würde von Hause aus die Wahrscheinlichkeit des allgemeinen Erfolges gegen sich selbst wenden. Nur wenn die Mehrheit unglücklich ist, oder die Haupt-Theile es sind, darf und mufs dies Einflufs auf die andern haben: alsdann ist nämlich der Fall eines verfehlten Planes eingetreten.

Eben diese Regel gilt für diejenigen Heere und Abtheilungen, welche ursprünglich zur Vertheidigung bestimmt sind und durch einen günstigen Erfolg derselben zum Angriff übergehen können, wenn man nicht vorzieht ihre überflüssigen Streitkräfte auf den Hauptpunkt der Offensive zu verwenden, was hauptsächlich von der geographischen Lage des Kriegstheaters abhängen wird.

Aber was wird unter diesen Umständen aus der geometrischen Gestalt und Einheit des ganzen Angriffs, was aus Flanken und Rücken der einem geschlagenen Theile benachbarten Abtheilungen? Das ist es eben, was wir hauptsächlich bekämpfen wollen. Dieses Zusammenleimen eines grofsen Angriffsplanes zu einem geometrischen Viereck ist eine Verirrung in ein falsches Gedankensystem hinein.

Wir haben im funfzehnten Kapitel des dritten Buches gezeigt, dafs das geometrische Element in der Strategie nicht so wirksam ist als in der Taktik, und wir wollen hier nur das dort gefundene Resultat wiederholen, dafs besonders beim Angriff die wirklichen Erfolge auf den einzelnen Punkten durchaus mehr Rücksicht verdienen als die geometrische Figur, welche nach und nach durch die Verschiedenheit der Erfolge entstehen kann.

In jedem Fall aber ist es eine gewisse Sache, dafs bei den grofsen Räumen in der Strategie die Rücksichten und Entschlüsse, welche die geometrische Lage der Theile veranlassen, füglich dem Ober-Feldherrn überlassen bleiben können; dafs also keiner der Unter-Feldherren das Recht hat, nach dem zu fragen, was sein Nachbar thut oder unterläfst, sondern angewiesen werden kann, sein Ziel unbedingt zu verfolgen. Entsteht wirklich ein starkes Mifsverhältnifs daraus, so kann die Abhülfe von oben her immer noch zur rechten Zeit stattfinden. Damit ist denn das Hauptübel dieser getrennten Wirkungsweise entfernt, dafs an die Stelle reeller Dinge eine Menge von Befürchtungen und Voraussetzungen sich in den Verlauf der Begebenheit mischen, dafs jeder Zufall nicht blofs den Theil, den er trifft, sondern consensualisch das Ganze afficirt, und dafs persönlichen Schwächen und persönlicher Feindschaft der Unter-Feldherren ein weites Feld eröffnet wird.

Wir glauben, dafs man diese Ansicht nur dann paradox finden wird, wenn man noch nicht lange und ernst genug die Kriegsgeschichte im Auge gehabt, das Wichtige von dem Unwichtigen getrennt und den ganzen Einflufs der menschlichen Schwächen gewürdigt hat.

Wenn es schon in der Taktik schwer ist, den glücklichen Erfolg eines Angriffs in mehreren getrennten Kolonnen durch die genaue Zusammenstimmung aller Theile zu erhalten, was die Urtheil aller Erfahrenen einräumt, wie viel schwieriger, oder vielmehr, wie ganz unmöglich wird dies in der Strategie sein, wo die Trennung so viel gröfser ist. Sollte also das beständige Zusammenstimmen aller Theile eine nothwendige Bedingung des Erfolges sein, so müfste ein solcher strategischer Angriff durchaus verworfen werden. Aber von der einen Seite hängt es nicht von unserer Willkür ab, ihn ganz zu verwerfen, weil Umstände dazu bestimmen können, über welche wir gar nicht zu gebieten haben, von der andern ist selbst in der Taktik diese beständige Zusammenstimmung aller Theile für jeden Augenblick des Verlaufes nicht einmal nöthig, und noch viel weniger ist sie es in der Strategie. Man mufs also in dieser um so mehr von derselben absehen und um so mehr darauf beharren, dafs jedem Theil ein selbständiges Stück Arbeit zugemessen werde.

Hier haben wir noch eine wichtige Bemerkung anzuschliefsen, sie betrifft die gute Vertheilung der Rollen.

In den Jahren 1793 und 1794 befand sich die österreichische Hauptmacht in den Niederlanden, die preufsische am Oberrhein. Die österreichischen Truppen marschirten von Wien nach Condé und Valenciennes und kreuzten sich mit den preufsischen, die von Berlin nach Landau zogen. Die Oesterreicher hatten zwar dort ihre belgischen Provinzen zu vertheidigen, und wenn sie Eroberungen im französischen Flandern machten, so waren sie ihnen sehr gelegen, allein dies Interesse war nicht stark genug. Nach dem Tode des Fürsten Kaunitz setzte der Minister Thugut die Mafsregel durch, die Niederlande ganz aufzugeben, um die österreichischen Kräfte mehr zu konzentriren. In der That haben die Oesterreicher fast noch einmal so weit nach Flandern als nach dem Elsafs, und in einer Zeit, wo die Streitkräfte sich in sehr gemessenen Grenzen befanden und Alles mit baarem Gelde bestritten werden mufste, war das keine Kleinigkeit. Doch war die Absicht des Ministers Thugut offenbar noch eine andere: er wollte die Mächte, welche bei der Vertheidigung der Niederlande und des Niederrheins interessirt waren: Holland, England und Preufsen, durch die Dringlichkeit der Gefahr nöthigen, stärkere Anstrengungen zu machen. Er betrog sich zwar in seinem Kalkül, weil dem preufsischen Kabinet damals auf keine Weise beizukommen war, aber immer zeigt dieser Hergang den Einflufs des politischen Interesse auf den Gang des Krieges.

Preufsen hatte im Elsafs weder etwas zu vertheidigen noch zu erobern: im Jahr 1792 hatte es den Marsch durch Lothringen nach der Champagne in einem ritterlichen Sinne unternommen. Als dieser aber dem Drange der ungünstigen Umstände erlag, führte es den Krieg nur noch mit halbem Interesse fort. Hätten sich die preufsischen Truppen in den Niederlanden befunden, so waren sie mit Holland in unmittelbarer Verbindung, welches sie fast als ihr eigenes Land ansehen konnten, da sie es im Jahre 1787 unterworfen hatten; sie deckten dann den Niederrhein und folglich denjenigen Theil der preufsischen Monarchie, der dem Kriegstheater am nächsten lag. Auch mit England befand sich Preufsen wegen der Subsidien in einem stärkeren Bundesverhältnisse, welches unter diesen Umständen nicht so leicht in die Hinterlist ausarten konnte, welcher sich das preufsische Kabinet damals schuldig gemacht hat.

Es wäre also eine viel bessere Wirkung zu erwarten gewesen, wenn die Oesterreicher mit ihrer Hauptmacht am Oberrhein, die Preufsen mit ihrer ganzen Macht in den Niederlanden aufgetreten wären, und die Oesterreicher dort nur ein verhältnifsmäfsiges Korps gelassen hätten.

Wenn man im Jahr 1814 statt des unternehmenden Blüchers den General Barklay an die Spitze der schlesischen Armee gestellt und Blücher und Schwarzenberg bei der Hauptarmee behalten hätte, so wäre der Feldzug vielleicht ganz verunglückt.

Wenn der unternehmende Laudon, statt sein Kriegstheater auf dem stärksten Punkte der preufsischen Monarchie, nämlich in Schlesien, zu haben, sich an der Stelle der Reichsarmee befunden hätte, so würde vielleicht der ganze siebenjährige Krieg eine andere Wendung genommen haben. Um diesem Gegenstande näher zu treten, müssen wir die Fälle nach ihren Hauptverschiedenheiten betrachten.

Der erste ist: wenn wir den Krieg mit andern Mächten gemeinschaftlich führen, die nicht blos als unsere Bundesgenossen auftreten, sondern ein selbständiges Interesse haben.

Der zweite: **wenn ein Bundesheer zu unserm Beistande** herbeigekommen ist.

Der dritte: wenn nur von der persönlichen Eigenthümlichkeit der Generale die Rede ist.

In den beiden ersten Fällen kann man die Frage aufwerfen, ob es besser sei, die Truppen der verschiedenen Mächte vollkommen zu vermischen, so dafs die einzelnen Heere aus Korps verschiedener Mächte zusammengesetzt sind, wie das in den Jahren 1813 und 1814 stattgefunden hat, oder ob man sie so viel als möglich trennen soll, damit jede selbständiger handle.

Offenbar ist das Erste das Heilsamste, aber es setzt einen Grad von Befreundung und gemeinschaftlichem Interesse voraus, der selten stattfinden wird. Bei dieser engen Verbindung der Streitkräfte wird den Kabinetten die Absonderung ihrer Interessen weit schwerer, und was den schädlichen Einflufs egoistischer Ansichten bei den Heerführern betrifft, so kann er sich unter diesen Umständen nur bei den Unter-Feldherren, also nur im Gebiet der Taktik und auch hier nicht so ungestraft und frei zeigen wie bei einer vollkommenen Trennung. Bei dieser geht er in die Strategie über und wirkt also in entscheidenden Zügen. Aber, wie gesagt, es gehört eine seltene Hingebung von Seiten der Regierungen dazu. Im Jahr 1813 drängte die Noth alle Regierungen in diese Richtung, und doch ist es nicht genug zu preisen, dafs der Kaiser von Rufsland, der mit der stärksten Streitkraft auftrat und das gröfste Verdienst um den Umschwung des Glücks hatte, seine Truppen den preufsischen und österreichischen Befehlshabern unterordnete, ohne den Ehrgeiz zu haben, mit einer selbständigen russischen Armee aufzutreten.

Ist nun eine solche Vereinigung der Streitkräfte nicht zu erhalten, so ist eine vollkommene Trennung derselben allerdings besser als eine halbe, und das Schlimmste ist immer, wenn zwei unabhängige Feldherren verschiedener Mächte sich auf einem und demselben Kriegstheater befinden, wie das im siebenjährigen Kriege mit den Russen, Oesterreichern und der Reichsarmee häufig der Fall war. Bei einer vollkommenen Trennung der Kräfte sind auch Lasten, welche überwunden werden sollen, mehr getrennt, und es wird dann Jeder von der seinigen gedrückt, also durch die Gewalt der Umstände mehr zur Thätigkeit gedrängt; befinden sie sich aber in naher Verbindung, oder gar auf einem Kriegstheater, so ist dies nicht der Fall, und aufserdem lähmt der üble Wille des Einen auch noch die Kräfte des Andern.

Im ersten der drei angegebenen Fälle wird die völlige Trennung keine Schwierigkeiten haben, weil das natürliche Interesse jeder Macht ihr gewöhnlich schon eine andere Richtung ihrer Kräfte zuweist; im zweiten Fall kann es daran fehlen, und dann bleibt in der Regel nichts übrig, als sich der Hülfsarmee, wenn ihre Stärke einigermafsen dazu geeignet ist, ganz unterzuordnen, wie die Oesterreicher am Ende des Feldzugs von 1815 und die Preufsen im Feldzug von 1807 gethan haben.

Was die persönliche Eigenthümlichkeit der Generale betrifft, so geht hier Alles in das Individuelle über, aber die eine allgemeine Bemerkung dürfen wir nicht übergehen, dafs man nicht, wie wohl zu geschehen pflegt, die vorsichtigsten und behutsamsten an die Spitze der untergeordneten Armeen stellen soll, sondern die unternehmendsten, denn wir kommen noch einmal darauf zurück: es ist bei der getrennten strategischen Wirksamkeit nichts so wichtig, als dafs jeder Theil die volle Wirksamkeit seiner Kräfte entwickelte, wobei denn die Fehler, welche auf einem Punkte begangen sein können, durch Erfolge auf andern ausgeglichen werden. Nun darf man aber diese volle Thätigkeit aller Theile nur dann erwarten, wenn die Führer rasche, unternehmende Leute sind, die der innere Trieb, das eigene Herz vorwärts treibt, weil eine blofse objektive, kalte Ueberzeugung von der Nothwendigkeit des Handelns selten ausreicht.

Endlich bleibt noch zu bemerken, dafs, wenn es sonst die Umstände gestatten, die Truppen und Feldherren in Beziehung auf ihre Bestimmung und auf die Natur der Gegend nach ihren Eigenthümlichkeiten gebraucht werden sollen, nämlich stehende Heere, gute Truppen, zahlreiche Reiterei, alte, vorsichtige, verständige Feldherren in offenen Gegenden; Landmilizen, Volksbewaffnung, junge, unternehmende Führer in Wäldern, Bergen und Pässen; Hülfsheere in reichen Provinzen, in denen sie sich gefallen.

Was wir bisher über den Kriegsplan im Allgemeinen und in diesem Kapitel über denjenigen insbesondere gesagt haben, welcher auf die Niederwerfung des Gegners gerichtet ist, sollte das Ziel desselben besonders hervorheben und demnächst Grundsätze angeben, welche bei der Einrichtung der Mittel und Wege leiten sollen. Wir wollten dadurch ein klares Bewufstsein von dem, was man in einem solchen Kriege will und soll, bewirken. Das Nothwendige und Allgemeine wollen wir herausheben, dem Individuellen und Zufälligen seinen Spielraum lassen, aber alles Willkürliche, Unbegründete, Spielende, Phantastische oder Sophistische entfernen. Haben wir diesen Zweck erreicht, so sehen wir unsere Aufgabe als gelöst an.

Wer sich nun wundert, hier nichts von Umgehung der Flüsse, von Beherrschung der Gebirge von ihren höchsten Punkten aus, von Vermeidung der festen Stellungen und den Schlüsseln des Landes zu finden, der hat uns und, wie wir glauben, auch den Krieg in seinen grofsen Beziehungen noch nicht verstanden [5]).

Wir haben in den früheren Büchern diese Gegenstände im Allgemeinen charakterisirt und dabei gefunden, dafs sie meistens von einer viel schwächeren Natur sind, als man nach ihrem Rufe glauben sollte. Um so weniger können und sollen sie in einem Kriege, dessen Ziel die Niederwerfung des Feindes ist, eine grofse Rolle spielen, nämlich eine solche, die auf den ganzen Kriegsentwurf Einflufs hätte.

---

[5]) Vergl. Anmerkung 4 zum 18. Kapitel des 6. Buches

Der Einrichtung des Oberbefehls werden wir am Schlusse dieses Buches ein eigenes Kapitel widmen, das gegenwärtige aber wollen wir mit einem Beispiel schliefsen. Wenn Oesterreich, Preufsen, der deutsche Bund, die Niederlande und England einen Krieg gegen Frankreich beschliefsen, Rufsland aber neutral bleibt, ein Fall, der sich seit hundert und fünfzig Jahren schon oft ereignet hat, so sind sie im Stande, einen Angriffskrieg zu führen, der auf die Niederwerfung des Gegners gerichtet ist. Denn so grofs und mächtig Frankreich ist, so kann es doch in den Fall kommen, die gröfsere Hälfte seines Reichs von feindlichen Armeen überschwemmt, die Hauptstadt in ihrem Besitz und sich auf unzureichende Hülfsquellen zurückgeführt zu sehen, ohne dafs es, aufser Rufsland, eine Macht gäbe, die es mit grofser Wirksamkeit unterstützen könnte. Spanien ist zu weit entfernt und zu unvortheilhaft gelegen; die italienischen Staaten sind vor der Hand zu morsch und ohnmächtig.

Die genannten Länder haben ohne ihre aufsereuropäischen Besitzungen über 75,000,000 Einwohner zu gebieten, während Frankreich nur 30,000,000 hat*), und das Heer, welches sie zu einem ernstlich gemeinten Kriege gegen Frankreich aufzubieten haben, würde ohne Uebertreibung folgendes sein können:

Oesterreich	250,000	Mann
Preufsen	200,000	-
Das übrige Deutschland	150,000	-
Die Niederlande	75,000	-
England	50,000	-
Summa	725,000	Mann.

Treten diese wirklich auf, so sind sie der Macht, welche Frankreich entgegenstellen kann, höchst wahrscheinlich weit überlegen, denn dieses Land hat unter Bonaparte zu keiner Zeit eine Streitmasse von ähnlicher Stärke gehabt. Bedenkt man nun, was an Festungsbesatzungen und Depots zur Bewachung der Küste u. s. w. abgeht, so wird man die Wahrscheinlichkeit einer bedeutenden Ueberlegenheit auf dem Hauptkriegstheater nicht bezweifeln, und auf diese ist der Zweck, den Feind niederzuwerfen, hauptsächlich gegründet.

Der Schwerpunkt des französischen Reichs liegt in seiner Kriegsmacht und in Paris. Jene in einer oder mehreren Hauptschlachten besiegen, Paris erobern, die Ueberreste des feindlichen Heeres über die Loire zurückwerfen, mufs das Ziel der Verbündeten sein. Die Herzgrube der französischen Monarchie liegt zwischen Paris und Brüssel, dort ist die Grenze von der Hauptstadt nur 30 Meilen entfernt. Der eine Theil der Verbündeten: die Engländer, Niederländer, Preufsen und die norddeutschen Staaten haben dort ihren natürlichen Aufstellungspunkt, ihre Länder liegen zum Theil in der Nähe, zum Theil gerade dahinter. Oesterreich und Süddeutschland können ihren Krieg mit Bequemlichkeit nur vom Oberrhein her führen. Die natür-

---

*) Dies Kapitel wurde wahrscheinlich im Jahre 1828 geschrieben; seitdem haben sich die Zahlenverhältnisse allerdings erheblich geändert. A. d. H.

lichste Richtung geht auf Troyes und Paris oder auch auf Orleans. Beide Stöfse, der von den Niederlanden wie der vom Oberrhein her, sind also ganz direkt und ohne Zwang, kurz und kräftig, und beide führen zum Schwerpunkt der feindlichen Macht. Auf diese beiden Punkte sollte also die ganze angreifende Macht vertheilt werden.

Nur zwei Rücksichten entfernen von dieser Einfachheit des Plans.

Die Oesterreicher werden Italien nicht entblöfsen, sie werden dort in jedem Fall Meister der Begebenheiten bleiben wollen. Sie werden es also nicht darauf ankommen lassen, Italien durch einen Angriff auf das Herz von Frankreich mittelbar zu decken. Bei dem politischen Zustande des Landes ist diese Nebenabsicht nicht zu verwerfen; aber es würde ein ganz entschiedener Fehler sein, wenn die alte schon so oft versuchte Idee eines Angriffs des südlichen Frankreichs von Italien aus damit verbunden, und aus diesem Grunde der italiänischen Macht eine Gröfse gegeben würde, die sie zur blofsen Sicherung gegen Unglücksfälle während des ersten Feldzugs nicht brauchte. Nur so viel soll in Italien bleiben, nur so viel darf der Hauptunternehmung entzogen werden, wenn man dem Hauptgedanken: **Einheit des Plans, Vereinigung der Macht** nicht untreu werden will. Wenn man Frankreich an der Rhone erobern will, so ist das, als wenn man eine Muskete an der Spitze ihres Bajonets aufheben wollte; aber auch als Nebenunternehmung ist ein Angriff auf das südliche Frankreich verwerflich, denn er weckt nur neue Kräfte gegen uns. Jedesmal, wenn man eine entfernte Provinz angreift, rührt man Interessen und Thätigkeiten auf, die sonst geschlummert hätten. Nur wenn sich zeigt, dafs die in Italien gelassenen Kräfte für die blofse Sicherung des Landes zu grofs wären und also müfsig bleiben müfsten, ist ein Angriff auf das südliche Frankreich von da aus gerechtfertigt.

Wir wiederholen es daher: die italiänische Macht mufs so schwach gehalten werden, als es die Umstände nur irgend zulassen, und sie ist schon hinreichend, wenn die Oesterreicher nicht in einem Feldzuge das ganze Land verlieren können. Nehmen wir diese Macht in unserem Beispiele mit 50,000 Mann an.

Eine andere Rücksicht verdient das Verhältnifs Frankreichs als Küstenland. Da England zur See die Oberhand hat, so folgt daraus eine grofse Reizbarkeit Frankreichs längs seiner ganzen atlantischen Küste und folglich eine mehr oder weniger starke Besetzung derselben. Wie schwach diese nun auch eingerichtet sei, so wird doch die französische Grenze damit verdreifacht, und es kann nicht fehlen, dafs dadurch den französischen Armeen auf den Kriegstheatern zahlreiche Kräfte entzogen werden. Zwanzig- oder dreifsigtausend Mann disponibler Landungstruppen, mit welchen die Engländer Frankreich bedrohen, würden vielleicht das Doppelte oder Dreifache von französischen Kräften absorbiren, wobei man nicht blofs an Truppen, sondern auch an Geld, Kanonen u. s. w. denken mufs, die für Flotte und Strandbatterieen erforderlich sind. Nehmen wir an, dafs die Engländer dazu 25,000 Mann verwenden.

Unser Kriegsplan würde also ganz einfach darin bestehen:

1. dafs sich in den Niederlanden 200,000 Mann Preufsen,
   75,000 - Niederländer,
   25,000 - Engländer,
   50,000 - norddeutsche Bundestruppen,

   Summa 350,000 Mann versammelten,

wovon etwa 50,000 zur Besetzung der Grenzfestungen verwendet werden und 300,000 übrig bleiben, um gegen Paris vorzudringen und den französischen Armeen eine Hauptschlacht zu liefern;

2. dafs sich 200,000 Oesterreicher und 100,000 Mann süddeutsche Truppen am Oberrhein versammelten, um gleichzeitig mit der niederländischen Armee vorzudringen, und zwar gegen die obere Seine und von da gegen die Loire, um der feindlichen Armee gleichfalls eine Hauptschlacht zu liefern. An der Loire würden sich vielleicht diese beiden Stöfse zu einem verbinden.

Hiermit ist die Hauptsache bestimmt; was wir weiter zu sagen haben, betrifft hauptsächlich die Entfernung falscher Ideen und besteht in Folgendem:

1. Die vorgeschriebene Hauptschlacht zu suchen und sie mit einem Machtverhältnifs und unter Umständen zu liefern, die einen entscheidenden Sieg versprechen, mufs die Tendenz der Feldherren sein; diesem Zwecke müssen sie Alles aufopfern und sich bei Belagerungen, Einschliefsungen, Besatzungen u. s. w. mit so Wenigem als möglich helfen. Wenn sie, wie Schwarzenberg im Jahre 1814 that, sobald sie das feindliche Gebiet betreten, in excentrischen Radien auseinandergehen, so ist Alles verloren. Dafs dies nicht im Jahre 1814 der Fall war, verdankten die Verbündeten nur der Ohnmacht Frankreichs. Der Angriff soll einem kräftig getriebenen Keil und nicht einer Seifenblase gleichen, die sich bis zum Zerplatzen ausdehnt.

2. Die Schweiz mufs man ihren eigenen Kräften überlassen. Bleibt sie neutral, so hat man am Oberrhein einen guten Anlehnungspunkt; wird sie von Frankreich angegriffen, so mag sie sich ihrer Haut wehren, wozu sie in mehr als einer Hinsicht sehr geeignet ist. Nichts wäre thörichter, als der Schweiz, weil sie das höchste Land Europas ist, einen überwiegenden geographischen Einflufs auf die Kriegsbegebenheiten einräumen zu wollen. Ein solcher Einflufs besteht nur unter gewissen sehr beschränkten Bedingungen, die hier gar nicht vorhanden sind. Während die Franzosen im Herzen ihres Landes angegriffen sind, können sie keine kräftige Offensive von der Schweiz aus, weder nach Italien noch nach Schwaben hinein unternehmen, und am wenigsten kann dabei die hohe Lage dieses Landes als ein entscheidender Umstand in Betracht kommen. Der Vortheil des strategischen Dominirens ist zuerst hauptsächlich bei der Vertheidigung wichtig, und was für den Angriff von dieser Wichtigkeit übrig bleibt, kann sich in einem einzelnen Stofs zeigen. Wer dies nicht weifs, hat die Sache nicht bis zur Klarheit durchdacht, und wenn im künftigen Rath des Machthabers und Feldherrn sich ein gelehrter Generalstabsoffizier finden sollte, der mit sorgenvoller Stirn solche Weisheit auskramt, so erklären wir sie im Voraus für eitle Thorheit und wünschen, dafs sich in eben diesem Rathe irgend ein tüchtiger Haudegen,

ein Kind des gesunden Menschenverstandes finden möge, der ihm das Wort vor dem Munde abschneidet.

3. Den Raum zwischen beiden Angriffen lassen wir so gut wie unbeachtet. Muſs man, während sich 600,000 Mann dreiſsig und vierzig Meilen von Paris versammeln, um gegen das Herz des französischen Staates vorzudringen, noch daran denken, den Mittelrhein, also Berlin, Dresden, Wien und München zu decken? Darin wäre kein Menschenverstand. Soll man die Verbindung decken? Das wäre nicht unwichtig; aber dann könnte man bald dahin geführt werden, dieser Deckung die Stärke und Wichtigkeit eines Angriffs zu geben, und also anstatt auf zwei Linien vorzugehen, wie die Lage der Staaten unbedingt verlangt, auf dreien vorzugehen, was sie nicht verlangt; diese drei würden dann vielleicht zu fünf oder gar zu sieben werden, und damit würde die ganze alte Litanei wieder an die Tagesordnung kommen.

Unsere beiden Angriffe haben jeder ihr Ziel; die darauf verwendeten Kräfte sind höchst wahrscheinlich den feindlichen an Zahl merklich überlegen; geht jeder seinen kräftigen Gang vorwärts, so kann es nicht fehlen, daſs sie gegenseitig vortheilhaft auf einander wirken. Wäre einer der beiden Angriffe unglücklich, weil der Feind seine Macht zu ungleich vertheilt hat, so ist mit Recht zu erwarten, daſs der Erfolg des andern dieses Unglück von selbst gut machen werde, und dies ist der wahre Zusammenhang beider. Einen Zusammenhang, welcher sich auf die Begebenheiten der einzelnen Tage erstreckt, können sie bei der Entfernung nicht haben; sie brauchen ihn auch nicht, und darum ist die unmittelbare oder vielmehr die gerade Verbindung von keinem so groſsen Werthe.

Der Feind, welcher in seinem Innersten angegriffen ist, wird ohnehin keine namhaften Streitkräfte zur Unterbrechung dieser Verbindung verwenden können; Alles, was zu fürchten ist, besteht vielmehr nur darin, daſs diese Unterbrechung durch die Mitwirkung der von Streifparteien unterstützten Einwohner bewirkt werde, so daſs dieser Zweck dem Feinde an eigentlicher Streitkraft nichts kostet. Um dem zu begegnen, ist es hinreichend, wenn von Trier aus ein zehn- bis funfzehntausend Mann, an Kavallerie vorzüglich, starkes Korps die Richtung auf Rheims nimmt, es wird hinreichend sein, jeden Parteigänger zu vertreiben und die Höhe der groſsen Armee zu halten. Es soll weder Festungen einschlieſsen noch beobachten, sondern zwischen ihnen durchmarschiren, sich an keine feste Basis halten, sondern einer Uebermacht nach jeder beliebigen Richtung ausweichen. Ein groſses Unglück würde ihm nicht begegnen können, und wenn dies geschähe, so wäre es wieder kein groſses Unglück für das Ganze. Unter diesen Umständen wird ein solches Korps wahrscheinlich hinreichen, einen Zwischenpunkt für die beiden Angriffe zu bilden.

4. Die beiden Nebenunternehmungen, nämlich die österreichische Armee in Italien und die englische Landungsarmee, mögen ihrem Zweck in bester Weise nachgeben. Wenn sie nicht müſsig bleiben, so ist er der Hauptsache nach schon erfüllt, und auf keinen Fall soll einer der beiden groſsen Angriffe in irgend einer Art davon abhängig gemacht werden.

Wir sind fest überzeugt, daſs auf diese Weise Frankreich jedesmal niedergeworfen und gezüchtigt werden kann, wenn es sich einfallen läſst, den Uebermuth, mit welchem es Europa hundertundfunfzig Jahre lang gedrückt hat, wieder anzunehmen. Nur jenseits Paris, an der Loire, kann man von ihm die Bedingungen erhalten, die zu Europas Ruhe nöthig sind. Auf diese Weise allein wird sich schnell das natürliche Verhältniſs von 30 Millionen zu 75 Millionen kundthun, nicht aber wenn jenes Land, wie hundertundfunfzig Jahre lang geschehen ist, von Dünkirchen bis Genua mit einem Gürtel von Armeen umstellt werden soll, indem man funfzig verschiedene kleine Zwecke sich vorsetzt, von denen keiner stark genug ist, die Inertie, die Friktion, die fremdartigen Einflüsse zu überwältigen, die sich überall, besonders aber bei verbündeten Heeren, erzeugen und ewig regeneriren.

Wie wenig einer solchen Anordnung die vorläufigen Anordnungen des deutschen Bundesheeres entsprechen, wird der Leser von selbst bemerken. In diesen Einrichtungen bildet der föderative Theil Deutschlands den Kern der deutschen Macht, und Preuſsen und Oesterreich verlieren, durch ihn geschwächt, ihr natürliches Gewicht. Ein föderativer Staat ist aber im Kriege ein sehr morscher Kern; da ist keine Einheit, keine Energie, keine vernünftige Wahl des Feldherrn, keine Autorität, keine Verantwortlichkeit denkbar.

Oesterreich und Preuſsen sind die beiden natürlichen Mittelpunkte des Stoſses für das deutsche Reich, sie bilden den Schwingungspunkt, die Stärke der Klinge, sie sind monarchische Staaten, des Krieges gewohnt, haben ihre bestimmten Interessen, Selbständigkeit der Macht, sind vorherrschend vor den andern. Diesen natürlichen Lineamenten muſs die Einrichtung folgen und nicht einer falschen Idee von Einheit, diese ist hier ganz unmöglich, und wer über dem Unmöglichen das Mögliche versäumt, der ist ein Thor.

Schluſsbemerkung zum achten Buche und dem Werke „Vom Kriege" überhaupt.

Mit den wahrhaft groſsartig gedachten Entwickelungen des neunten Kapitels schlieſsen die „Skizzen zum achten Buche" und mit ihnen das Clausewitz'sche Werk selbst ab.

Im Nachlasse des Generals haben sich, so scheints, nicht einmal Spuren der doch offenbar geplant gewesenen Fortsetzungen gefunden. Die Kapitel über den „Kriegsplan bei beschränktem Ziele", den „Feldzugsplan", die „Regelung des Oberbefehls", alle für das achte Buch von so hervorragender Bedeutung — sie existiren nicht!

Die groſse Predigt der allein vorhandenen neun ersten Kapitel haben wir in unseren Tagen zu Thaten werden sehen, wie sie als Illustration zu seinen Worten glänzender wohl niemals einem Autor geboten worden sind!

So dürfen wir zum Schlusse wohl an das erinnern, was wir in der Einführung über den Einfluſs des Clausewitz'schen Geistes auf unsere moderne Kriegführung gesagt haben.

Möge das wahre Verständniſs dieses Geistes im Lichte jener jüngst geschehenen Thaten sich zum Heile des Vaterlandes und der Armee den künftigen Geschlechtern mehr und mehr erschlieſsen!

Anhang.

Anmerkung des Herausgebers der Militär-Klassiker des In- und Auslandes.

Das hinterlassene Werk des Generals v. Clausewitz „Vom Kriege" enthält in einem Anhang nachstehende drei Aufsätze:
1. Uebersicht des Sr. Königl. Hoheit dem Kronprinzen in den Jahren 1810, 1811 und 1812 vom Verfasser ertheilten militärischen Unterrichts.
2. Ueber die organische Eintheilung der Streitkräfte.
3. Skizze eines Planes zur Taktik oder Gefechtslehre.

Der erste und der letzte dieser Aufsätze enthalten eine grofse Anzahl trefflicher Gedanken, sind im Grunde aber doch nur Inhaltsverzeichnisse, das Gerippe der Clausewitz'schen Vorträge und die Vorläufer seines Werkes „Vom Kriege". In letzterem haben die kurzen Angaben jener Aufsätze eine erweiterte und mehrfach wohl auch eine etwas veränderte Auslegung erhalten.

Unter solchen Umständen erschien es diesseits räthlich, sich hier auf die Wiedergabe des Aufsatzes „Ueber die organische Eintheilung der Streitkräfte" zu beschränken, der in einer Anmerkung des Original-Werkes als mehr oder weniger zum 5. Buche des Werkes „Vom Kriege" gehörend bezeichnet wird. Erläuterungen und Bemerkungen zu diesem Aufsatze sind in der vorliegenden Ausgabe nicht gemacht worden, weil das Erforderliche bereits in dem erwähnten 5. Buche erledigt wurde.

Ueber die organische Eintheilung der Streitkräfte*).

Daſs die Bestimmungsgründe für die Eintheilung und Stärke der verschiedenen Abtheilungen einer Truppe, welche aus der Elementartaktik fließen, keine große Schärfe haben und viel Willkür zulassen, muſs man schon vermuthen, wenn man die zahlreichen Formationsarten sieht, die in der Wirklichkeit vorkommen; aber es bedarf keines großen Nachdenkens, um sich zu überzeugen, daſs diese Gründe keine genauere Bestimmung liefern können. Was gewöhnlich in dieser Sache vorgebracht wird, wie z. B. wenn ein Kavallerieoffizier demonstrirt, daſs ein Kavallerieregiment niemals zu stark sein könne, weil es sonst nicht im Stande sei, etwas auszurichten, verdient keine ernsthafte Erwähnung. So ist es schon bei den kleinen Theilen, mit welchen die Elementartaktik es zu thun hat, nämlich den Kompagnieen, Schwadronen, Bataillonen und Regimentern; viel schlimmer aber noch bei den gröſsern Abtheilungen, bis zu welchen die Elementartaktik gar nicht hinreicht, und wo die höhere Taktik oder die Lehre von der Anordnung eines Gefechtes es mit der Strategie zu thun hat. Mit diesen Abtheilungen wollen wir uns hier beschäftigen; es sind die Brigaden, Divisionen, Korps und die Armeen.

Beschäftigen wir uns zuerst einen Augenblick mit den Vernunftgründen (der Philosophie) der Sache. Wozu sind überhaupt die Massen in Theile geordnet? Offenbar, weil Einer nur einer gewissen Anzahl unmittelbar befehlen kann. Der Feldherr kann nicht von 50,000 Soldaten Jeden auf seinen Fleck stellen und erhalten und ihm befehlen, was er thun und lassen soll, was, wenn es denkbar wäre, offenbar das Beste sein würde; denn keiner der unzähligen Unterbefehlshaber thut etwas hinzu (wenigstens wäre dies eine Anomalie), jeder aber, der eine mehr, der andere weniger, benimmt dem Befehl etwas von seiner ursprünglichen Kraft und der Idee etwas von ihrer ursprünglichen Präzision. Auſserdem braucht, wenn mehrere untergeordnete Eintheilungen stattfinden, der Befehl beträchtlich mehr Zeit, um sein Ziel zu erreichen. Hieraus folgt dann, daſs die Eintheilungen und Untereintheilungen, aus welchen eine Stufenleiter des Befehls entsteht, ein **nothwendiges Uebel** sind. Hier hört unsere Philosophie auf, und wir kommen in die Taktik und Strategie hinein.

Eine ganz isolirte Masse, die gegen den Feind wie ein großes oder kleines selbständiges Ganze hingestellt wird, hat drei wesentliche Theile, ohne welche sie kaum gedacht werden kann, nämlich einen Theil, welchen sie vorschiebt, einen, welchen sie für unvorhergesehene Fälle zurückstellt, und den Haupttheil zwischen beiden:

---

*) Kann als Erläuterung von Kapitel 5 des **5.** Buches dienen.

a •
b •
c •

Soll also die Eintheilung des gröfseren Ganzen auf Selbstständigkeit gerichtet sein, so mufs dasselbe niemals weniger als drei Theile haben, wenn die permanente Eintheilung mit jenem konstanten Bedürfnifs zusammenfallen soll, wie es doch natürlich die **Absicht sein mufs**. Aber es ist nicht schwer, zu bemerken, dafs selbst diese drei **Theile noch keine sehr natürliche Ordnung** geben; denn Niemand wird gern seinen vorgeschobenen und seinen zurückgehaltenen Theil so stark wie den **Haupttheil machen wollen**. Es wird also schon natürlicher sein, sich die **Hauptmacht aus wenigstens zwei Theilen** bestehend zu denken und **also das Ganze aus vier**, in der Ordnung:

a •
b • c •
d •

Aber wir sind hier offenbar noch nicht auf dem Punkt des Allernatürlichsten. Da alle taktischen und strategischen Kraftäufserungen trotz aller jetzigen Tiefe sich immer linienartig zeigen, **so entsteht das Bedürfnifs** eines **rechten Flügels**, eines linken Flügels und eines Centrums von selbst, es dürfte also wohl **fünf als die natürlichste Zahl der Theile** angesehen werden können, in der Form:

a •
b • c • d •
e •

Diese Anordnung erlaubt schon einen, ja im Nothfalle zwei Theile der Hauptmacht rechts oder links zu entsenden. Wer wie ich ein Freund starker Reserven ist, wird nun den zurückgestellten Theil vielleicht im Verhältnifs zum Ganzen zu schwach finden und deswegen einen neuen Theil hinzufügen, um $1/3$ in Reserve zu haben. Dann giebt die ganze Eintheilung die Ordnung:

a •
b • c • d •
e • f •

Ist von einer ganz grofsen **Masse, von einer** beträchtlichen Armee die Rede, so hat die Strategie **zu bemerken, dafs** sich diese fast beständig in dem Falle befindet, rechts und links Theile zu entsenden, dafs man also bei dieser deswegen füglich zwei Theile **mehr annehmen kann** und dann die folgende strategische Figur **bekommen würde**.

a •
b • c • d • e • f •
g • h •

Es wäre also dadurch ermittelt, dafs man ein Ganzes nicht unter drei, nicht über acht Theile grofs machen sollte. Hiermit scheint indessen noch sehr wenig bestimmt, denn welch' eine Zahl von verschiedenen Kombinationen ergiebt sich, wenn man bedenkt, dafs man eine Armee eintheilen könnte in $3 \times 3 \times 3$, wenn man Korps, Divisionen und Brigaden auf diese Zahl fixiren wollte, was 27 Brigaden gäbe, oder in jedes andere mögliche Produkt der zugelassenen Faktoren.

Es bleiben uns aber noch einige wichtige Rücksichten übrig.

Wir haben uns nicht auf die Stärke der Bataillone und Regimenter eingelassen, weil wir das der Elementartaktik überlassen wollten; aus dem, was wir bisher gesagt haben, würde blofs folgen, dafs wir die Brigaden nicht schwächer als zu 3 Bataillonen gemacht wissen wollten. Hierauf müssen wir nun allerdings auch beharren und werden darin wohl keinem Widerspruch begegnen; schwerer aber ist es, die gröfste Stärke zu begrenzen, welche die Brigaden haben können. In der Regel wird die Brigade als eine solche Abtheilung angesehen, die noch von einem Manne unmittelbar, nämlich durch den Bereich seiner Stimme geführt werden könne und müsse. Halten wir uns daran, so wird sie freilich nicht über 4000 bis 5000 Mann stark sein, und also je nach der Stärke der Bataillone aus 6 oder 8 derselben bestehen dürfen. Aber wir müssen hier zugleich einen andern Gegenstand als ein neues Element in diese Untersuchung einführen. Dieses Element ist die Verbindung der Waffen. Dafs diese Verbindung auf der Stufenleiter der Abtheilungen früher eintreten müsse als bei der Armee, darüber ist jetzt in Europa nur eine Stimme. Die Einen wollen sie aber nur bei Korps, d. h. Massen von 20,000 bis 30,000 Mann, die Andern schon bei Divisionen, d. h. Massen von 8000 bis 12,000 Mann. Wir wollen uns auf diese Streitfrage vor der Hand nicht einlassen, sondern nur bemerken, was wohl kein Mensch bestreiten wird, nämlich: dafs hauptsächlich die Verbindung der drei Waffen die Selbständigkeit einer Abtheilung konstituirt und dafs also für Abtheilungen, die bestimmt sind, sich im Kriege häufig isolirt zu finden, diese Verbindung wenigstens sehr wünschenswerth bleibt.

Allein es ist nicht blofs die Verbindung aller drei Waffen in Betracht zu ziehen, sondern auch die von zweien, nämlich der Artillerie und Infanterie. Diese tritt aber nach dem allgemein herrschenden Gebrauch schon sehr viel früher ein, wiewohl in der neuern Zeit die Artilleristen, durch das Beispiel der Kavalleristen angefeuert, wieder ihre eigne kleine Armee zu bilden nicht übel Miene machen. Sie haben sich indessen bis jetzt gefallen lassen müssen, unter die Brigaden vertheilt zu werden. Diese Verbindung von Artillerie und Infanterie konstituirt also den Begriff der Brigade auf eine andere Weise und es kommt dann nur auf die Frage an, wie grofs der Haufen Infanterie sein soll, mit dem man zuerst eine Artillerieabtheilung auf eine permanente Art verbinden soll.

Der Einflufs dieser Rücksicht ist viel bestimmter, als man auf den ersten Anblick glauben sollte, denn die Anzahl der Geschütze, welche man auf je 1000 Mann mit ins Feld nehmen kann, hängt selten von unserer Willkür ab, sondern bestimmt sich aus mancherlei andern, zum Theil sehr entfernt liegenden Ursachen, dagegen hat die Anzahl der Geschütze, die sich in eine Batterie vereinigen lassen, viel mehr genügende taktische Gründe als irgend eine andere ähnliche Bestimmung; daher kommt es, dafs man nicht frägt: wie viel Geschütze soll diese Masse Infanterie (z. B. eine Brigade) haben? sondern: welche Masse Infanterie soll mit einer Batterie zusammengethan werden? Hat man z. B. 3 Geschütze auf 1000 Mann bei der Armee und rechnet man davon eine zu den Reservebatterieen, so bleiben 2 bei den

Truppen zu vertheilen, was bei einer Batterie von 8 Geschützen eine Masse von 4000 Mann Infanterie gäbe. Da die hier genannten Verhältnisse die am meisten gebräuchlichen sind, so zeigt dies, dafs wir mit unserer Berechnung ungefähr auf dasselbe Resultat kommen. Hiermit wollen wir es genug sein lassen in Bezug auf Bestimmung der Gröfse einer Brigade, die demzufolge aus drei- bis fünftausend Mann bestehen würde.

Obgleich hierdurch das Feld der Eintheilung auf der einen Seite begrenzt worden ist, und es auf der andern Seite durch die Stärke der Armee als ein Gegebenes schon begrenzt war, so bleiben doch immer noch eine grofse Anzahl möglicher Kombinationen übrig, und es würde zu früh sein, den Grundsatz der möglichst geringsten Anzahl von Theilen nach aller Strenge darüber schalten zu lassen; wir haben noch einige Rücksichten von allgemeiner Art zu nehmen und müssen auch den besondern Rücksichten des individuellen Falles ihre Rechte bewahren.

Zuerst müssen wir bemerken, dafs die gröfsern Theile auch wieder mehr Glieder haben müssen als die kleinen, weil sie gelenkiger sein müssen (wie schon oben berührt ist), und dafs die kleinen mit zu vielen Gliedern nicht gut fertig werden können.

Wenn man eine Armee aus zwei Haupttheilen zusammensetzt, deren jeder seinen besonderen Befehlshaber hat*), so heifst das so viel als man will den Oberbefehlshaber neutralisiren. Dies wird Jeder, der die Sache kennt, ohne weitere Auseinandersetzungen verstehen. Nicht viel besser ist es, wenn die Armee in drei Theile getheilt wird, denn es lassen sich ohne ein unaufhörliches Zerreifsen dieser drei Glieder, wodurch man die Befehlshaber derselben sehr schnell verstimmen wird, keine gewandten Bewegungen und passenden Gefechtsanordnungen ausführen.

Je gröfser die Zahl der Theile ist, um so gröfser wird die Macht des Oberbefehls und die Gewandtheit der ganzen Masse. Man hat also Veranlassung, hier so weit zu gehen, als es die Möglichkeit gestattet. Da man in einem grofsen Hauptquartiere, wie das der Armeeführung ist, viel mehr Mittel besitzt, Befehle in Ausführung zu bringen als bei dem beschränkteren Generalstabe eines Korps oder einer Division, so ist nach allgemeinen Gründen eine Armee am besten in nicht weniger als acht Theile einzutheilen. Man kann diese Zahl, wenn die übrigen Umstände dazu veranlassen, auf neun und zehn steigen lassen. Bei mehr als zehn Theilen aber wird schon eine Schwierigkeit eintreten, die Befehle immer mit der gehörigen Schnelligkeit und Vollständigkeit zu ertheilen, denn man mufs nicht vergessen, dafs es hier nicht auf das blofse Befehlen ankommt, weil sonst eine Armee eben so viele Divisionen haben könnte, wie eine Kompagnie Köpfe hat, sondern dafs viele Anordnungen und Untersuchungen damit verbunden sind, und

---

*) Die Befehlshaberschaft ist der eigentliche Eintheilungsgrund. Wenn ein Feldmarschall 100,000 Mann kommandirt, wovon 50,000 Mann unter einen besondern General gestellt sind, während der Feldmarschall die andern 50,000, in fünf Divisionen getheilt, unmittelbar anführt, ein Fall, der oft vorkommt, so ist das Ganze eigentlich nicht in zwei Theile getheilt, sondern gleich in sechs, von denen nur einer fünfmal so grofs ist als die andern.

dafs es leichter ist, diese für sechs oder acht Divisionen zu veranstalten als für zwölf oder funfzehn.

Dagegen kann eine Division, wenn sie an absoluter Stärke klein ist und also vorauszusetzen ist, dafs sie der Theil eines Korps ist, sich immer mit einer kleineren Zahl von Theilen als dem angegebenen Normalsatz behelfen: ganz füglich mit vier, zur Noth mit drei; — sechs und acht würden ihr beschwerlich werden, weil sie weniger Mittel hat, die Befehle schnell genug an so viele Theile gelangen zu lassen.

Diese Revision unserer eigenen Normalsätze giebt uns das Resultat, dafs die Armee nicht unter fünf Theile haben soll und bis zu zehn gehen kann; dafs die Division nicht über fünf haben soll und bis zu vier heruntersteigen kann. Zwischen beiden nun liegen die Korps, und sowohl ihre Stärke als die Frage, ob sie überhaupt existiren sollen, hängt von dem Resultate der beiden andern Kombinationen ab.

200,000 Mann in zehn Divisionen und die Division in fünf Brigaden getheilt, gäbe der Brigade eine Stärke von viertausend Mann. Man könnte also bei einer solchen Macht noch mit Divisionen ausreichen.

Man könnte aber freilich diese Macht auch in fünf Korps, das Korps in vier Divisionen, die Division in vier Brigaden theilen; dann würde jede Brigade 2500 Mann stark sein.

Mir scheint die erstere Eintheilung die vorzüglichere, denn erstens hat sie eine Stufe weniger in der Ordnungsleiter, der Befehl kommt also schneller an u. s. w. Zweitens sind fünf Glieder für eine Armee zu wenig, sie ist damit zu ungelenk; dasselbe gilt für ein in vier Divisionen getheiltes Korps und 2500 Mann bilden eine schwache Brigade, deren man auf diese Weise achtzig hat, statt dafs die andere Eintheilung nur funfzig giebt, also einfacher ist. Diesen Vortheil opfert man auf, um statt zehn Generalen nur fünfen unmittelbar zu befehlen.

So weit reichen die allgemeinen Betrachtungen. Unendlich wichtig sind aber die Bestimmungen, welche der individuelle Fall erfordern kann.

Zehn Divisionen lassen sich mit Leichtigkeit in der Ebene kommandiren; in weitläuftigen Gebirgsstellungen kann es ganz unmöglich werden.

Ein grofser Strom, der die Armee theilt, nöthigt auf der einen Seite desselben einen besonderen Befehlshaber zu bestellen. Gegen das Gewicht aller dieser besonderen Fälle vermag die allgemeine Regel nichts; jedoch ist zu bemerken, dafs mit dem Eintreten solcher Ursachen auch gröfstentheils die Nachtheile verschwinden, die manche Eintheilungsarten sonst hervorbringen. Freilich kann auch hier Mifsbrauch entstehen, wenn z. B. zur Befriedigung irgend eines unzeitigen Ehrgeizes und aus Schwäche gegen persönliche Rücksichten schlechte Eintheilungen gemacht werden. Wie weit aber auch die Bedürfnisse der individuellen Fälle reichen mögen, in der Regel bleiben, wie uns die Erfahrung lehrt, die Eintheilungen doch von allgemeinen Gründen abhängig.

Vom Kriege.

Militärische Klassiker

des In- und Auslandes.

Mit Einleitungen und Erläuterungen

von

W. v. Scherff,
Oberst und Kommandeur 3. Rheinischen Infanterie-Regiments Nr. 29,

v. Boguslawski,
Oberstlieutenant und Bataillons-Kommandeur im 1. Westpreuss. Grenadier-Regiment Nr. 6,

v. Taysen,
Major im Grofsen Generalstabe,

Frh. v. d. Goltz,
Major im Grofsen Generalstabe,

und Anderen,

herausgegeben

von

G. v. Marées,
Major im Neben-Etat des Grofsen Generalstabes.

Berlin 1880.

F. Schneider & Co.

(Goldschmidt & Wilhelmi)

Königliche Hofbuchhandlung.

Vom Kriege.

Hinterlassenes Werk des Generals

Carl von Clausewitz.

Erläutert

durch

W. von Scherff,
Oberst und Regiments-Kommandeur.

Berlin 1880.
F. Schneider & Co.
(Goldschmidt & Wilhelmi)
Königliche Hofbuchhandlung.

Pierer'sche Hofbuchdruckerei. Stephan Geibel & Co. in Altenburg.

Inhalts-Verzeichniss.

(Die mit einem Sternchen bezeichneten Abschnitte sind vom Oberst v. Scherff verfafst.)

	Seite
*Zur Einführung ...	I
Vorrede zur ersten Auflage	VII
Nachricht	XI
Vorrede des Verfassers	XV

Erstes Buch.
Ueber die Natur des Krieges.

	Seite
Erstes Kapitel. Was ist der Krieg?	1
*Rückblick auf das erste Kapitel	19
Zweites Kapitel. Zweck und Mittel im Kriege	20
*Rückblick auf das zweite Kapitel	32
Drittes Kapitel. Der kriegerische Genius	35
*Rückblick auf das dritte Kapitel	51
Viertes Kapitel. Von der Gefahr im Kriege	52
Fünftes Kapitel. Von der körperlichen Anstrengung im Kriege	54
Sechstes Kapitel. Nachrichten im Kriege	55
Siebentes Kapitel. Friktion im Kriege	57
Achtes Kapitel. Schlufsbemerkungen zum ersten Buche	59

Zweites Buch.
Ueber die Theorie des Krieges.

	Seite
Erstes Kapitel. Eintheilung der Kriegskunst	61
Zweites Kapitel. Ueber die Theorie des Krieges	68
Drittes Kapitel. Kriegskunst oder Kriegswissenschaft	84
Viertes Kapitel. Methodismus	86
Fünftes Kapitel. Kritik	91
Sechstes Kapitel. Ueber Beispiele	107
* Schlufsbemerkungen zu den beiden ersten Büchern	113

Drittes Buch.
Von der Strategie überhaupt.

* Vorbemerkungen zum dritten Buche	115
Erstes Kapitel. Strategie	116
Zweites Kapitel. Elemente der Strategie	123
Drittes Kapitel. Moralische Gröfsen	124
Viertes Kapitel. Die moralischen Haupt-Potenzen	126
Fünftes Kapitel. Kriegerische Tugend des Heeres	127
Sechstes Kapitel. Die Kühnheit	130
Siebentes Kapitel. Beharrlichkeit	134
Achtes Kapitel. Ueberlegenheit der Zahl	135
Neuntes Kapitel. Die Ueberraschung	139
Zehntes Kapitel. Die List	143
Elftes Kapitel. Sammlung der Kräfte im Raum	144
Zwölftes Kapitel. Vereinigung der Kräfte in der Zeit	145
Dreizehntes Kapitel. Strategische Reserve	151
Vierzehntes Kapitel. Oekonomie der Kräfte	153
Fünfzehntes Kapitel. Geometrisches Element	154
Sechzehntes Kapitel. Ueber den Stillstand im kriegerischen Akt	156
Siebzehntes Kapitel. Ueber den Charakter der heutigen Kriege	160
Achtzehntes Kapitel. Spannung und Ruhe	161

Viertes Buch.
Das Gefecht.

Erstes Kapitel. Uebersicht	165
Zweites Kapitel. Charakter der heutigen Schlacht	165

	Seite
Drittes Kapitel. Das Gefecht überhaupt	167
Viertes Kapitel. Fortsetzung	170
* Schlußbemerkungen zum dritten und vierten Kapitel	177
Fünftes Kapitel. Ueber die Bedeutung des Gefechts	178
Sechstes Kapitel. Dauer des Gefechts	180
Siebentes Kapitel. Entscheidung des Gefechts	181
Achtes Kapitel. Einverständnifs beider Theile zum Gefecht	187
Neuntes Kapitel. Die Hauptschlacht. Ihre Entscheidung	189
Zehntes Kapitel. Fortsetzung. Wirkung des Sieges	194
Elftes Kapitel. Fortsetzung. Der Gebrauch der Schlacht	199
* Schlußbemerkungen zum neunten bis elften Kapitel	203
Zwölftes Kapitel. Strategische Mittel den Sieg zu benutzen	205
Dreizehntes Kapitel. Rückzug nach verlorner Schlacht	214
Vierzehntes Kapitel. Das nächtliche Gefecht	216

Fünftes Buch.

Die Streitkräfte.

Erstes Kapitel. Uebersicht	220
Zweites Kapitel. Kriegstheater, Armee, Feldzug	220
Drittes Kapitel. Machtverhältnisse	222
Viertes Kapitel. Waffenverhältnisse	225
Fünftes Kapitel. Schlachtordnung des Heeres	232
Sechstes Kapitel. Allgemeine Aufstellung des Heeres	238
Siebentes Kapitel. Avantgarde und Vorposten	243
Achtes Kapitel. Wirkungsart vorgeschobener Corps	250
Neuntes Kapitel. Lager	253
Zehntes Kapitel. Märsche	255
Elftes Kapitel. Fortsetzung	261
Zwölftes Kapitel. Fortsetzung	264
Dreizehntes Kapitel. Quartiere	266
Vierzehntes Kapitel. Der Unterhalt	271
Fünfzehntes Kapitel. Operationsbasis	284
Sechszehntes Kapitel. Verbindungslinien	288
Siebzehntes Kapitel. Gegend und Boden	292
Achtzehntes Kapitel. Ueberhöhen	295

Sechstes Buch.
Vertheidigung.

	Seite
* Vorbemerkungen zum sechsten Buche.	299
Erstes Kapitel. Angriff und Vertheidigung	301
Zweites Kapitel. Wie verhalten sich Angriff und Vertheidigung in der Taktik zu einander	304
Drittes Kapitel. Wie verhalten sich Angriff und Vertheidigung in der Strategie zu einander	307
Viertes Kapitel. Konzentrizität des Angriffs und Exzentrizität der Vertheidigung	313
Fünftes Kapitel. Charakter der strategischen Vertheidigung	316
Sechstes Kapitel. Umfang der Vertheidigungsmittel	318
Siebentes Kapitel. Wechselwirkung von Angriff und Vertheidigung	323
Achtes Kapitel. Widerstandsarten	325
Neuntes Kapitel. Die Vertheidigungsschlacht	338
* Schlufsbemerkungen zum ersten bis neunten Kapitel	343
Zehntes Kapitel. Festungen	348
Elftes Kapitel. Fortsetzung des vorigen Kapitels	356
Zwölftes Kapitel. Defensivstellung	360
Dreizehntes Kapitel. Feste Stellungen und verschanzte Läger	365
Vierzehntes Kapitel. Flankenstellungen	371
Fünfzehntes Kapitel. Gebirgsvertheidigung	374
Sechszehntes Kapitel. Fortsetzung	381
Siebzehntes Kapitel. Fortsetzung	387
Achtzehntes Kapitel. Vertheidigung von Strömen und Flüssen	392
Neunzehntes Kapitel. Fortsetzung	406
Zwanzigstes Kapitel. A. Vertheidigung von Morästen. B. Ueberschwemmungen	407
Einundzwanzigstes Kapitel. Vertheidigung der Wälder	413
Zweiundzwanzigstes Kapitel. Der Cordon	413
Dreiundzwanzigstes Kapitel. Schlüssel des Landes	417
Vierundzwanzigstes Kapitel. Flankenwirkung	420
Fünfundzwanzigstes Kapitel. Rückzug in das Innere des Landes	429
Sechsundzwanzigstes Kapitel. Volksbewaffnung	440
Siebenundzwanzigstes Kapitel. Vertheidigung eines Kriegstheaters	446
Achtundzwanzigstes Kapitel. Fortsetzung	449
Neunundzwanzigstes Kapitel. Fortsetzung. Successiver Widerstand	461
Dreifsigstes Kapitel. Fortsetzung. Vertheidigung eines Kriegstheaters, wenn keine Entscheidung gesucht wird	464

Skizzen zum siebenten Buch.
Der Angriff.

	Seite
* Vorbemerkungen zum siebenten Buche	487
Erstes Kapitel. Der Angriff in Beziehung auf die Vertheidigung . .	489
Zweites Kapitel. Natur des strategischen Angriffs	490
Drittes Kapitel. Vom Gegenstande des strategischen Angriffs . . .	492
Viertes Kapitel. Abnehmende Kraft des Angriffs	493
Fünftes Kapitel. Kulminationspunkt des Angriffs	494
Sechstes Kapitel. Vernichtung der feindlichen Streitkräfte	495
Siebentes Kapitel. Die Offensivschlacht	496
Achtes Kapitel. Flufsübergänge	497
Neuntes Kapitel. Angriff von Defensivstellungen	500
Zehntes Kapitel. Angriff verschanzter Lager	501
Elftes Kapitel. Angriff eines Gebirges	502
Zwölftes Kapitel. Angriff auf Liniencordons	504
Dreizehntes Kapitel. Manövriren	505
Vierzehntes Kapitel. Angriff von Morästen, Ueberschwemmungen, Wäldern	507
Fünfzehntes Kapitel. Angriff eines Kriegstheaters mit Entscheidung	508
Sechszehntes Kapitel. Angriff eines Kriegstheaters ohne Entscheidung	512
Siebzehntes Kapitel. Angriff von Festungen	515
Achtzehntes Kapitel. Angriff von Transporten	518
Neunzehntes Kapitel. Angriff einer feindlichen Armee in Quartieren	520
Zwanzigstes Kapitel. Diversion	525
Einundzwanzigstes Kapitel. Invasion	528
Ueber den Kulminationspunkt des Sieges	528

Skizzen zum achten Buch.
Kriegsplan.

Erstes Kapitel. Einleitung	537
Zweites Kapitel. Absoluter und wirklicher Krieg	539
Drittes Kapitel. A. Innerer Zusammenhang des Krieges. — B. Von der Gröfse des kriegerischen Zweckes und der Anstrengung	542
Viertes Kapitel. Nähere Bestimmungen des kriegerischen Ziels. Niederwerfung des Feindes	555
Fünftes Kapitel. Fortsetzung. Beschränktes Ziel	562

	Seite
Sechstes Kapitel. A. Einfluſs des politischen Zwecks auf das kriegerische Ziel. — B. Der Krieg ist ein Instrument der Politik	563
Siebentes Kapitel. Beschränktes Ziel. Angriffskrieg	572
Achtes Kapitel. Beschränktes Ziel. Vertheidigung	574
Neuntes Kapitel. Kriegsplan, wenn Niederwerfung des Feindes das Ziel ist	578
* Schluſsbemerkung zum achten Buche und dem Werke „Vom Kriege" überhaupt	601

Anhang.

Anmerkung des Herausgebers der „Militärischen-Klassiker des In- und Auslandes"	606
Ueber die organische Eintheilung der Streitkräfte	607

der zu dem Werke „Vom Kriege" genau harmoniren, hergestellt werden.

Es wird gebeten, Bestellungen in den untenstehenden Zettel eintragen und denselben der nächstgelegenen Buchhandlung oder der unterzeichneten Verlagshandlung übersenden zu wollen.

Berlin, W., Unter den Linden 21.

F. Schneider & Co.
(Goldschmidt & Wilhelmi.)
Königliche Hofbuchhandlung.

D...... Unterzeichnete bestellt hiermit bei der Buchhandlung
....

Expl.		
	Einbanddecke zu **Clausewitz,** vom Kriege	
	—— do. —— **Friedrich d. Gr.,** Militärische Werke	
	—— do. —— **Scharnhorst,** ,, ,,	à 80 Pf.
	—— do. —— **Napoléon I.,** ,, ,,	
	—— do. —— **Jomini,** Abriss der vorzüglichsten Combinationen des Krieges.	

Ort: Name und Charge:

Im Verlage der Unterzeichneten ist erschienen:

Geschichte
der
Belagerungen französischer Festungen

im deutsch-französischen Kriege 1870—71,
welche

auf Befehl der Königl. General-Inspection des Ingenieur-Corps und der Festungen

von

Ingenieur-Officieren,

die an diesen Belagerungen persönlich theilgenommen haben,

auf Grund amtlicher Quellen

bearbeitet worden ist.

1) **Geschichte der Belagerung von Strassburg im Jahre 1870** v. Reinhold Wagner, Major im Stabe des Ingenieur-Corps. 3 Theile. 1038 Seiten. Mit 59 Anlagen und einem Atlas, enthaltend 16 Karten und Pläne. Preis 30 Mark.

2) **Geschichte der Belagerung von Paris im Jahre 1870/71** von Eduard Heyde und Adolph Froese, Hauptleuten im Ingenieur-Corps. 3 Theile. 701 Seiten. Mit 10 Anlagen und einem Atlas, enthaltend 21 Karten und Pläne. Preis 20 M.

3) **Geschichte des Bombardements von Schlettstadt und Neu-Breisach im Jahre 1870** von Paul Wolff, Hauptmann im Ingenieur-Corps. 92 Seiten. Mit 7 Plänen und 13 Anlagen Preis 2 Mark 40 Pf.

4) **Geschichte der Belagerung von Belfort im Jahre 1870/71** von Paul Wolff, Hauptmann im Ingenieur-Corps. 482 Seiten. Mit 18 Plänen und 13 Anlagen. Preis 9 Mark.

5) **Die Cernirung von Metz im Jahre 1870** von G. Paulus, Hauptmann im Ingenieur-Corps. 304 Seiten. Mit 2 Plänen und 7 Anlagen. Preis 4 Mark.

Bestellungen werden von der Verlagsbuchhandlung und allen Buchhandlungen des In- und Auslandes entgegengenommen.

Berlin, W.,
Unter den Linden 21.

F. Schneider & Co.
(Goldschmidt & Wilhelmi).
Königliche Hofbuchhandlung.